DAGMAR HAGER

Salzkammer-wut

TATORT SALZKAMMERGUT Die Rückkehr in ihren Heimatort Bad Ischl hat sich die junge Ärztin Marie Giesinger einfacher vorgestellt. Nicht nur, dass einer ihrer ersten Patienten ihr Jugendfreund und Ex-Geliebter Ben ist, hat sie es auch gleich mit einem Todesfall zu tun, als ihre Nachbarin Louisa stirbt. Marie machen deren Todesumstände misstrauisch. Zu oft hat sie Louisa mit einem Mann heftig streiten hören, Morddrohungen inklusive. Gemeinsam mit Ben, der inzwischen für das LKA ermittelt, forscht sie nach. Louisa war eine erfolgreiche Influencerin und die Ex-Freundin des Profi-Fußballspielers Janus Blaubart. Als herauskommt, dass eine weitere Ex des Kickers bei einem Unfall starb und Janus inzwischen abgetaucht ist, gerät er zunehmend unter Verdacht. Wurden die Medizingeräte der beiden Frauen manipuliert? Und hatte Janus seine Finger im Spiel? Doch nicht nur der Fall fordert Marie heraus, denn zwischen ihr und Ben gibt es noch einiges zu klären …

© privat

Dagmar Hager lebt in Wien, Oberösterreich und Kärnten und arbeitet als Moderatorin und Redakteurin beim Radio. Neben dem Schreiben ist sie als Buch-Podcasterin (»Bücher sind wie Kekse«) aktiv. Sie mag ihre Freunde, ihr Mountainbike, Reisen, Berge, Bücher, Segeln und gute Gespräche. Mehr Informationen zur Autorin unter:
www.dagmarhager.com

DAGMAR HAGER

Salzkammer-wut

KRIMINALROMAN

GMEINER

Personen und Handlung sind frei erfunden. Ähnlichkeiten mit lebenden oder toten Personen sind rein zufällig und nicht beabsichtigt.

Die automatisierte Analyse des Werkes, um daraus Informationen insbesondere über Muster, Trends und Korrelationen gemäß § 44b UrhG (»Text und Data Mining«) zu gewinnen, ist untersagt.

Bei Fragen zur Produktsicherheit gemäß der Verordnung über die allgemeine Produktsicherheit (GPSR) wenden Sie sich bitte an den Verlag.

Immer informiert

Spannung pur – mit unserem Newsletter informieren wir Sie regelmäßig über Wissenswertes aus unserer Bücherwelt.

Gefällt mir!

Facebook: @Gmeiner.Verlag
Instagram: @gmeinerverlag

Besuchen Sie uns im Internet:
www.gmeiner-verlag.de

© 2023 – Gmeiner-Verlag GmbH
Im Ehnried 5, 88605 Meßkirch
Telefon 0 75 75 / 20 95 - 0
info@gmeiner-verlag.de
Alle Rechte vorbehalten
5. Auflage 2025

Satz: Mirjam Hecht
Umschlaggestaltung: U.O.R.G. Lutz Eberle, Stuttgart
unter Verwendung eines Fotos von: © shaiith / stock.adobe.com
Druck: CPI books GmbH, Leck
Printed in Germany
ISBN 978-3-8392-0407-8

Für meine Familie & Freunde.
Schön, euch zu haben.

LOUISA

Weh toan tuat's.
Es tut weh.

Da lagen sie. Fein säuberlich drapiert, nahezu feierlich.

Ein blaues Kleid, Unterwäsche und Schuhe, verteilt über die drei Fächer des neuerdings leeren Kastens. Ihres persönlichen Kastens im Schlafzimmer. Eine Ohrfeige für die Augen, ein direkter Tritt in die Seele.

Louisa schwankte.

Mit dieser Provokation markierte diese andere Frau ihr Revier und schleuderte eine zweijährige Beziehung mit eiskalter Berechnung in den Dreck. Die blöde Kuh wusste ganz genau, dass dieses kleine Haus der wichtigste Rückzugsort für Louisa und ihren Ex-Verlobten Janus gewesen war, ihr Seelenzuhause, voller Träume gemeinsam gefunden und eingerichtet, Schauplatz der wesentlichsten Momente ihres Lebens als Paar.

An diesem See hatte Janus Louisa gefragt, ob sie ihn heiraten wolle. Hier hatten sie ihr Kind gezeugt und verloren, wieder Kraft gefunden. Hier hatte Louisas Herz nach einer übergangenen Grippe versagt und Janus es 19 endlose Minuten lang durch Herzdruckmassage am Leben gehalten, bis der Notarzt eingetroffen war. Danach der Herzschrittmacher, mit gerade einmal 23. Klein wie eine Zwei-Euro-Münze und dennoch unbezahlbar für sie.

All das war der Tussi egal. Wahrscheinlich hatte es ihr sogar eine diebische Freude bereitet, die dämlichen sündteuren Markenklamotten zu verteilen und sich dabei vorzustellen, wie Louisa sie finden und jähen, beißenden Schmerz empfinden würde.

Ihr Bauchgefühl hatte sie nicht getrogen. Wie immer. Sie besaß feine Antennen. Vom ersten Augenblick an hatte sie die Frau nicht ausstehen können. Deren scheinheiliges, pseudofreundliches Getue war ihr gehörig auf die Nerven gegangen bei diesem Business-Abendessen, wo sie genau dieses blaue Kleid getragen hatte. Wieder so eine, die sich krallte, was sie wollte. Das ging querdurch, von jung bis alt, sogar eine ihrer vermeintlich besten Freundinnen hatte Janus hinter ihrem Rücken eine Affäre angeboten.

Die im blauen Kleid hatte Mitgefühl geheuchelt für Louisas in aller Öffentlichkeit breitgetretene Beziehungsschwierigkeiten. Sie kannte die depperte Alte bereits von einem Selfie, das ein Fan gepostet hatte, und zwar auf der Terrasse vom Weissen Rössl in St. Wolfgang. »Das war doch alles *vollkommen harmlos* und *rein zufällig*, Baby«, hatte Janus behauptet.

Bullshit.

Sie würde die Sachen nicht anrühren, nicht mal mit einer Kneifzange. Die Bilder verdichteten sich. Pure Folter. Janus und diese Schlange, genau hier, in ihrem gemeinsamen Bett, angefertigt bei einem lokalen Tischler, exakt nach Louisas Wünschen. Wie eiskalt musste man sein, es darin ohne Skrupel mit einer anderen zu treiben?

Gequält schloss sie die Augen. Noch immer tat es viel zu sehr weh. Trennung per lapidarem Instagram-Posting! Ein paar Klicks, und vorbei. Janus war grausam und Weltmeister darin, die Tatsachen für die Öffentlichkeit zu verdrehen, schamlos zu lügen, wenn es ihm einen Vorteil verschaffte.

Sie schnappte sich die beiden teuren Kaschmirschals, die der Grund gewesen waren, heute hierherzukommen, und die jemand einfach zur Seite geschoben hatte wie Müll. Das Allerschlimmste: Janus hatte wohl beabsichtigt, dass Louisa den Kasten nichtsahnend öffnen würde. Sich das Beil der Erkenntnis glühend heiß in ihr Herz fressen würde: Du bist mir nicht mehr wichtig, egal, ob ich dir mal versprochen habe, immer für dich da zu sein. Ich *will* dir wehtun. Weil ich es kann.

Schock, bittere Enttäuschung und Wut hielten sich die Waage, als sie tränenblind aus dem Haus stürzte und die Tür zur Garage öffnete. Die automatische Beleuchtung sprang an, ließ die rote Lackierung ihres Teslas aufleuchten. Sie hatte ihn nicht abgesperrt und glitt hinein, froh um den Hauch von Normalität, der sie umschloss. Das war ihr Auto, von ihr selbst finanziert. Ihr Geruch. Ihre Dinge. Hier war nichts von Janus und schon gar nichts von der Frau. Ihre eigene kleine Welt.

Zitternd strich sie sich das lange rote Haar aus der Stirn.

Ob sie Janus anrufen und ihm sagen sollte, was sie von ihm hielt?

Ihre Therapeutin würde die Hände über dem Kopf zusammenschlagen. Wie war das gewesen? *Distanz und Akzeptanz säumen den Weg aus dem schwarzen Loch.* Verdammt noch mal, die hatte doch keine Ahnung, wie es war, nach einer Flasche Prosecco am Boden zu kriechen vor Sehnsucht. Alle Selbstachtung über Bord zu werfen, nur um seine Stimme zu hören, so verständnisvoll wie unverbindlich. »Das muss aufhören, Baby«, würde er sagen, »du weißt doch, dass es keinen Sinn mehr hat. Bleiben wir

Freunde.« *Er* diktierte die Regeln. Von Anfang an. Erst recht bei der Trennung. Freunde? Das fieseste Angebot, das man bekommen konnte, wenn man liebte. Hingeworfene Krümel, Futter gegen das schlechte Gewissen.

Plötzlich ging das Licht aus.

Im selben Moment ertönte das leise Klacken, mit dem sich ihr Auto von selbst verriegelte. Erschrocken stöhnte Louisa auf, rüttelte vergeblich an der Fahrertür, dann an der für den Beifahrer. Die Panik kam schnell. Als Kind war sie einmal in einem Schneeloch verschüttet worden, das sie selbst gegraben hatte. Seither litt sie unter Platzangst.

Ruhig jetzt. Tief einatmen. Kurz abwarten.

Doch die Dunkelheit blieb, genauso wie die grauenhafte Stille, nur durchbrochen von ihren gequälten Atemzügen, dann einem verzweifelten Schrei. Sie war gefangen, allein, hilflos eingeschlossen in dieser Scheißkarre, die sich weder öffnen noch starten ließ und schlagartig vom Vertrauten zum Feind geworden war.

Die Sekunden verrannen.

Sie fühlte die Schweißtropfen auf der Stirn, das unkontrollierbare Beben, die grauenhafte Enge in Kehle und Brust, die Klammer, die sich immer weiter zuzog.

Woher bloß kam jetzt dieses neue Gefühl? Ein Rascheln in der linken Brust? Dieses starke Klopfen? Ihre Finger ertasteten die Stelle unter dem Schlüsselbein, an der der Schrittmacher saß, ein seltsam rundes Teil mit Sonden, die bis in ihr Herz reichten und es dort mit schwachen elektronischen Impulsen stimulierten. Perfekte Technik, weltweit jedes Jahr hunderttausend Mal verpflanzt. Louisa war schrittmacherabhängig, eine so genannte Stimulationspause wäre tödlich. Gerade erst war die Software upgedatet worden. Und doch …

Ihr Herz stockte. Schlug unregelmäßig weiter. Stockte erneut. Länger diesmal. Unerträglich lange. Die vollkommene Stille dröhnte in ihren Ohren, während sie um Luft rang. Wertvolle Luft, die sich nicht länger atmen lassen wollte und einem Krampf wich, der ihr die Augen aus den Höhlen drückte.

Röcheln. Würgen. Schnappen.

Vergeblich. Das verzweifelte Hämmern in ihrer Brust wurde zaghafter.

Ein letzter Gedanke vor der gnädigen Ohnmacht schwappte nach oben.

Muss ich jetzt sterben?

MARIE

Dahoam.
**Der Ort, an dem man geboren und aufgewachsen ist
oder sich durch ständigen Aufenthalt zu Hause fühlt.**

Was für ein Saustall.

Maries Vorgänger, Dr. Alban Kleindienst, hatte nichts, aber auch gar nichts mehr gemacht seit seinem Entschluss, die Praxis zu übergeben. Sie war ein abgewohnter Albtraum, allerdings in guter Lage, auf der Esplanade, direkt neben dem Museum der Stadt, jenem Haus, in dem sich dereinst Kaiser Franz Josef und seine Sisi verlobt und der Stadt damit auf ewig ihren Stempel aufgedrückt hatten.

Bad Ischl.

Mit 16 hatte sie das »Bad« immer Englisch ausgesprochen und so gegen die vermeintliche Enge und Kleinbürgerlichkeit protestiert. Jetzt, 17 Jahre später, hatte sie ihre Meinung geändert. Nach den aufreibenden Jahren in Salzburg würde sie ab sofort von ihrer kleinen Wohnung in St. Wolfgang aus in die Gegenrichtung pendeln.

Dr. Kleindienst hatte genug davon gehabt, mit fast 70 stets zur Verfügung zu stehen, und sie davon, noch länger auf der stressigen Intensivstation zu bleiben, insbesondere seit Corona.

Zuvor war es ihr leichter gefallen, die vielen Schicksale und den allgegenwärtigen Tod nicht an sich heranzulassen, sie als medizinische Fälle zu betrachten.

Doch dann waren sie gekommen, die endlosen Dienste an der Grenze der körperlichen Leistungsfähigkeit in den höllischen Schutzanzügen, die Hilflosigkeit, die Verzweiflung. Eine 26-jährige Schwangere, die monatelang gekämpft und ihr Baby nie gesehen hatte, ehe sie gestorben war, Patienten, die man zunächst stabilisiert und die dann doch keine Chance mehr gehabt hatten, weil ihre Organe versagt hatten.

Insbesondere zermürbt hatten sie die Anfeindungen. Wie oft sie ihre Erschöpfungstränen hinuntergeschluckt oder im Stillen geweint hatte! Zuletzt auch noch der Faustschlag eines Unbekannten während der Proteste gegen die Impfpflicht.

Danach hatte sie noch ein halbes Jahr durchgehalten. Sechs durchwachsene Monate, die im Entschluss gipfelten, keine Sekunde länger wie betäubt zu funktionieren und der zunehmenden Gleichgültigkeit zuzusehen. Und als sie von der frei werdenden Ordination am Bad Ischler Traunufer erfahren hatte, hatte sie den ersten Anflug von Hoffnung seit Langem gespürt und gewusst, dass es an der Zeit war, einen radikalen Schnitt zu setzen und den Menschen in anderer Form zu helfen.

Womöglich trotzdem etwas überstürzt hatte sie zugesagt. Dr. Kleindienst hatte sich bereit erklärt, noch so lange zu ordinieren, bis ihre Kündigungsfrist abgelaufen war. Die Übergabe war reibungslos verlaufen, und nun stand sie hier, inmitten von wuchtigen Kirschholz-Grausamkeiten, zerfransten Postern menschlichen Innenlebens, einem Plastikskelett und einem Linoleumboden in der Farbe Rotz.

Eine Woche blieb ihr, um hier alles halbwegs zum Funktionieren zu bringen und eine tüchtige Sprechstundenhilfe zu finden, bisher der Job von Dr. Kleindiensts Frau. Was sie bereits besaß, waren erwartungsvolle Patienten und jede Menge Termine mit Handwerkern.

Ihre bisher schönste Entdeckung in der unmittelbaren Umgebung: die Bäckerei ein paar Häuser weiter, ebenfalls direkt an der Esplanade gelegen, die nicht nur herrlichen Kaffee anbot, sondern auch selbst gebackene Brotsorten, Handsemmeln und typische Bad Ischler Süßigkeiten.

Es war noch früh, doch der erste Morgenansturm hatte sich bereits gelegt. Marie saß an einem der kleinen Tische am Fenster, vor sich den zweiten Cappuccino des Tages, ein Grahamweckerl mit Butter und ihr iPad. Die Liste der zu erledigenden Dinge wurde immer länger. Aufseufzend wuschelte sie durch ihre hellbraunen Locken, das kaum zu bändigende und wenig geliebte Familienerbe.

Aus den Augenwinkeln bemerkte sie, wie sich die junge Angestellte zu der Frau am Nebentisch setzte. Flüchtig musterte sie die beiden. Die Bäckerin war sehr hübsch, vielleicht Mitte 20 und über und über tätowiert, die Ältere übergewichtig und unscheinbar und steckte in einem unvorteilhaften braunen Dirndl.

Um nicht neugierig zu wirken, wandte sich Marie wieder ihren Überlegungen zu, doch das Gespräch am Nebentisch ließ sich kaum überhören. »Filo, schau, ich bringe dir noch einen Kaffee. Geht aufs Haus. Hast du schon etwas gefunden?«

Die Mittfünfzigerin mit den dicken Brillengläsern schüttelte den Kopf. »Ach wo, ich bin ein bodenloses Schwarzes Loch am Arbeitsmarkt. Zu alt, zu dick, zu weiblich, zu ungebildet. Ein hoffnungsloser Fall. 40 Jahre Erfahrung als Hebamme zählen nicht. Und jetzt Themenwechsel. Wie geht's dir mit deinem Habschi?«

Die Blondine mit den Dreadlocks begann zu strahlen.

»Du weißt ja, dass er sich bisher nie fix auf eine Beziehung eingelassen hat, weil er nicht auf alle anderen Frauen verzichten wollte. Aber gestern hat er gesagt, bei mir sei es anders. Ist das nicht super?«

Ein Schatten glitt über das Gesicht der Älteren.

Erschrocken zupfte die Bäckerin an ihrem Nasenpiercing. »Du kennst mich, seit ich ein Baby war. Sei ehrlich, was denkst du?«

»Kind, schau, vielleicht meint er es wirklich so. Aber offenbar bedeutet es für ihn nicht nur Freude, mit dir zusammen zu sein, sondern auch Verzicht. Was schadet es also, euch Zeit zu geben?«

Die Jüngere verzog das Gesicht. »Wieso kannst du mir nie das sagen, was ich hören will?« Mit diesen Worten stand sie auf und legte die Hand auf die rechte Schulter der Frau. »Danke!«

Als die Frau im Dirndl gegangen war, erhob sich auch Marie. Sie hatte noch einen Termin mit einem Tischler der Attersee-Werkstätten.

»Entschuldigen Sie«, wandte sie sich an die junge Angestellte, »darf ich mich rasch vorstellen? Ich bin Marie Giesinger, die Nachfolgerin von Dr. Kleindienst.«

Ihr Gegenüber lächelte. »Das weiß ich doch schon längst, Frau Doktor. Herzlich willkommen in der Nachbarschaft. Ich bin die Laura Danklmayr. Voll schön, dass Sie jetzt da sind! Der alte Herr Doktor war zwar süß, aber halt schon ein *bissl* verstaubt.«

Die Buschtrommeln! Wie hatte Marie die bloß vergessen können? Neuigkeiten verbreiteten sich in Ischl wie ein Lauffeuer.

»Laura, wer war denn die Dame, mit der Sie sich eben unterhalten haben?«

Diskretion war Lauras Sache nicht. »Na, die Filo Hemetsberger. Das ist so eine Liebe. Hat früher als Hebamme gearbeitet, aber jetzt … Na ja, sie ist nicht mehr die Fitteste nach dem Schicksalsschlag. Findet keinen Job, dabei ist sie schlau und kennt jeden in Ischl!«

Dermaßen geballte Information in so wenigen Sätzen musste Marie erst einmal sacken lassen. Nachdenklich bedankte sie sich mit einem großzügigen Trinkgeld, ehe sie auf die Straße trat, wo soeben der weiße Kastenwagen des Tischlers einparkte.

Drei Tage später waren die Linoleum-Katastrophe, die grindigen Poster und das Skelett Geschichte, die Möbel beauftragt, die Wände gestrichen und die nötigsten Dinge auf Schiene. Am Nachmittag würde der neue Boden verlegt werden. Danach graute Marie schon vor den Computerleuten. Sie brauchte jemanden, der ihr half, die Datenbank auf den neuesten Stand zu bringen, ein Online-Terminportal einzurichten und sich darauf einzustellen, dass sie wahrscheinlich an die Hälfte der dringend notwendigen Dinge noch gar nicht gedacht hatte. Renovieren ertrug sie ohnehin nur in homöopathischen Dosen – und das hier glich einem Tsunami.

Spontan beschloss sie, das schöne Herbstwetter auszunutzen und mit ihrem E-Bike an der Traun entlang durch den Sisi-Park und Kaltenbach in Richtung Bad Goisern zu radeln. Sport half ihr, Stress abzubauen. Nach ihrem Leben in Salzburg freute sie sich auf mehr Zeit in der Natur und in den Bergen, die ihr seit frühester Kindheit vertraut waren. Eine Skitour bei Vollmond entsprach viel mehr ihrer Vorstellung von Glück als jedes Luxusabendessen.

»Hallo, Frau Dr. Giesinger, sind Sie da?«

Erstaunt lugte Marie zur Eingangstür.

Der Anblick war umwerfend. Die zarte Laura aus der Bäckerei verschwand beinahe hinter der wuchtigen Gestalt, die sie hineinschob und die einen Teller mit kleinen Schokoküchlein und jede Menge Verunsicherung im Gesicht vor sich hertrug.

Ohne zu zögern, legte Laura los. »Höchste Zeit, dass ihr euch kennenlernt. Das ist die Filo. Sie hat unheimlich viel Ahnung vom Backen, von Medizin, vor allem aber von Menschen … und auch von Computern. Das Einzige, was sie nicht kann, ist, sich selbst zu loben und selbstbewusst damit anzugeben. Sie werden keine bessere Sprechstundenhilfe finden. Und keine besseren Ischler Törtchen. Also, was halten Sie davon?«

Perplex huschte Maries Blick zwischen der korpulenten Frau, Laura und den köstlich duftenden Törtchen hin und her. Filos Gesichtsausdruck schwankte zwischen Panik und Hoffnung, Laura strahlte und machte eine auffordernde Geste. Ansonsten herrschte erwartungsvolle Stille.

»Äh«, räusperte sich Marie und pustete die Wangen auf. Das erste Wort, das ihr in den Sinn kam, war: »Computer?«

Filos Miene erhellte sich und ein winziges Lächeln stahl sich in ihre Mundwinkel. Man musste sie einfach mögen. »Seit Jahren mache ich beim Arbeitsmarktservice jede Fortbildung, die ich kriegen kann, und Zeit habe ich ja. Datenbankverwaltung hatte ich schon ganz zu Anfang, da werden fähige Leute gesucht, außer sie sind so wie ich.« Sie sagte es ohne Bitterkeit und deutete mit einem kleinen Schulterzucken an sich hinab.

Endlich hatte Marie sich gefangen. »Okay, nehmen wir doch mal ein wenig das Gas raus. Noch funktioniert hier nicht viel, aber Kaffee gibt es!« Neugierig deutete sie auf den Teller, den Filo immer noch wie eine Schutzbarriere vor sich hielt. »Haben Sie die wirklich selbst gemacht?«

Laura sprang in die Bresche. »Verfeinertes Originalrezept vom Zauner, aber der kann sich brausen gehen gegen die von der Filo!«

»Echt? Das will ich probieren!«

Ob es die Törtchen waren, die emotionale Intelligenz, der schnell angeschlossene Computer, ihre Sympathie gegenüber einer gebeutelten Geschlechtsgenossin – oder alles auf einmal. Als der Bodenleger mit seiner Arbeit begann, hatte sie eine neue Angestellte.

Geplättet parkte Marie nach diesem ereignisreichen Nachmittag ihr Auto vor dem kleinen Apartmentkomplex, in dem sie sich schon vor Jahren das Studio im Dachgeschoss gekauft hatte. Vornehmlich deshalb, weil sie sich in den spektakulären Ausblick von der Terrasse verliebt hatte. Im Grunde war ihr St. Wolfgang zu überbezahlt und überlaufen gewesen, aber dann hatte die Aussicht über ihre Skepsis gesiegt – und die Lage etwas außerhalb, in Au, ein paar Hundert Meter vor der Ortseinfahrt. Die fünf anderen Einheiten waren Anlageobjekte, weshalb sie so gut wie immer ihre heilige Ruhe hatte. Zu ihren Füßen erstreckte sich, verbunden durch eine Treppe, der im Sonnenuntergang glitzernde Wolfgangsee, dahinter die Bergkulisse. »Hier steht ziemlich viel hübsche Gegend herum«, hatte ihre Freundin und ehemalige Kollegin Gundi es auf den Punkt gebracht, als sie zum ersten Mal zu Besuch gewesen war.

Ein hoher Kirschlorbeer trennte den Vorgarten vom Nachbarhaus, das erst vor zwei Jahren aufwendig umgebaut worden war. Marie fand es zauberhaft, aber weit jenseits ihrer Preisklasse. Schon ihre 65 Quadratmeter strapazierten ihr Konto bis ans Limit. Die direkte Lage am Wasser war alles andere als ein Schnäppchen – und doch jeden Cent wert.

Verwundert registrierte sie die offen stehende Eingangstür der Nachbarn, vergaß sie dann aber sofort wieder, weil ihr Telefon läutete. Es war Gundi, die haarklein wissen wollte, wie es so sei, »an Land gezogen worden zu sein«.

Eine Stunde später, inzwischen war es dunkel geworden, bemerkte sie, dass bislang niemand nebenan die Tür geschlossen hatte, das Haus selbst aber im Finsteren lag. Kurz entschlossen ging sie nach unten und huschte am schmalen Streifen zwischen Hecke und Seeufer auf das Grundstück, der einzigen Möglichkeit, dorthin zu gelangen, denn das zwei Meter hohe automatische Tor der Zufahrt war fest verschlossen. Zwar gab es eine Alarmanlage, aber da die bisher nicht angeschlagen hatte, war sie wohl deaktiviert. Die Außenbeleuchtung allerdings funktionierte, sprang an und tauchte alles in warmes Licht. Mit einem mehr als mulmigen Gefühl stand Marie auf der Kante der großen Holzterrasse, die ein Stück weit in den See hineingebaut worden war. Im etwa zwei Meter tiefen und um diese Jahreszeit sehr klaren Wasser blitzte kurz etwas auf, aber sie konnte nicht erkennen, was. Vorsichtig ging sie um das Haus herum und lugte in den Eingangsbereich. Nichts rührte sich.

»Hallo, bei Ihnen steht offen. Ist alles in Ordnung?«, rief sie, und kam sich dämlich vor. Aus dem Haus drang ihr aber weiterhin nichts als Stille entgegen.

Noch einmal machte sie sich bemerkbar, mit genauso wenig Erfolg. In der Tat schien niemand da zu sein. Ob die tatsächlich weggefahren waren, ohne ihre Nachlässigkeit zu bemerken? Sie wusste natürlich, wer zeitweise hier wohnte, Kontakt oder gar eine Telefonnummer gab es aber nicht. Die spielten in einer anderen Liga.

Also gut. Sie würde jetzt einfach diese Tür schließen und dann zurück in ihre Wohnung gehen. Damit hatte sie ihre Nachbarspflicht erfüllt. Im Umdrehen stutzte sie. Von dort, wo sie stand, führte ein kurzer Weg zur angebauten Garage, die man durch eine schmale Tür neben einem Rolltor betreten konnte. Direkt davor lag ein roter Schal, teuer, das erkannte Marie sofort, und sie erinnerte sich im selben Moment daran, ihn schon einmal am Hals seiner Besitzerin gesehen zu haben. Aufgefallen war ihr das nicht nur, weil die eine gewisse Berühmtheit war, sondern auch, weil sich die Farbe schlimm mit deren ebenfalls roten Haaren gebissen hatte.

Nachdenklich hob sie das gute Stück auf und griff in weiches Kaschmir. Weil ihr nichts Besseres einfiel, hängte sie es an die Klinke der Tür, die plötzlich nachgab und einen Lichtsensor aktivierte. Schlagartig wurde es hell.

Erschrocken fuhr sie zurück, doch in ihren Augenwinkeln nahm sie reflektierendes Rot wahr. Ihr Herz klopfte wild, als sie sich ein Stück nach vorne beugte und erkannte, worum es sich handelte. Das Auto der Nachbarin. Und die saß regungslos darin! Aufrecht gehalten durch den Gurt, der Kopf war zur Seite gesunken.

Maries Instinkte griffen. Mit wenigen Schritten war sie am Auto und rüttelte am Griff, bis die Fahrertür nachgab. »Verdammt noch mal!«, fluchte sie. Die Ärztin in ihr übernahm, tastete, suchte den Puls, registrierte die halb geöffneten Augen, die gräuliche Haut. Frustriert erkannte sie die Hoffnungslosigkeit ihres Tuns.

Hier war nichts mehr zu machen.

Louisa Starenberg, die Influencerin, war tot.

BEN

Friara.
Die Menge aller zeitlich zurückliegenden Ereignisse.

Missmutig musterte Ben Achleitner seine Wanderschuhe, das Klettergeschirr und den gepackten Rucksack.

Das durfte doch nicht wahr sein!

Seit Wochen hatte er sich auf die Dachstein-Überquerung gefreut, die Hütten reserviert, war alle Aspekte der Route durchgegangen und hatte noch vorgestern begeistert den Wetterbericht studiert. Er war perfekt vorbereitet, bis auf die Tatsache, dass ihn seit gestern ein hartnäckiger Husten quälte. In der Nacht hatten sich auch noch eine verstopfte Nase und Kopfweh dazugesellt. In Summe ergab das ein Prachtexemplar von Grippe. Ausgerechnet jetzt, wo er sich zwei Wochen Urlaub genommen und vorgehabt hatte, einige lang geplante Wanderungen und Klettersteige zu machen.

Der Oktober zeigte sich von seiner besten Seite, seine Gesundheit nicht.

Obwohl er ein wenig zur Unvernunft neigte und sich nicht gleich ins Bett legte, wenn etwas zwickte, war ihm klar, dass mit diesen Viren besser nicht zu spaßen war. Wollte er nicht die ganzen 14 Tage im Bett verbringen, war Handeln angesagt. Samstagnachmittag. Alle Apotheken hatten schon geschlossen, und wegen einer Grippe fuhr man nicht ins Krankenhaus. Der Ärztenotdienst verwies ihn an einen Dr. Kleindienst. Dunkel erinnerte er sich an den Namen des Arztes, der schon seit einer gefühlten Ewigkeit in Ischl ordinierte.

Erst beim dritten Läuten wurde abgehoben. »Ja, bitte?«, ertönte es resolut aus dem Hörer. Ben legte einen Hauch Drama in seine Stimme und hustete ein paarmal gekünstelt, als er der Frau sein Anliegen schilderte.

Die Stille am anderen Ende der Leitung verhieß nichts Gutes. »Guter Mann, lassen Sie Ihre Schauspielkünste stecken. Wenn es dringend ist, kommen Sie vorbei. Dann werden wir ja sehen, was Ihnen wirklich fehlt!«

Aufgelegt.

Charme ging anders, aber immerhin hatte er einen Termin.

Es roch nach Farbe und Kleber, als er die Treppen zur Ordination hochstieg. Mittlerweile fiel ihm das Atmen schwer, und er hatte wohl auch leichtes Fieber. Erlöst betrat er durch die nur angelehnte Tür die Ordination, in der offensichtlich gerade umgebaut wurde.

Hinter einem Empfangspult aus Holz thronte eine füllige Frau in einem voluminösen weißen Kittel. Als sie ihn erblickte, erstarrte ihr Gesicht für einen winzigen Augenblick, dann lächelte sie unverbindlich und winkte ihn zu sich. »Sie sind der Herr Achleitner, nicht wahr? So grün, wie Sie sind, haben Sie tatsächlich nicht nur einen Männerschnupfen.«

Etwas an der Frau irritierte ihn. Wahrscheinlich kannte er sie von früher, ohne sich wirklich an sie zu erinnern, war sie doch ohne Zweifel Mitte 50 und offenbar schon eine erfahrene Ärztin.

»Krieg ich jetzt Extrapunkte?«

»Vor allem kriegen Sie jetzt Hilfe.«

Ben nickte dankbar und stützte sich ab. Diese Dr. Kleindienst war ihm sympathisch, aber in seiner Situation hätte er jeden genommen.

»Filo, weißt du zufällig, wo die …?«

Die Frau, die soeben um die Ecke geschossen kam, riss die Augen auf. »Was machst *du* denn hier?«

Die Blicke der drei flogen kreuz und quer.

Als Erste fand Filo die Sprache wieder. »Ihr kennt euch?«

Als Nächster war Ben an der Reihe. »*Du* bist die Ärztin, Marie? Bist du jetzt verheiratet und heißt Kleindienst?«

»Nein, Benediktus Achleitner. Dr. Kleindienst ist in Pension. Ist offenbar noch nicht überall angekommen.«

Rechtfertigte sie sich etwa? »Hätte mich auch gewundert.«

Das hätte er besser nicht gesagt, denn Maries Augen zogen sich zu Schlitzen zusammen. Nur zu gut erinnerte sich Ben daran, was üblicherweise folgte. Doch es kam nicht. Stattdessen hörte er ein leises »Sehen wir lieber mal, was dir fehlt.«

Maries Beherrschtheit nahm der Situation die Spitze.

Filo, die interessiert von einem zum anderen geschaut hatte, übernahm. »Na, dann wollen wir mal, Chris, hier lang!«

»Chris?«

»Nicht wegen der Optik, aber wegen der Schauspielkünste, Mr. Hemsworth!«

Ben gab auf. Besser, er verhielt sich brav. Gegen diese geballte Frauenpower war er machtlos. Und immerhin hatte diese Filo ihn nicht mit dem Grinch verglichen, auch wenn seine momentane Gesichtsfarbe gepasst hätte.

20 Minuten später war er wieder weg, versorgt mit Medikamenten aus Maries Beständen und der Weisung, ein paar Tage zu ruhen, um zumindest die zweite Urlaubswoche zu retten. Beide Frauen sahen ihm nach, keine sprach. Stattdessen wandte sich jede wieder ihren Aufgaben zu.

Nachdenklich legte Filo Ben in der Patientenkartei an.

Arbeitgeber: Landeskriminalamt Oberösterreich.

Wohnort: Linz.

Geburtsort: Bad Ischl.

Derselbe Jahrgang wie Marie.

Ledig.

Und fesch, dachte sie bei sich, gute Muskeln, wenn auch zu blond. Der Vergleich mit dem australischen Schauspieler, der ihr insbesondere als Thor in den Marvel-Filmen gefiel, war gar nicht einmal so abwegig gewesen, insofern man beide Augen zudrückte, zehn Zentimeter Körpergröße abzog und den Höcker auf der Nase übersah.

Aber das Lächeln stimmte.

Wenn die sich mal nicht aus der Schule kannten. Dass zwischen ihnen etwas vorgefallen war, lag auf der Hand.

MARIE

Unguats Gfüh.
Eine böse Vorahnung.

Nachdenklich putzte Marie seit Minuten über die schon längst blitzblanke Stelle. Welch seltsamer Zufall ihr gestern ausgerechnet Ben Achleitner in die Praxis gespült hatte! Seit Jahren war der Kontakt eingeschlafen, doch hin und wieder stolperte sie über ihn, wenn Kriminalfälle in den Schlagzeilen landeten. Nicht, dass sein Name aufgetaucht wäre, aber sie wusste, dass er der Mordgruppe in Linz angehörte.

Mit einem unwilligen Laut warf sie den Schwamm in die Spüle und wandte sich dem anderen Thema zu, das sich nun schon seit einiger Zeit hartnäckig in ihrem Unterbewusstsein festbiss. Dem, was aus ihrer Sicht an der Sache mit Louisa Starenberg nicht stimmte. Der Gedanke ließ sie nicht los, aber sie hatte im Grunde keinen Nerv dafür und den Kopf zu voll mit dringlicheren Dingen rund um die Reorganisation der Ordination.

Über ihre Verbindungen kannte sie den Obduktionsbefund: Natürlicher Tod, das Herz hatte, trotz Schrittmacher, versagt. Diese Geräte hingen, das hatte sie nachgelesen, an ausgeklügelter Software, funktionierten autark. Und doch war Louisa gestorben. Der eigentliche Auslöser für Maries Unbehagen war aber ein anderer. Vielleicht bot sich ihr nun unerwartet eine Lösung. Kurz entschlossen legte sie sich ihre Patientendatenbank auf den Schirm und wählte eine Telefonnummer.

»Was für eine Überraschung, Marie. Mit dir hätte ich nicht gerechnet. Ein Krankenbesuch bei deinem Lieblingspatienten?« Der kleinen Neckerei folgte ein erbärmliches Niesen.

»Gesundheit!«, sagte die Ärztin trocken und reichte ihm ein Nasenspray. »Zumindest deine Nase wird sich freuen, mich zu sehen!«

Ben ergab sich. »Verzeih. Danke, dass du gekommen bist. Herein mit dir. Ich hoffe, dein Immunsystem ist stabil?«

Erneutes Niesen.

»Ich werde es einfach riskieren.«

Mit diesen Worten schlüpfte Marie an ihm vorbei in das kleine Haus.

»Willkommen in dieser unvergesslichen Naturkulisse am Fuße der Ewigen Wand, im einst schönsten Dorf der Monarchie!«, zitierte Ben offensichtlich einen Tourismusfolder. »Wie am Beispiel dieses Bauwerkes ersichtlich konnte sich Bad Goisern seinen ursprünglichen Charme bis in unsere Zeit bewahren.«

Marie sah sich in den vielleicht 30 Quadratmetern schlichter Holzhütte um. »Was sagt Kaiser Franz Josef zu deinem Palast?«

»Hab ihn heute noch nicht gesehen!«

Kurz trafen sich ihre Blicke. Etwas Vergangenes kochte hoch. Schnell floh Ben in Unverbindliches. »Setz dich. Magst du Tee?«

Erleichtert nahm Marie an. Insgeheim zweifelte sie gerade an ihrem gesunden Menschenverstand. Hatte der besinnungslos in einer Ecke gelegen, als sie vorhin angerufen hatte? Für Reue war es allerdings zu spät, im Grunde schon seit vielen Jahren.

Während Ben an der winzigen Küchenzeile werkelte, ließ sie ihren Blick durch den einzigen Raum schweifen. Eckbank, großer Jogltisch aus Fichte, Bettnische und ein wunderschöner alter Kachelofen mit Sichtfenster. Sie liebte die gemütliche Einfachheit solcher Hütten, selbst wenn es bedeutete, gewisse Bedürfnisse in einem Plumpsklo im Freien zu verrichten, und sich die Dusche auf das eiskalte Wasser des Brunnens vor der Tür beschränkte.

Um herzukommen, hatte sie in Bad Goisern die Panoramastraße in Richtung »Rathlucken Hütte« genommen. Bens Behausung lag nahe dem urigen Gasthaus, an das Marie sich insbesondere wegen der göttlichen Rehlaibchen mit Kartoffelpüree erinnerte.

Als sich das Schweigen ausdehnte, setzte sie sich an den Tisch und fragte neugierig. »Hast du dieses Häuschen gemietet?«

Beladen mit zwei dampfenden Tassen setzte Ben sich zu ihr. »Es gehörte dem Hubsi Ladreiter, erinnerst du dich noch an den? Der mit dem Backenbart, der so ausg'schaut hat wie der selige Kaiser!«

Marie prustete los. »Was, echt? Der mit der riesigen Mütze aus grünen Federn, von denen er immer niesen musste?«

Beide versanken in Erinnerungen. Die Kaisertage rund um den 18. August waren von jeher ein Riesenspektakel in Ischl. Viele warfen sich in alte Kostüme, aber der Hubsi Ladreiter in seiner Galauniform mit der blauen Joppe war eine Legende.

Sentimental geworden fuhr Ben fort. »Der Kaisergeburtstag war der Höhepunkt seines Jahres. Sonst war er eher ein Einsiedler. Immer wenn ich in der Gegend war, hab ich auf einen Zirbenen bei ihm vorbeigeschaut. Ich war vollkommen überrascht, als er mir die Hütte vererbt hat, aber mich freut's. Ich bin viel hier.«

Marie nahm einen Schluck vom Bergkräutertee und verzog das Gesicht. »Jugendfrei ist der aber nicht!«

Ben zuckte mit den Schultern. »Du bist ein großes Mädchen. Also, raus damit, was kann ich für dich tun?«

»Hast du das von der Louisa Starenberg mitbekommen? Der Influencerin mit den vielen Followern auf Instagram und Co?«, platzte sie heraus.

»Du meinst die Ex vom Janus Blaubart? Ist die nicht vor Kurzem gestorben? Herzversagen oder so?«

Warum bloß betrachteten so viele Louisa nicht als eigenständige Persönlichkeit mit einer Karriere, sondern nur als die Ex irgendeines Linksverteidigers, der eher den Ball beherrschte als sich selbst?

»Genau. Trotzdem sie einen Schrittmacher implantiert hatte.«

»Schrittmacher? In ihrem Alter? Wie kann das sein?«

»Damit, mein lieber Benediktus, bringst du die Sache schon sehr gut auf den Punkt«, konstatierte Marie, »genau das frage ich mich nämlich auch. Ich habe mich ein wenig schlaugemacht.«

Auffordernd zog er die Augenbrauen hoch.

»Schrittmacher sind heutzutage sehr ausgeklügelt. Vereinfacht gesagt werden sie zumeist unters Schlüsselbein oder unter den Brustmuskel eingepflanzt. Drähte mit Elektroden stimulieren dann das Herz.«

»Aber die war doch, was weiß ich, 23? Warum hat sie denn überhaupt einen gebraucht?«

Marie stützte die Unterarme auf die abgewetzte Tischplatte. »Sie hat wohl denselben Fehler begangen wie du und eine Grippe verschleppt. Die noch nicht abgetöteten Viren in ihrem Körper haben daraufhin ihren Herzmuskel entzündet. Anstatt es ruhig anzugehen und sich auszukurieren, hat sie trainiert und ist prompt im Fitnessraum zusammengeklappt. Zwar hat Blaubart sie gleich gefunden und alles richtig gemacht, aber leider war ihr Herz da bereits irreversibel geschädigt.«

An Bens konzentrierten Blick beim Nachdenken erinnerte sie sich noch.

»Und was daran scheint dir jetzt verdächtig? Sogar so sehr, dass du dich in die Höhle des Löwen wagst?«

Du hast recht, dachte Marie still bei sich, bis vor ein paar Tagen hätte ich lieber eine Darmspiegelung gemacht, als dich zu treffen.

Laut aber sagte sie: »Offenbar kann auch ein Schrittmacher keine Wunder vollbringen, wenn das Herz nicht mehr will. Dass das Gerät selbst eine Störung hat, kommt kaum noch vor.«

»Klingt für mich alles ganz normal, und es gab ja auch keine weiterführende Untersuchung. Der Fall ist abgeschlossen, also scheint es keine Zweifel daran zu geben, dass an ihrem Tod etwas nicht stimmt!«

Maries Vernunft deckte sich mit dieser Aussage, nicht aber ihr Bauchgefühl. Eindringlich sah sie ihn an. »Irgendetwas stört mich maßlos an der ganzen Geschichte.«

»Kann es sein, dass Louisa wegen all dem Stress ihre Untersuchungstermine nicht wahrnahm oder ihr der Druck zusetzte? Immerhin gab es eine sehr öffentliche Trennung, die sogar ich mitbekommen habe, und ein paar bitterböse Interviews, bei denen sie nicht gut wegkam.«

Da schau her, auch ein Ben Achleitner war also nicht gefeit vor Klatsch und Tratsch. Blaubart hatte in der Tat vor den Augen aller schmutzige Wäsche gewaschen, und auch Louisa hatte sich nicht mit Zurückhaltung bekleckert. Im Gegensatz zu ihm war sie aber durch einen Shitstorm von der breiten Öffentlichkeit genüsslich seziert worden.

»Gut möglich, dass die Aufregung zu viel für ihr Herz war. Zumindest haben die Medien das vermutet. Dass der Stress den High-Tech-Schrittmacher beeinflusst hat, kann ich mir nicht vorstellen. Aber …«

Sie hielt inne, was Ben aufblicken ließ. Er schien zu ahnen, dass sie jetzt zum eigentlichen Grund ihres Überraschungsbesuches kommen würde. Und es musste ein sehr guter sein.

»Aber etwas anderes passt nicht. Ich habe die beiden heftig streiten gehört.«

Ben schnaubte. »Das hat die halbe Welt.«

»Die beiden waren meine Nachbarn in St. Wolfgang, Ben«, sagte Marie bedrückt, »*ich* habe Louisa gefunden und ihr leider nicht mehr helfen können. Du hast mich noch nicht gefragt, warum mich das alles überhaupt so interessiert. Jetzt kennst du den Grund.«

In seinem Blick erkannte sie Mitgefühl. »Die Sache verfolgt mich, mir gelingt keine professionelle Distanz.« Sie schluckte, aber nun waren die Schleusen geöffnet. »Von meiner Dachterrasse aus sehe ich direkt in ihren Garten. Oft waren sie nicht da, aber wenn, dann sind meistens die Fetzen geflogen. Einmal hat er sie sogar ins Wasser gestoßen und dabei gebrüllt, dass er sie umbringen würde, wenn sie *das* tun würde.«

»Wenn sie *was* tun würde?«

»Ich weiß es nicht, Ben, nur, dass sie ausgesprochen verängstigt wirkte, nahezu panisch. Wäre ich an ihrer Stelle auch gewesen. Der Typ schien gefährlich.«

Als Marie gefahren war, packte Ben sich warm ein und trat vor die Hütte. Inzwischen war der Mond hervorgekommen und tauchte das Goiserertal in blauen Schein. Lichter blinkten, und am Horizont leuchtete, beeindruckend wie immer, das Dachsteinmassiv. Genau dort wäre er jetzt gerne, auf der Simonyhütte, voller Vorfreude auf einen Tag, dessen Krönung der Doppelgipfel seiner »Majestät« gewesen wäre, der Hohe Dachstein mit seinen knapp 3.000 Metern.

In langsamen Schlucken trank er eine heiße Milch mit Honig. Die Vernunft riet ihm, sich hinzulegen, aber dafür war er zu aufgewühlt. Zum einen von Maries Geschichte, die ihm allerdings suppendünn erschien und hinter der er nicht viel vermutete, insbesondere aber von Marie selbst. Hübsch war sie nach wie vor, mit ihren unbändigen Locken, den blitzenden grünen Augen, der etwas zu großen Nase und dem süßen Grinsen. Dass sie ihn, den Klassencasanova, damals links liegen gelassen hatte, hatte ihn gereizt, genauso wie ihre Antwort auf die Frage, ob sie mit ihm »gehen« wolle. »Du bist mir zu klein, zu selbstverliebt und zu roh!«

Und doch ...

Unwirsch schob er den Gedanken zur Seite. Die Sache war vorbei, er hatte losgelassen, ein zäher Prozess, in dem er sich oft genug belogen und das lästige Fünkchen Hoffnung lange gebraucht hatte, um zu erlöschen. Er hörte in sich hinein und spürte eine gewisse Verunsicherung. Er wollte sich nicht wieder auf etwas einlassen, weshalb er vorhin zu Marie gesagt hatte, er wisse noch nicht, ob er ihrer Bitte entsprechen könne, in dieser Sache als Privatperson nachzubohren.

Tags darauf siegte allerdings doch die Neugier.

Die erste Neuerung, nachdem Ben die Hütte vom alten Ladreiter übernommen hatte, war ein fetter WLAN-Router gewesen. Seit einiger Zeit hockte er nun schon am Computer und surfte.

Marie hatte ihm gestern noch einiges über Schrittmacher, Herzinsuffizienz und Infarkte erzählt, aber da er nicht vom Fach war, wollte er sich in seinem Tempo in die Materie einarbeiten.

Zuvor allerdings tauchte er immer tiefer in eine andere Welt ein, die sich ihm bislang nur am Rande und vor allem beruflich erschlossen hatte. Was er keine Sekunde lang bereute.

Zwei Jahre lang hatten Louisa Starenberg und Janus Blaubart einen großen Teil ihres Privatlebens mit der Öffentlichkeit geteilt. Vom Kennenlernen bei einer Meisterfeier seines Vereins bis hin zur Trennung, die man erst einmal so herzlos hinbekommen musste.

Louisa hatte Janus in einem Posting bezichtigt, sie betrogen zu haben, aber gemeint, sie sei offen für ein Gespräch. Worauf er, auch via Instagram, zurückgeschlagen und die Beziehung kurzerhand beendet hatte.

Ich trenne mich von Louisa. Ich brauche diesen Schlussstrich. Zwischen uns steht zu viel. Natürlich werden wir Freunde bleiben, und ich wünsche ihr alles Gute.

25 lapidare Worte. Hatten sie Louisa dazu veranlasst, deprimiert und verzweifelt aus dem Leben zu scheiden? Wohl kaum. Auch ihr letzter Post sprach aus Bens Sicht dagegen.

Ich bin außer mir.
Statt miteinander zu reden, ist jetzt alles aus.
Ich werde nicht den Fehler machen, mich spontan
zu äußern, muss das erst einmal sacken lassen. Vor-
erst nur so viel: Ich fühle mich hintergangen und
in ein völlig falsches Licht gerückt.
Alles ist ganz anders, als Janus es darstellt. Ihr wer-
det die Wahrheit erfahren. Bald. Aber jetzt brau-
che ich erst einmal ein paar Tage Rückzug.
Ihr hört von mir.

Klang das nicht vielmehr drohend denn suizidal? Hatte Blaubart sich vor ihren Enthüllungen fürchten müssen? So sehr, dass es einen Mord rechtfertigte?

Das erschien Ben dann doch weit hergeholt. Blaubart war ein erfolgreicher Fußballer, kein Killer, wenngleich er sich mit seinen Millionen am Konto jederzeit einen hätte leisten können.

Ein anderer Aspekt allerdings setzte sich in Bens Hinterkopf fest. Nach ein paar Klicks fand er einen entsprechenden Artikel, der es in sich hatte.

Es sei möglich, einen Herzschrittmacher zu manipulieren, stand da, weshalb man empfahl, mögliche Schwachstellen in der Software regelmäßig abzuklären. So habe zum Beispiel der ehemalige US-Vizepräsident Dick Cheney so große Angst davor gehabt, dass er die Fernsteuerungsfunktion seines Geräts vorsorglich hatte abschalten lassen.

Anstelle seiner Vernunft ließ Ben seine Intuition übernehmen, was dazu führte, dass er zum Telefon griff und einen Bekannten anrief, den er vor einiger Zeit im Zuge einer Ermittlung kennengelernt hatte, einen international anerkannten Herzspezialisten. Zwar landete er, es war Montagvormittag, nur auf dessen Mailbox, doch zwei Stunden später rief der Arzt zurück.

»Ich habe gelesen, dass Experten einen Mord per Hackerangriff auf ein Medizingerät nicht ausschließen. Ist da aus Ihrer Sicht etwas dran?«

Matschnigg schmunzelte. »Langweilig ist es nie, wenn Sie anrufen, das muss ich zugeben, und um gleich auf den Punkt zu kommen: theoretisch ja. Aber es ist schon mehr als unwahrscheinlich. Ich persönlich kenne keinen einzigen Fall eines absichtlichen oder zufälligen Malware-Angriffs auf ein implantierbares elektronisches kardiales Gerät.«

Die Aussage deckte sich mit dem, was Ben auch schon im Internet herausgefunden hatte. »Und was ist damit, dass eine Person von außen die Frequenz eines Schrittmachers manipuliert oder es schafft, dass sich die Batterie unüblich rasch entlädt?«

»Ben, Sicherheitsschwächen gibt es bei jeder Software, auch bei medizinischer«, seufzte der Mediziner. »Da es sich bei einem Schrittmacher um eine Wireless-Verbindung handelt, könnte, ich betone *könnte*, in der Tat ein Profi zugreifen und zum Beispiel ein so genanntes Oversensing provozieren.«

»Oversensing?«

»Die Elektrode, die das Herz stimuliert, bekommt Störimpulse, die nicht durch die Herzreaktion des Patienten hervorgerufen werden. Eine mögliche Folge wäre ein lebensbedrohlicher Schock. Aber noch einmal: All das ist höchst unwahrscheinlich, solche Geräte funktionieren sehr gut!«

Externe Störimpulse. Da war es wieder, wenn auch reichlich hypothetisch.

»Hat es tatsächlich noch nie so einen Angriff gegeben? Oder hören wir nur nichts davon?«

Matschnigg zögerte. »Jetzt, wo Sie es sagen … Vor einiger Zeit habe ich auf einem Kongress den Vortrag eines Kollegen gehört, in dem es um eine Attacke auf Insulinpumpen ging. Soweit ich das noch im Kopf habe, sind die aber gar nicht mit dem Internet verbunden, das müsste dann im Grunde anders erfolgt sein. Tut mir leid, ich weiß es einfach nicht mehr, Ben. Ich muss jetzt auch weitermachen!«

Mehr als nachdenklich legte Ben auf. Cyberkriminalität war allgegenwärtig, warum sollte es sich nicht auch hier um einen solchen Fall handeln? Wenngleich eine mittelprächtig bekannte Internetschönheit nicht gerade mit einem Weltkonzern oder dem Pentagon vergleichbar war.

Spannend – oder wie es seine 15-jährige Nichte formulieren würde: Er war angefixt.

Zumindest für einige Tage war er an die Hütte gefesselt und nahm sich vor, auch wirklich brav zu sein. »Du siehst aus wie frisch exhumiert«, fluchte er angesichts seines Spiegelbildes.

Wenigstens konnte er sich nun in aller Ruhe seiner großen Leidenschaft widmen: dem Kochen. Sein Job war herausfordernd, und so hatte er sich vor ein paar Jahren selbst damit überrascht, als Ausgleich immer öfters am Herd zu stehen. Sehr zur Freude diverser Frauenbekanntschaften. Er war kein Kind von Traurigkeit, aber auch gerne mit sich allein, schätzte es, die Dinge so zu machen, wie er wollte.

Immer wenn er sich nicht wohlfühlte, gierte er nach Kasnockerln. Sein Lieblingsrezept hatte er einst dem Wirt vom Hochberghaus am Kasberg abgeluchst.

Nachdem er den frisch zubereiteten Teig mit einer Prise Muskat verfeinert und durch den Spätzle-Hobel in kochendes Wasser gerieben hatte, wanderten die Nockerln in die Pfanne zu den angerösteten Zwiebeln und dem Knoblauch. Und dann kam das Geheimnis: wenig Gouda und viel Bierkäse.

Mitten hinein in die Kochaktion läutete sein Handy. Marie. Wollte sie ihn zu weiteren Ermittlungen überreden, vielleicht sogar ein wenig Druck ausüben? Darin war sie gut.

»Überfall, Lieblingspatient! In fünf Minuten bin ich bei dir, mit frischem Obst und einer selbst gemachten Hühnersuppe. Nicht von mir, sondern von der Filo. Kochen und ich stehen leider immer noch auf Kriegsfuß.«

Sie klang euphorisch. Er mochte ihre fröhliche, unkomplizierte Art. Doch wieder spürte Ben einen kleinen Stich, der ihm nicht gefiel, überging ihn aber. »Perfektes Timing, Lieblingsdoc. Aber die Suppe muss warten, ich habe Kasnockerln fertig.«

Wenig später saßen sie sich am Jogltisch gegenüber.

»Das ist Gottes Entschuldigung für Brokkoli!«, schwärmte Marie und blies auf die dampfende Gabel. Geduld hatte nie zu ihren Stärken gehört, deshalb fiel sie sogleich mit der Tür ins Haus: »Also, sag schon, kannst du dir vorstellen, der Sache nachzugehen?«

»Bin ich schon.«

»Und?« Vor lauter Überraschung spuckte sie den noch zu heißen Bissen wieder in die Holzschüssel.

»Pass auf, dass du dir nicht den Mund verbrennst«, nahm Ben sie auf die Schaufel.

»Das passiert mir öfter«, konterte sie trocken. »Hast du schon etwas herausgefunden?«

In den nächsten zehn Minuten brachte Ben sie auf seinen Wissensstand.

»Und jetzt?« Sie kannte ihn und hatte natürlich schon längst bemerkt, dass ihn die Geschichte reizte.

»Zunächst möchte ich noch mehr über diesen Janus wissen. Weil ich aber leider hier immer noch an der Kette liege, vorerst nur übers Internet. Wenn du den Abwasch übernimmst, befrage ich wieder einmal meinen neuerdings besten Freund.« Er streckte den Arm aus und tätschelte seinen Laptop, der neben ihm auf der Eckbank lag.

Das Netz war voll von Janus Blaubart, sogar eine eigene Netflix-Doku über seinen Verein gab es. Der attraktive 1,95-Riese mit Dreitagebart und Stoppel-Glatze entsprach auf den ersten Blick dem Klischee eines erfolgreichen Fußballspielers. Teure Autos, Markenklamotten, massenhaft Tattoos.

Marie hatte die winzige Küche auf Hochglanz gebracht und sich zu ihm gesetzt. »Glaubst du, chinesische Fußballer lassen sich auch deutsche Wörter tätowieren?«, fragte sie beim Betrachten der großflächigen Schriftzeichen in Blaubarts Nacken.

Ben grinste und klickte weiter.

Auch an Freundinnen hatte es dem Linksverteidiger nie gemangelt.

Eine Oberflächlichkeit reihte sich an die nächste. Schön langsam schwante ihm, dass er weder in den sozialen Medien noch auf Gossip-Seiten finden würde, wonach er suchte. Wenn es denn überhaupt etwas zu finden gab. Die Zeit verrann mit jeder Menge Bildern und Infos zu Blaubarts Karriere, seinen Erfolgen, diversen Events und Urlauben.

»Wenigstens erspart er uns Steaks mit Blattgold«, scherzte Marie in Anlehnung an ein peinliches Abendessen des Franzosen Frank Ribéry in Dubai.

»Bisher deutet nichts darauf hin, dass Blaubart mal ausgetickt wäre oder zu Gewaltausbrüchen neigt, aber das ...«

»... heißt nichts«, hatte Ben sagen wollen, hielt jedoch abrupt inne. »Ah, interessant!«

Als Marie sich zu ihm beugte, nahm er einen Schwall Seifenduft wahr. Kurz schloss Ben die Augen, aber nicht, um das zu genießen, sondern um sich rasch eine der vielen unangenehmen Situationen von damals ins Gedächtnis zu rufen, was ihm half, die Wallung zurückzudrängen. Diese Frau war kein Thema mehr für ihn. Aus gutem Grund.

Marie bemerkte seine plötzliche Anspannung und überspielte sie, indem sie mit dem Kinn auf ein Foto samt Text auf dem Bildschirm deutete. »Ich erinnere mich an die Sache. Es war auf einer Beerdigung. War *sie* das?«

Ben, der sich wieder gefangen hatte, musterte das Bild einer etwa 40-Jährigen mit dunklem Kurzhaarschnitt, die mit gesenktem Kopf vor einem Sarg stand. Dahinter war, wenn auch verschwommen, Janus Blaubart zu erkennen. Das Bild stammte aus einer regionalen Wochenzeitung von vor etwas mehr als zwei Jahren.

Öffentliche Watsch'n für Janus Blaubart

stand da plakativ und darunter, dass Elke E. ihn auf der Beerdigung ihrer Schwester Tamara ohne ersichtlichen Grund vor den Augen aller geschlagen hatte.

»Tamara E. war eine der Physiotherapeutinnen im Verein«, fasste Marie das Gelesene zusammen, »und kam bei einem Fahrradunfall ums Leben.«

Auch ihr Foto war dem Artikel beigefügt. Es zeigte eine hübsche, natürliche Brünette mit Pausbäckchen.

»Die entspricht überhaupt nicht seinem Beuteschema. Der steht doch mehr auf den aufgebrezelten künstlichen Typ«, stellte Ben fest. »Die Ohrfeige muss etwas zu bedeuten haben, umso mehr, weil Blaubart nicht im Geringsten reagiert, sondern sich … wie formuliert die Redakteurin es … ›wie ein geprügelter Hund davongeschlichen hat‹.«

»Ist dein Instinkt von der Leine, Herr Gruppeninspektor?«

Ben konnte es nicht leugnen. »Bisher habe ich zu viel Meinung für zu wenig Ahnung, und das würde ich gerne ändern.«

Marie legte ihm beschwichtigend ihre Hand auf den Unterarm. »Und das wirst du auch, du Meisterdetektiv. Zuvor verordne ich dir allerdings noch zwei Tage Hausarrest mit viel Hühnersuppe und noch mehr Schlaf.«

Ben rollte gespielt mit den Augen.

Aber Marie hatte natürlich einen Punkt, und nichts lag ihm ferner, als Louisa Starenbergs dramatisches Schicksal zu teilen.

Wenigstens spielte das Wetter Ben in die Karten, es war grau wie Recyclingpapier. So konnte er sich ohne allzu viel Selbstmitleid seiner Recherche widmen.

Dank der inoffiziellen Unterstützung eines Kollegen im LKA wusste er mittlerweile, dass die Frau, die Janus Blaubart so öffentlichkeitswirksam eine geklebt hatte, Elke Ehrenberger hieß und als Versicherungsangestellte in Gmunden lebte. Außerdem hatte er erfahren, dass Tamaras Tod tatsächlich ein Unfall gewesen zu sein schien. Sie war auf der Heimfahrt von der Arbeit mit dem Fahrrad vom Weg abgekommen und in die Ischler Ache gestürzt.

Von Marie hörte er nichts, und so widmete er sich seinen Lieblingspodcasts und einem historischen Roman, tags darauf einem Serienmarathon. Alle sechs Folgen der sehr gut gemachten Behind-the-Scenes-Doku über Janus Blaubarts Fußballklub mussten nonstop daran glauben.

Die Doku ließ ihn nachdenklich zurück, denn auf ihn machte der Mann einen intelligenten, ruhigen Eindruck. Er schien eine zentrale Figur der Mannschaft zu sein, jemand, der von Betreuern und Mitspielern gleichermaßen geschätzt wurde. Keiner, der sich in den Mittelpunkt drängte oder in der Umkleidekabine den Kasperl gab. Die Frage war nur, ob es unter der ruhigen Oberfläche brodelte oder er tatsächlich das stille Wässerchen war, das er vorgab zu sein.

MARIE

Bedaggön.
Bewusst täuschen und hintergehen.

Schwungvoll öffnete Marie die Tür, die den Behandlungs-
raum vom Empfang trennte. Ihr Blick fiel auf einen großen,
bärtigen Mann in Arbeitsmontur, der auf ihre Assistentin einredete und sich dabei halb über den neuen Emp-
fangstresen schob. »Komm schon, Filo, lass mich halt vor.
Schau mich doch an!«

Der Mann war blau. Nicht vom Alkohol, sondern im
Gesicht und an den Armen. Überall zeigten sich seltsam
verfärbte Stellen, die zudem leicht entzündet schienen.
»Hast du Schmerzen, Jost?«, fragte die Sprechstundenhilfe den jungen Arbeiter, dem sie einst als Hebamme auf
die Welt geholfen hatte.

»Aber wo, es juckt bloß wie Sau, deshalb bin ich ja auch
nicht ins Krankenhaus, sondern noch vor der Arbeit hierher. Ich habe Nachtschicht. Also, was ist jetzt?«

Filos Blick war gnadenlos. »Ein wenig wirst du schon
noch warten müssen. Die Rosi Berger ist vor dir dran!«

»Ich schau aus wie ein Schlumpf, und dir ist das völlig
blunz'n!« Jähzornig schlug der Schichtler mit der flachen
Hand auf einen Stapel Formulare.

Unbeeindruckt deutete Filo mit dem Zeigefinger zum
Wartebereich. »Wir spielen jetzt ›Halt den Mund‹, Jost
Mitterhauser, und *du* fängst an. Hast du das verstanden,

oder soll ich es dir aufschreiben? Du darfst dich bei mir entschuldigen und dich schön brav dort hinsetzen!«

Mit zusammengepressten Lippen tat der Arbeiter wie ihm geheißen und schlich zu den neuen grünen Stühlen, wo ihn eine junge Schwangere mit einem amüsierten Hallo begrüßte.

Marie tauschte einen belustigten Blick mit Filo. Nachdem sie bei der Frau eine Routinekontrolle durchgeführt hatte, musterte sie zusammen mit Filo staunend den blauen Mann. »Seit wann ist das so?«, fragte Marie und zog sich dünne Handschuhe an.

»Keine Ahnung. Als ich heute Vormittag eingeschlafen bin, war noch alles gut. Aufgewacht bin ich dann so. Ich könnte mich nonstop kratzen.«

In Marie keimte ein Verdacht. »Haben Sie neue Bettwäsche?«

»Woher weißt denn das, Frau Doktor?«, fragte der Schichtarbeiter erstaunt. »War ein Sonderangebot beim Diskonter.«

»Geh, Filo, hol bitte mal Alkohol und Watte«, bemühte Marie sich, ernst zu bleiben. »Jost, Sie sollten alle Textilien waschen, bevor Sie sie benutzen. Offenbar hat die Wäsche abgefärbt. Sie reagieren allergisch auf die Inhaltsstoffe der Farben!«

Eine halbe Stunde später herrschte selige Ruhe. Auch Filo war gegangen. Zufrieden ließ Marie ihren Blick durch die Räume schweifen, die mit ihren in Weiß und Beige gestrichenen Wänden, dem Boden aus Holz und Fliesen und dem vielen Grün ihren Vorstellungen entsprachen. Alles wirkte luftig und frisch.

Wenig später machte sie sich auf den Heimweg. Während der Fahrt nach St. Wolfgang ließ sie den Tag Revue passieren, fühlte in sich hinein und bemerkte, wie sich eine lange nicht gekannte Zufriedenheit in ihr breitmachte. Kurz flammte der Gedanke an die Intensivstation im Salzburger Klinikum auf und an das, was dort gerade los sein musste.

Der Anflug von schlechtem Gewissen verschwand zum Glück schnell wieder. Sie schätzte unendlich, was alle dort leisteten, aber es war nicht mehr ihre Welt. Lieber dachte sie schmunzelnd an die resolute Filo. Zwar wusste sie noch nicht viel über ihre Assistentin, aber sie war heilfroh, die Mittfünfzigerin eingestellt zu haben. Offenbar hatte sie einen Sohn und lebte mit ihm in einem kleinen Sacherl am Ortsrand von Ischl.

Zu Hause angekommen setzte Marie sich auf ihre Terrasse. Es war noch früh für ein Glas Wein, dennoch schenkte sie sich eines ein und bewunderte die bunten Blätter, die vom kräftigen Wind hinaus auf den See getrieben wurden. Jetzt, im Oktober, stand die Sonne um diese Uhrzeit schon tief und tauchte die Landschaft in ein weiches Licht. Wieder stellte sich dieses gute Gefühl ein, mit dem Jobwechsel die richtige Entscheidung getroffen zu haben.

Eine Bewegung im Nachbarhaus ließ sie innehalten. Dort war jemand! Seit der Tragödie hatte Marie nie mehr jemanden gesehen, zumindest nicht abends, wenn sie selbst zu Hause war. Neugierig musterte sie die breite Fensterfront zum Wasser, deren Jalousien hochgezogen waren.

Ein Schatten bewegte sich durch den Wohnbereich und trat auf die Seeterrasse. Es war eine Frau, sehr schlank, mit blondem Bob und einem dunklen Kostüm, das edel und teuer wirkte, wie alles an ihr. Marie schätzte sie auf etwa 50.

Wer war die bloß? Eine Maklerin? Eine Verwandte? Oder war das Haus gar schon wieder verkauft worden?

Als die Frau den Kopf in den Nacken legte und mit

geschlossenen Augen einige Male tief durchatmete, trank Marie den letzten Schluck Weißwein und trollte sich.

Die nächste Stunde gehörte ihrer Wohnung, die zum Glück nur spärlich möbliert und damit schnell gereinigt war. Sie hasste putzen, hatte aber bislang gezögert, sich Hilfe zu suchen.

Helles Scheinwerferlicht fiel auf ihren Scheuerlappen. Wieder siegte die Neugierde. Ich bin schrecklich, dachte sie, ehe sie aus dem Fenster im Bad lugte, das zur Rückseite des Nachbarhauses zeigte. Soeben stieg Janus Blaubart aus einem riesigen schwarzen SUV, hastete mit schnellen Schritten zur Eingangstür und war verschwunden.

Eine knappe Stunde später, Marie stand gerade mit dem dritten Glas Putz-Belohnungswein im Schatten der Terrassentür, weckten lautes Platschen und Keuchen ihre Aufmerksamkeit.

Soeben tauchte Blaubarts Kopf aus dem See auf. Die Blondine erschien, ließ ihren Bademantel nachlässig zu Boden fallen und glitt genauso nackt wie elegant ins eiskalte Nass. Beide lachten. Beim Hinaussteigen fiel Licht auf ihren trainierten Körper und das aparte Gesicht.

Kurz entschlossen tat Marie etwas, was ihr vor Louisas Tod nie im Leben in den Sinn gekommen wäre: Sie schnappte sich ihr Smartphone und machte Fotos. Du bist eine Spannerin, Giesinger, grinste sie in sich hinein und betrachtete die schlechten Bilder. Eines war aber zumindest so scharf, dass sie es Ben zeigen konnte – das Ziel der Aktion.

Am nächsten Morgen wachte sie spät auf. Es war Samstag und sie hatte beschlossen auszuschlafen. Beim Blick aus dem Bad entdeckte sie, dass Blaubarts Auto verschwunden und das Haus fest verschlossen war.

BEN

Dätschn.
Ein von der Seite geführter Schlag mit der flachen Hand ins Gesicht.

Einmal im Jahr bestieg Ben den Traunstein, der wegen seiner exponierten Lage auch gerne der »Wächter des Salzkammerguts« genannt wurde. Ansonsten verschlug es ihn seltsamerweise immer nur beruflich nach Gmunden. Vor einiger Zeit etwa hatte er im brutalen Mord an einer Frau ermittelt, die zersägt in zwei Koffern im See versenkt worden war.

Die Stadt am Nordende des Traunsees war seit k.-u.-k.-Zeiten als Sommerfrische beliebt. Weil er Zeit hatte, parkte er sein Auto in der Nähe des berühmten Schlosses Orth und genoss den längeren Spaziergang zum Rathausplatz mit dem Keramikglockenspiel. Genau hier war er in ein paar Minuten mit Elke Ehrenberger verabredet.

Kurzerhand hatte er sie angerufen, sich als LKA-Beamter auf Urlaub vorgestellt und unumwunden zugegeben, privat zu dem Tod ihrer Schwester zu recherchieren. Dass sie mit einem erleichterten »Endlich!« geantwortet hatte, hatte er mit Verwunderung, aber auch erfreut quittiert, denn sie war sofort dazu bereit gewesen, sich mit ihm zu treffen.

Mit kurzen, energischen Schritten kam sie quer über den Platz auf ihn zu, eine sportliche Dunkelhaarige, ungeschminkt, in Sneakers, Jeans und einer dunkelblauen Daunenjacke. Ihr Händedruck war fest. Die tiefe Trauer, die sich auf dem Zeitungsfoto in ihr Gesicht gegraben hatte, war inzwischen etwas ganz anderem gewichen: Entschlossenheit.

Ben bedankte sich für das Treffen.

Sie winkte ab. »Ich kann gar nicht glauben, dass sich nach der langen Zeit endlich jemand dafür interessiert, was Tamara passiert ist. Damals hat mir keiner geglaubt, und dieser Mistkerl hat keine Sekunde gezögert, mir seine Anwälte auf den Hals zu hetzen.«

Ben lotste sie in Richtung einer freien Bank nahe am Wasser, die einen spektakulären Ausblick auf den See und die Berge bot. Elke Ehrenberger nahm ihn mit der gelassenen Selbstverständlichkeit einer Einheimischen zur Kenntnis, Ben allerdings war kurz abgelenkt und musste sich zusammenreißen.

»Was *ist* Tamara denn passiert?«

»Darf ich bitte Ihren Ausweis sehen?«, bat die Frau. »In dieser Sache kann ich nicht vorsichtig genug sein.«

Ben tat ihr den Gefallen. »Noch ermittle ich inoffiziell, Frau Ehrenberger. Dennoch wäre ich Ihnen sehr dankbar, wenn Sie offen sprechen würden.«

Sein Gegenüber ließ sich kein weiteres Mal bitten. »Nur zu gern. Zunächst möchte ich aber wissen, aus welchem Grund Sie den Fall wieder aufgreifen. Ich habe damals alles versucht, mir aber lediglich eine blutige Nase geholt.«

Ohne ins Detail zu gehen, erklärte Ben ihr, dass es Ungereimtheiten in einer anderen Sache gebe, in die Blaubart involviert sei. Die Ehrenberger musterte ihn interessiert, gab sich aber damit zufrieden.

»Das wundert mich nicht«, begann sie, »Blaubart ist lei-

46

der genauso furchtbar wie faszinierend. Mir lief es allerdings bei seinem Anblick von Anfang an kalt den Rücken hinunter, schon als Tamara ihn mir vorstellte. Sie war seine Physiotherapeutin, und er nutzte es aus, dass sie in Strobl am Wolfgangsee lebte, forderte sie oft an, wenn er in seinem Haus in St. Wolfgang war. Sie spielte mit, fand ihn nett.«

»Hatten die beiden eine Affäre?«, entschloss Ben sich für den direkten Weg.

Elke Ehrenberger schüttelte den Kopf. »Soweit ich weiß, nicht. Tamaras Natürlichkeit und direkte Art entsprachen nicht seinen Vorlieben. Sie war sehr selbstbewusst, lachte über sein riesiges Ego. Was sie faszinierte, war die Welt, in der er sich bewegt.«

Sie hielt inne, als sich zwei alte Frauen näherten, die Brotreste zu den Schwänen und anderen Vögeln ins Wasser warfen. Sofort begann ein lautstarker Streit, der die beiden zum Lachen brachte.

Ben senkte die Stimme. »Was ist denn an dem Abend geschehen, an dem Tamara starb? Ich habe den Bericht gelesen, der recht eindeutig von einem Unfall ohne Fremdeinwirkung spricht.«

Ein Schatten legte sich über das eben noch so entspannte Gesicht der Frau. Sie zog die Oberlippe zwischen die Zähne und sortierte ihre Gedanken. »Ich möchte betonen, dass alles lediglich eine Annahme ist. Sie können die Informationen gerne verwenden, aber sich nicht darauf berufen. In Ordnung?«

Ben nickte bekräftigend. Nach allem, was sie erlebt hatte, verstand er ihren Wunsch nach Absicherung.

»Blaubart bat Tamara an diesem Abend in sein Haus, weil er sich beim Sonntagsmatch seinen kostbaren Ober-

schenkelmuskel gezerrt hatte, aber ein Auftritt im Nationalteam anstand. Wenn der nicht auflaufen kann, spielen
ja immer gleich alle verrückt, vom Teamchef bis zu den
Sponsoren. Kein Wunder bei den absurden Summen, um
die es in diesem Sport geht.«

Dem konnte Ben nichts entgegenhalten. Geduldig wartete er darauf, dass die zarte Brünette deutlicher wurde.

»Um etwa neun Uhr abends rief sie mich aufgelöst an,
bezeichnete Blaubart als – wortwörtlich – Saubeutel und
stammelte ins Telefon, dass etwas passiert sei. So schockiert hatte ich sie noch nie erlebt. Ich kam nicht mehr
dazu, ihr Fragen zu stellen, sie wirkte gehetzt, und bevor
sie auflegte, bat sie mich noch, nach Strobl zu kommen.
Dort würde sie mir alles erzählen. Ich war schrecklich in
Sorge, also sprang ich ins Auto und fuhr hin. Aber sie war
nicht da. Ich besitze einen Schlüssel zu ihrer Eigentumswohnung und habe dort stundenlang gewartet, bis dieser
Anruf kam …« Ihre Stimme brach.

»Und dann?«, setzte Ben nach.

»Bin ich sofort ins Krankenhaus, aber es war nichts
mehr zu machen. Tamara ist gestürzt und ertrunken. Es
war schrecklich, aber richtig wütend macht mich immer
noch, was danach passierte. Dieser Widerling rief mich
an, um sein Beileid zu bekunden. Leider warf ich ihm bei
der Gelegenheit an den Kopf, dass ich ihn für mitschuldig an Tamaras Tod hielt. Kaum hatte ich es gesagt, stand
schon dieser Volldepp von Anwalt vor meiner Tür und
machte mir die Hölle heiß. Sie können sich ja vorstellen,
wie das lief.«

Das konnte Ben nur zu gut. Blaubarts Rechtsverdre-
her waren mit Sicherheit so teuer wie skrupellos. Resigniert ließ die Frau die Schultern sinken. »*Selbstverständ-*

lich erwähnte ich das Telefonat den Polizisten gegenüber. Die nahmen es aber nicht weiter ernst und ließen durchblicken, dass sie mich für befangen und hysterisch hielten.«

Da war sie, die Bitterkeit, die Ben schon vom Foto auf der Beerdigung kannte.

»Hat Blaubart irgendetwas dazu gesagt?«

»Leider war ich so dumm, ihm mit der Ohrfeige in die Karten zu spielen. Damit konnte er sich als großzügig und verständnisvoll darstellen und mich als überspannt.«

»Und die Kollegen sind Ihrer Aussage nicht weiter nachgegangen?«

»Nein. Was immer der Kerl behauptet hat, muss sehr überzeugend gewesen sein. Den Unfallbericht kennen Sie ja. Aber ich glaube nach wie vor keine Sekunde daran, dass sie einfach so gestürzt ist, egal wie aufgeregt sie war. Nicht an dieser Stelle. Und hell war es ja zu dieser Jahreszeit auch noch.«

Jetzt weiß ich, was ich als Nächstes tun werde, dachte Ben. Gleich im Anschluss würde er nach Strobl fahren, was sich gut traf, denn es lag auf dem Weg zu Maries Wohnung, und sie waren ohnehin für den Abend dort verabredet.

Zuvor wollte er allerdings noch etwas wissen. »War Tamara gesund? Könnte etwas anderes als ihre Aufregung zu dem Unfall geführt haben?«

»Es war kein Unfall, Herr Achleitner.« Ihr Blick wirkte klar und bestimmt. »Tamara war trotz ihres Diabetes topfit, trieb viel Sport und achtete auf ihre Gesundheit. Es bedurfte schon sehr viel, um sie aus der Ruhe zu bringen.«

Ben fuhr hoch. Tamara Ehrenberger war Diabetikerin gewesen! Hatte Dr. Matschnigg nicht etwas von defekten Insulinpumpen erwähnt? Marie musste unbedingt herausfinden, wie die Verstorbene sich das nötige Insulin verabreicht hatte, selbst wenn es ihm immer noch sehr weit hergeholt schien, daraus einen Zusammenhang zu Louisas Fall zu konstruieren.

Er versprach Elke Ehrenberger, sie auf dem Laufenden zu halten, bedankte sich und marschierte zurück zu seinem Auto.

Wenig später gondelte er entlang des Traunsees nach Süden. Spontan verließ er in Traunkirchen die Bundesstraße, bog in den Ort ab und hielt auf einem Parkplatz direkt an der ehemaligen Klosterkirche Maria Krönung, die sich auf einem Vorsprung in den See hineinschob und von einem kleinen Friedhof umgeben war. Er hatte diesen Ort im Zuge einer anderen Ermittlung entdeckt und festgestellt, dass er sich gut eignete, um die Gedanken zu ordnen, während der Blick über den See bis hinüber zum Traunstein schweifte.

Grüblerisch lehnte er sich an die Mauer, hinter der die Felsen steil zum See abfielen. Was war bloß los mit ihm? Anstatt seinen Urlaub zu genießen, jagte er dubiosen Schatten hinterher. Auf Bitte einer Frau, die ihm nicht guttat. Stach womöglich in ein Wespennest ungeahnten Ausmaßes. Immerhin war der »Hauptverdächtige« ein bekannter Fußballspieler, der Sport eine heilige Kuh.

Und doch regte sich Bens Jagdinstinkt. Zweifel hin oder her, mittlerweile spürte er, dass an der Sache etwas dran sein könnte und es ein Fehler wäre, lockerzulassen. Also würde er es auch nicht tun, ganz gleich, was die Vernunft ihm riet.

Eine gute halbe Stunde später erreichte er das Ortsschild von Strobl am Wolfgangsee.

Die Unfallstelle, an der Tamara verunglückt war, lag direkt an der Seeklause, einem Wehr, an dem die Ischl den

See entwässerte. Die Straße machte hier einen 90-Grad-Knick. Geradeaus begann hinter einer hohen Mauer der malerische Bürglstein-Rundwanderweg.

Tamara, so stand es im Bericht, hatte die Kurve nicht geschafft und war über die Straßenbegrenzung hinweg kopfüber mehrere Meter tief in die Ache gestürzt, bewusstlos in der dort starken Strömung abgetrieben und ertrunken. Gefunden hatte man ihre Leiche erst einige Hundert Meter flussabwärts, wo sie sich in ein paar großen Steinen verfangen hatte.

Mit verschränkten Armen ließ Ben die Umgebung auf sich wirken. Analytisch versuchte er, sich in die junge Frau hineinzuversetzen. In der Tat erschien ihm der Unfallhergang merkwürdig. Es glich einem Kunststück, an dieser Stelle schnell zu fahren, selbst wenn sie es eilig gehabt hatte.

Du hast hier jeden Stein gekannt. Entweder warst du abgelenkt, dir ist schlecht geworden oder jemand hat nachgeholfen, führte er einen inneren Dialog mit der Toten. Irgendetwas stimmt hier ganz und gar nicht, da muss ich deiner Schwester recht geben.

»Ich weiß nicht, welche unserer beiden Geschichten spannender ist, interessant sind sie beide«, fasste Marie es treffend zusammen, als sie sich an ihrem Esstisch gegenübersaßen. Sie trug einen übergroßen grauen Pulli, enge Jogginghosen in derselben Farbe und war barfuß.

Müde lehnte Ben sich zurück und trank einen Schluck von seinem Tee. Der erste Tag nach seinem »Hausarrest« war anstrengend gewesen und steckte ihm mehr in den Knochen, als er zugeben wollte. Auch seine Nase lief. Wenn er ehrlich mit sich selbst war, dann fehlte noch ein ganzes Stück bis zu seiner endgültigen Genesung.

Wolken zogen über den Abendhimmel, bald würde es stockfinster sein. In Maries Kaminofen flackerte ein gemütliches Feuer. Ben genoss die warme Atmosphäre und die reduzierte Schlichtheit der Einrichtung. Eine freundliche Küche, ein helles Sofa, ein Esstisch samt Bank und Stühlen aus Eiche und Filz. Kein unnötiger Firlefanz. Marie war genauso.

Sie war aufgestanden, um neuen Tee zu machen. Verstohlen musterte er die olivbraune Haut ihres Nackens und ihre schlanke Gestalt. Sie war nicht besonders groß und machte sich nicht viel aus Äußerlichkeiten, aber in seinen Augen war sie immer hübsch gewesen mit ihren einfachen Kleidern, dem frechen Lachen und ihrem unerschütterlichen Selbstbewusstsein. Als Erstes hatte er sich damals in ihre grünen Augen unter den dichten Brauen verliebt und in die Sommersprossen auf ihrer Nase. Keine Erinnerung, die hierherpasste. Oder überhaupt in sein Leben.

»Wie schaffst du es eigentlich, mit der Brutalität in deinem Job fertigzuwerden?«, durchbrach sie sein Brüten.

Er schreckte hoch und überlegte kurz. »Ich versuche, mich abzugrenzen, damit sie mir nicht zu nahekommt und mir meine Objektivität nimmt. Um ehrlich zu sein, gelingt es mir nicht immer gleich gut. Es ist halt ein Unterschied, ob ein Vater aus Rache an seiner Frau die Kinder umbringt oder zwei Typen in der Linzer Altstadt mit einem Messer aufeinander losgehen.«

»Hast du jemanden zum Sprechen?«

Erst als sie es gesagt hatte, schien Marie die Zweideutigkeit hinter ihrer Frage zu bemerken. Natürlich wollte sie wissen, ob er wieder liiert war, gleichzeitig wusste sie, wie wichtig es war, den inneren Druck zu teilen.

Er blieb vage. »Natürlich nehme ich auch mal etwas mit nach Hause. Aber wir sind zu sechst in der Mordgruppe, das hilft bei über 100 Obduktionen im Jahr. Einige Kollegen sind mittlerweile sogar gute Freunde.«

Die Zahl erstaunte Marie. »So viel Gewalt und Tod. Wir haben uns beide keine leichten Jobs ausgesucht. Obwohl ich mich jetzt eher um Schwangere und Magenverstimmungen kümmere, wenn nicht gerade mein lieber Nachbar unter Mordverdacht gerät.«

»Was uns zu unserem aktuellen Problem bringt. Es wäre interessant, mehr über diese blonde Dame herauszufinden, die du fotografiert hast. Und über Insulinpumpen.«

Er deutete auf Maries Handy, dessen Fotodatenbank geöffnet vor ihm auf dem Tisch lag.

Sie sah ihn fragend an. »Du bist immer noch skeptisch, nicht wahr?«

Ben wollte ehrlich bleiben. »Wir bewegen uns auf dünnem Eis. Wenn wir nicht sehr vorsichtig sind, fliegt uns die ganze Sache um die Ohren, ehe wir bis drei zählen können.«

Mit Sicherheit. »Gesetzt den Fall, Blaubart wäre ein Nobody und keine bekannte Persönlichkeit, würde das etwas ändern?«

Er hütete sich, vorschnell zu antworten, verneinte dann aber entschieden. »Bei einer begründeten Verdachtslage würde ich der Sache auf jeden Fall nachgehen. Davon sind wir aber noch meilenweit entfernt. Wir vermuten lediglich, und vieles hat eine schiefe Optik, damit hat es sich aber auch schon.«

»Ich brauche frische Luft«, sagte Marie, stand auf und öffnete die Terrassentür.

Bens Vorbehalte erstaunten sie keineswegs. Sie gehörten zu seinem Job, bremsten aber ihren Enthusiasmus nicht im Geringsten. Sie war sich sicher, keine Ahnung, warum. Wie gerne hätte sie sich jetzt eine Zigarette angezündet, aber die hatte sie schon vor einiger Zeit aufgegeben. So verbrannte sie sich lediglich die Zunge an ihrem immer noch heißen Tee.

Ihr Blick fiel auf Ben, der erneut selbstvergessen ins Feuer starrte. Wie viel Zeit sie seit damals mit der Aufarbeitung des Geschehenen, Selbstreflexion und der Suche nach Frieden und Heilung verbracht, wie viele Gespräche sie geführt, Bücher gelesen, Podcasts gehört hatte. Heute war sie eine andere und hatte viel über sich, ihre Fehler und ihre Bedürfnisse gelernt. Dafür war es notwendig gewesen, ihn vollkommen aus ihrem Leben zu verbannen. Zurecht, denn sie spürte, dass seine Anwesenheit ihre Ausgeglichenheit erschütterte. Und doch erschien es ihr im Augenblick wichtiger, Louisas Tod zu klären, als ihn zu meiden.

Eine Bewegung unterbrach ihre Gedanken. Ben schien eine Nachricht erhalten zu haben. Als er sich vorbeugte, um sie zu lesen, leuchteten seine dunkelblonden Haare im Schein des Feuers auf. Sie waren länger als damals, und eine Strähne fiel ihm in die nun gerunzelte Stirn. Suchend blickte er sich nach ihr um. »Elke Ehrenberger. Offenbar ist sie gerade in Tamaras Wohnung in Strobl, hat etwas gefunden und will kurz vorbeikommen!«

15 Minuten später läutete Maries Türglocke.

Verquollene Augen zeugten von vielen Tränen, die Elke Ehrenberger geweint haben musste. Sie war blass. Verunsicherung stand ihr ins Gesicht geschrieben und bildete einen krassen Gegensatz zu der selbstsicheren Person von heute Mittag.

Marie hatte noch mehr Tee zubereitet, reichte ihr stumm

eine Tasse. Dankbar nahm die Frau an, genauso wie das Angebot, sich zu setzen. Einen Augenblick lang herrschte Stille, nur durchbrochen vom Knacken der Scheite im Kamin. Sie rang um Worte. »Niemand außer Sie wird besser verstehen, warum mich das hier so fertigmacht.«

Das hier war ein zusammengefaltetes Blatt Papier, welches die Frau in ihren klammen Händen hielt.

Marie konnte nicht anders, als ihre Hand zu nehmen. »Frau Ehrenberger, oder darf ich Elke sagen? Erzählen Sie doch bitte einfach der Reihe nach, und holen Sie uns ins Boot. Was ist denn seit heute Mittag geschehen?«

Der tiefe Atemzug der Brünetten glich einem Ächzen. Dann schob sie entschlossen den Unterkiefer vor. »Unser Gespräch hat mich sehr aufgewühlt, Herr Achleitner. Ich bin zunächst spazieren gegangen und habe mich dann spontan dazu entschlossen, in Tamaras Wohnung zu fahren, zum ersten Mal seit Monaten. Der Tod meiner Schwester ist zwar schon zwei Jahre her, aber ich konnte mich noch nicht dazu durchringen, ihre Sachen wegzugeben.«

Jeder ging anders mit Trauer um, und manchmal brauchte es Jahre, mit einem Verlust zurechtzukommen.

»Ich weiß auch nicht, was mich wirklich hingezogen hat«, fuhr sie deprimiert fort, »irgendein unerklärliches Gefühl. Stundenlang bin ich in den Räumen umhergewandert. Und dann …«, sie hielt inne und das Papier in die Höhe, »lag das in einer Mappe ganz unten im Schreibtisch.«

Sanft zog Ben ihr das Teil aus den Fingern und faltete es auseinander. Es war der verschmierte Ausdruck eines Fotos.

Marie stieß einen erstaunten Laut aus, als sie erkannte, was darauf zu sehen war.

Ben schüttelte konsterniert den Kopf. »Sie hatten also *doch* eine Affäre?«

Elke Ehrenberger nickte resigniert. »Wenn Sie es so nennen wollen. Sie kann aber nur sehr kurz gewesen sein.«

»Woher wissen Sie denn das?«

Die Brünette deutete auf Tamaras sehr kurze Haare. »Sie hat sie sich erst eine Woche vor ihrem Tod zu einem Bubikopf schneiden lassen, zuvor waren sie schulterlang. Außerdem muss er zu dem Zeitpunkt schon mit Louisa Starenberg liiert gewesen sein. Garantiert weiß niemand etwas davon. Nicht einmal mir hat sie es erzählt.«

Marie hatte das Selfie an sich genommen. Es zeigte eine splitterfasernackte Tamara gemeinsam mit Blaubart in dessen Whirlpool. Sie lag, mit dem Rücken an seine Brust gelehnt, vor ihm im Wasser und lächelte. Blaubarts Miene war missmutig, als ob es ihm nicht recht wäre, fotografiert zu werden.

Der Ausdruck warf ein anderes Licht auf den Tod der jungen Frau.

Laut fasste Ben seine Gedankengänge zusammen. »Was, wenn Tamara gedroht hat, alles auffliegen zu lassen? Diese Theorie würde zu dem Telefonat passen, das Sie vor ihrem Tod mit ihr geführt haben, Elke. Erpressung ist ein sehr gutes Mordmotiv.«

»Sie glauben also auch nicht länger, dass es ein Unfall war?«, wich die Ehrenberger der Frage aus.

Ben stieß die Luft aus. »Möglich, dass nachgeholfen wurde. Wie auch immer Blaubart das angestellt haben könnte. Ich werde mir auf jeden Fall den Obduktionsbefund noch mal ganz genau ansehen.«

»Wissen Sie vielleicht, wer das ist?«, wechselte Marie das Thema und zeigte der Frau das Foto der nackten Blondine mit dem Pagenkopf.

»Natürlich.« Zynismus legte sich in ihre Stimme. »Fußball ist nicht Ihre Welt, Marie, oder? Das ist Ulla Peherstorfer. Ihr gehört ein hocherfolgreiches Unternehmen für Medizingeräte mit Sitz in Unterach am Attersee. Sie ist schwerreich und fördert Janus Blaubarts Karriere schon, seit er noch ein Bub war. Ich habe Fußball immer als eine spezielle Form von Menschenhandel betrachtet. Und wenn man es so sieht, dann gehört ein großer Teil von Blaubart ihr. Wo haben Sie das Bild gemacht?«

Marie sagte es ihr.

Elke Ehrenbergers Gesicht war ein Ausbund an Abscheu. »Janus Blaubart ist nichts als eine völlig überbezahlte männliche Nutte, ich kotze gleich.«

Weder Marie noch Ben konnten es ihr verdenken.

Weil Ben immer noch kurzatmig war, hatte er die geplante Überquerung des Dachsteingletschers auf ein anderes Mal verschoben und sich tags darauf im selben Gebiet eine nicht ganz so anstrengende Tour vorgenommen.

Vorbei am insbesondere bei chinesischen Touristen beliebten Hallstatt fuhr er nach Obertraun und von dort aus mit den beiden Krippenstein-Seilbahnen komfortabel auf 2.100 Meter Seehöhe. Beim Aussteigen breitete sich das ganze Hochplateau vor ihm aus, bis hinüber zum Gletscher und den massiven Felsklötzen am Horizont. Sein Plan war, über den Dachstein-Hai zum Heilbronner Kreuz zu wandern und dann weiter hinüber zum Oberfeld.

Befreit schritt er aus und ließ sich vom kräftigen Wind die Ereignisse der letzten Tage aus dem Kopf blasen. Eine knappe Stunde später lehnte er am Betonsockel jenes Denkmals, das den Schauplatz der furchtbaren Tragödie aus dem Jahr 1954 markierte, bei der zehn Heilbronner

Schüler und drei Lehrer in einem Schneesturm jämmerlich erfroren waren.

Durstig nahm er einen Schluck aus seiner Trinkflasche und ließ die Kulisse auf sich wirken.

Mit einem Mal störte das Vibrieren seines Smartphones die Ruhe. Er ahnte, worum es sich handelte. Zögerte. Dann jedoch siegte seine Neugier. Bevor er aufgebrochen war, hatte er den zuständigen Gerichtsmediziner Hans Einwaller gebeten, Tamara Ehrenbergers Obduktionsbefund zu überprüfen.

Tatsächlich war es der Rückruf seines Kollegen. »Hast du nicht Urlaub? Du weißt schon, das ist die Zeit im Jahr, in der man sich üblicherweise halb nackt am Strand suhlt und quietschbuntes Zeug schlürft, statt die Schatten von Toten zu jagen. Wo bist du denn überhaupt?«

Ben sagte es ihm. »Warum frage ich auch«, seufzte der Arzt, mit dem Ben schon die eine oder andere Berg- und Skitour unternommen hatte. »Also, wie kann ich dir weiterhelfen?«

»Verstehe ich richtig, dass es unstrittig ist, dass Tamara Ehrenberger ertrunken ist, weil sich Wasser in ihrer Lunge befand, und aus deiner Sicht nichts auf Fremdeinwirkung hindeutet?«

»Genau. Das Mädel hat einfach die Kurve nicht gekriegt. Siehst du das anders?«

»Weiß nicht«, antwortete Ben. »Aus deinem Mund klingt es eindeutig. Andererseits war ich an der Stelle, wo es passiert ist, und seither habe ich Zweifel.«

»Ernsthaft? Du inspizierst in den Ferien Unfallstellen? Spinnst du?«

Ben ging nicht darauf ein. »Ist dir denn gar nichts Ungewöhnliches aufgefallen? Da *muss* doch etwas sein!«

Ich klinge verzweifelter, als mir lieb ist, dachte er.

Einwaller murmelte leise vor sich hin, schien konzentriert zu lesen. Ungeduldig bohrte Ben mit seinem Wanderstock ein Loch in den Boden.

»Tut mir leid, mein Freund«, tönte es aus dem Hörer. »Das Einzige, was mir auffällt, ist eine leichte Hypoglykämie, also eine Unterzuckerung.«

Ben wurde hellhörig. »Und was heißt das?«

»Tamara Ehrenberger hatte eine Insulinpumpe. Ein fix am Körper befestigtes Gerät, das bei Bedarf über eine Sonde Insulin ins Unterhautfettgewebe abgibt und Diabetikern erspart, es sich spritzen zu müssen. Ihre Bauchspeicheldrüse konnte es nicht auf natürliche Weise produzieren, aber es ist lebensnotwendig, weil es den Blutzuckerspiegel regelt.«

»Und was passiert, wenn die Pumpe defekt ist?«

»Entweder gibt sie dann kein Insulin mehr ab oder zu viel. Bei Ersterem dauert eine Reaktion länger, im zweiten Fall entgleist der Körper schnell, wenn der Patient keinen Zucker bekommt.«

»Es ist also theoretisch möglich, dass sie aufgrund der Unterzuckerung nicht mehr Herrin ihrer Sinne war und verunfallt ist?«

»*Theoretisch* ja, Ben. Das Perfide ist, dass eine Überdosis Insulin kaum nachweisbar ist, dabei kann sie tödlich sein. Ich erinnere mich an eine Geschichte in England, wo ein Krankenpfleger seine Frau auf diese Art und Weise tötete. Die Beweisführung war nur mit größtem Aufwand und dank der Hartnäckigkeit der Ärzte möglich. Im Prinzip der perfekte Mord.«

Hatte Janus Blaubart absichtlich eine solche Hypoglykämie bei Tamara herbeigeführt, ohne dass sie es bemerkt hatte? Nein, das erschien Ben sogar mit viel Fantasie unvorstellbar. Diese Raffinesse hatte der Fußballer nicht drauf.

Was blieb, war die merkwürdige Tatsache, dass gleich zwei seiner Geliebten kurz hintereinander gestorben waren und bei beiden ein lebenswichtiges medizinisches Gerät versagt hatte.

Auf dem Weg zum Oberfeld drehten sich seine Gedanken ständig um die toten Frauen. Und um noch jemanden: die eine Geliebte, die lebte und ein Vermögen mit dem Vertrieb von Herzschrittmachern und Insulinpumpen verdiente.

Nach der Wanderung am Dachstein kehrte er eher verärgert denn entspannt in seine Hütte zurück. Es reicht, dachte Ben. Wie bescheuert bin ich eigentlich?

Beim Zuputzen des Schlegels für ein Rehragout beschloss er, dass der »Fall« ab sofort Pause hatte, beim Anbraten und Ablöschen von Fleisch und Schwarte mit Rotwein, dass sein Motto ab sofort »Telefon aus, Genesung an« lautete, während alles im Rohr dünstete, dass er dem unterschwelligen Ärger über Marie Herr werden musste. Wieder einmal war es ihr gelungen, ihn so weichzukochen, wie er es gerade mit seinem Essen tat. Verdammt noch mal. 15 Jahre. Wann würde er endlich lernen, Nein zu sagen?

Als er die Sauce passierte und mit Sauerrahm und Stärke einkochte, fragte er sich, ob es wirklich *seine* Aufgabe war, den toten Frauen jene Gerechtigkeit zu verschaffen, die sie natürlich verdienten. Und beim Abschmecken mit Thymian, Majoran, Salz, Pfeffer und Balsamicoessig rang er sich zu einem Entschluss durch. Er würde sich inoffiziell mit seinen Kollegen in der Mordgruppe besprechen und dann entscheiden, ob die Sache es wert war, ihr weiter nachzugehen.

Genussvoll ließ er sich das Fleisch zusammen mit Schupfnudeln, Rotkraut und glacierten Kohlsprossen schmecken und war ab sofort im Urlaub.

MARIE

Gödige Schmähduttl-Funzn.
Eine an den Brüsten operierte, reiche, unsympathische Frau aus der Oberschicht.

In den letzten Tagen hatte Marie bis zum Hals in Arbeit gesteckt und nach dem Abend mit Elke Ehrenberger den Wust einfach von sich weggeschoben. Von Ben hatte sie nichts gehört.

Dann stand er plötzlich in der Tür. »Mein Urlaub ist zu Ende. Ich komme, um mich zu verabschieden.«

Maries lang gezogenem »Okaaay« folgte eine kurze Erklärung. »So leid es mir tut, aber für den Moment werde ich die ganze Geschichte auf sich beruhen lassen. Wäre dies ein offizieller Fall, würde ich schnurstracks zur Peherstorfer marschieren, aber es gibt keine Handhabe, und als Privatperson brauche ich dort gar nicht erst aufzukreuzen. Geschweige denn bei Blaubart.«

Marie nickte mit erkennbar wenig Begeisterung. Ben ignorierte es und verschwand nach einem kurzen Blick auf Filo mit unverbindlichem Winken.

Die bemerkte die Verwirrung ihrer Chefin. »Komm, Frau Doktor, du brauchst einen Kaffee und jemanden zum Reden.«

Ben war der letzte »Patient« gewesen. Sie schlossen die Praxis und hockten sich zusammen. Die Aussicht auf Koffein und eines von Filos Törtchen hob Maries Stimmung ein wenig. Ihre Assistentin wusste ohnehin Bescheid, also kam sie gleich zum Punkt. »Es kann doch nicht angehen, dass dieser Mistkerl vielleicht sogar mit Mord davonkommt, bloß weil sich nichts beweisen lässt.«

Nachdenklich trank Filo ihre Tasse leer und holte tief Luft, was ihr leichter fiel als noch vor ein paar Wochen. Zwar hatte sie schon lange keine Waage mehr aus der Nähe gesehen, aber das braune Dirndl zwickte nicht mehr so wie früher. Arbeiten gehen zu dürfen, motivierte sie zu gesünderer Ernährung, und neuerdings hatte sie Gefallen an langen Spaziergängen gefunden. »Vielleicht ist es gut, sich ein wenig in Geduld zu üben. Im Augenblick hält Blaubart den Ball flach, aber er wird einen Fehler machen, das ist so sicher wie das Amen im Gebet.«

Filo mochte recht haben, an Maries Verdruss änderte es wenig. »Kennst du diese Ulla Peherstorfer eigentlich?«

»Nur vom Hörensagen. Die Tochter meiner Strickschwester, der Sarsteiner Anni, arbeitet bei ›Implantomed‹. Ist ein Riesenladen.« Energisch öffnete sie den Browser auf ihrem Rechner. »Weißt du was, den schauen wir uns jetzt genauer an.«

Das hatte Marie ohnehin vorgehabt, sie war nur noch nicht dazu gekommen.

Die »Implantomed« war nicht der größte Fisch im Teich, aber international aufgestellt und beschäftigte einige Tausend Mitarbeiter. Auf der Website stand viel von humanitärer Verantwortung, bahnbrechender Technologie und Innovation seit über 40 Jahren, aber auch von Diversität, Gleichheit und dem Willen, den Planeten zu schützen. Die Produktpalette wurde dominiert von Herzschrittmachern und Insulinpumpen, aber auch künstliche Herzklappen und Neurostimulatoren gehörten dazu.

»Natürlich börsennotiert«, stellte Filo nach einigen weiteren Klicks fest, »aber über die Peherstorfer selbst gibt's kaum etwas. Auch keine Social-Media-Accounts, nicht einmal LinkedIn.«

Das wunderte Marie kein bisschen. Die Unternehmerin wirkte bereits auf den ersten Blick kühl und zurückhaltend, wenn man vom Nacktbaden im See und ihrer Leidenschaft für einen deutlich jüngeren Profifußballer absah. Die sozialen Medien nutzte sie wohl eher als Marketinginstrument für ihre Firma, denn für sich selbst.

»Aber Wikipedia hat etwas über sie.« Filo war in ihrem Element. »Geboren in Salzburg, Studium in Lausanne, MBA in – man gönnt sich ja sonst nichts – Harvard. Das nenne ich Karriere. Ihr Großvater hat ›Implantomed‹ gegründet, sie leitet es seit 16 Jahren. Kleines Ratespiel: Für wie alt hältst du sie?«

Marie lachte auf. »Das meiste über 50. Busen und Gesicht sind noch im Kindergarten.«

»Sie ist 58, fünf Jahre älter als ich, halb so schwer und hunderttausendmal so reich.«

»Die muss man nicht mögen, oder?«, grinste Marie.

Filo schürzte die Lippen. »Keine Ahnung, wie es ihr geht, wenn sie nachts um drei allein aufwacht. Sie hat womöglich Sorgen von der Art, die wir uns nicht einmal vorstellen können.«

»Allein?«, griff Marie das Thema auf. »Kein Ehemann? Woher willst du das wissen?«

»Sie war nie verheiratet, das hat der Sarsteiner Anni ihre Tochter, die Johanna, mal erwähnt. Und dass sie auf Veranstaltungen immer mit unterschiedlichen Männern erscheint. Du kannst dir ja vorstellen, was getratscht wird. Vielleicht mietet sie die Toy Boys auch einfach.«

Marie prustete los. »Toy Boys? Ich bin viel zu brav. Woher weißt du denn so was?«

»Was, glaubst du, habe ich während meiner Arbeitslosigkeit den ganzen Tag getrieben? Ja, ich habe in meiner Traurigkeit leider auch zu viel in mich hineingestopft, aber vor allem bin ich gesurft und war natürlich auf den schrägsten Seiten. Klar gibt es das. Egal ob du dir eine fremde Stadt nicht allein anschauen möchtest oder auf Sex aus bist. Die Gute macht es im Übrigen nicht anders als ich. *Sie* hat irgendwelche Schönlinge, bei *mir* gibt's den Wiesinger Toni. Bei dem musst du die Anmut zwar lange suchen, aber wir haben immer viel Spaß. Keine Ahnung, was die Peherstorfer so zahlt, beim Toni reicht jedenfalls ein Sechsertragerl Bier.«

»Filo, ich liebe dich«, sagte Marie, die fasziniert zugehört hatte, und umarmte die ältere Frau spontan. »Ich habe so ein Glück mit dir!«

Gerührt winkte die Geherzte ab. »Schon gut, Frau Doktor. Das beruht auf Gegenseitigkeit. Also, wie geht's jetzt weiter?«

Marie stand auf und zog sich ihren weißen Kittel aus. »Ich mache jetzt erst einmal Pause. Danach checken wir die Hausapotheke, und irgendwann will ich dann einfach nur noch schlafen. Wenn du mehr wissen willst, frag mich morgen. Darf ich noch ein Törtchen haben?«

BEN

Verzupfen.
Sich aus jemandes Umgebung entfernen.

Es war gekommen wie erwartet. Bens Kollegen vom Ermittlungsbereich Leib und Leben im LKA, von vielen einfach nur Mordgruppe genannt, hatten die Geschichte als zu dürftig befunden, also hatte auch er vorerst nichts mehr unternommen und Elke Ehrenberger, die mehrfach angerufen hatte, vertröstet. Sein schlechtes Gewissen beruhigte er mit Sport.

Außerdem forderte gerade ein anderer Fall seine volle Aufmerksamkeit. Der schon 22. Femizid des Jahres. Wieder ein Ehemann, der, statt sich helfen zu lassen, alles zerstörte, was ihm Schmerz bereitete – konkret seine Frau, der er nach 32 Jahren Ehe den Schädel eingeschlagen hatte. Der anschließende Selbstmordversuch war schiefgegangen, und nun hatte Ben es mit einem ratlosen Häufchen Selbstmitleid zu tun, das ihm Übelkeit verursachte.

Einmal mehr fiel es ihm schwer, objektiv zu bleiben und dieses nagende Gefühl des Versagens zur Seite zu schieben. Das Mordopfer hatte drei Wochen zuvor in Todesangst und mit einem blauen Auge ihren gewalttätigen Mann angezeigt, doch zu mehr als einer lahmen Wegweisung hatte es nicht gereicht. Und noch schlimmer: Weil sie in Notwehr zurückgeschlagen hatte, war ihr Mann seinerseits zur Polizei marschiert. Astreine Täter-Opfer-Umkehr also.

Doch Janus Blaubart und Ulla Peherstorfer blieben lästig und spukten weiterhin munter in seinem Kopf herum. Weshalb er dann doch eines Abends nach Dienstschluss seinen Vorsatz über Bord warf und sich schlaumachte.

Die Frau führte einen Multimillionen-Euro-Konzern in einem Haifischbecken, das von einigen Global Playern beherrscht wurde. Ihre Strategie: Nischenprodukte. Einmal hatte es Ungereimtheiten wegen Insiderinformationen gegeben. Eine Anzeige war nicht erfolgt.

Christian Kühner, einer seiner Kollegen aus der Verwaltung, war ein Riesen-Blaubart-Anhänger. Bei einem Bier in der Altstadt erzählte er ihm die *legendäre* Geschichte von dessen Anfängen.

»Janus ist Vollwaise. Seine Mutter starb kurz nach seiner Geburt, der Vater ist unbekannt. Er wuchs im SOS-Kinderdorf in Altmünster auf, kickte schon mit vier beim dortigen SC. Seinem Trainer, der auch in der Werksmannschaft der ›Implantomed‹ spielte, war schnell klar, was der Junge draufhatte. Eines Tages marschierte er zur Peherstorfer und bat sie um Dressen-Sponsoring für seine Kids. Bei der Übergabe stellte er ihr dann seinen kleinen Rohdiamanten vor. Davon gibt's sogar ein Zeitungsfoto.«

»Kannst du es mir auftreiben?«, bat Ben und spielte konzentriert mit den Wassertropfen auf seinem halb vollen Glas.

»Sicher. Aber hör doch weiter zu.«

Sein Kollege war nicht zu bremsen. Wie Ben wusste, besaß er eine Dauerkarte und fuhr mit seinem Fanklub auch schon mal zu einem Auswärtsmatch, Nationalteam sowieso.

»Bis zu diesem Zeitpunkt hatte sie keinen Tau von Fußball, aber Mitleid. Das behauptete sie zumindest in einem

Interview. Viel eher glaube ich aber, die hat einfach einen Riecher fürs Geschäft, egal welches. Jedenfalls ebnete sie ihm mit ihren Kontakten den Weg nach Salzburg, in die U11. Später war er der Shootingstar der Fußball-Akademie, mit 15 auf der Auswechselbank der Bundesligamannschaft und fix in der zweiten. Mit 18 rief die Nationalmannschaft. Als Clou schlechthin gilt bis heute der Wechsel in die deutsche Bundesliga – für irgendwelche Trillionen Euro. Sein Manager ist einer der erfolgreichsten der Welt. Dem sein Portfolio liest sich wie die All-Star-Mannschaft bei einer Fußball-WM. Und jetzt rate mal, wer ihn an Land gezogen hat.«

Ben fragte sich, wie der Vertrag zwischen der Unternehmerin und ihrem Goldesel aussehen mochte. Nur zu gerne hätte er sich mit dieser Frau unterhalten. Viel gegeben hätte er auch für einen Blick hinter die glatte Fassade ihres Unternehmens.

Der nächste Tag verlief anstrengend, die Ermittlungen kamen nur schleppend voran. Am Nachmittag war sein Hirn wie leer geblasen und er überlegte, wie sich seine Batterien am besten aufladen ließen. Su, die er aus dem Fitnesscenter kannte, schlug ihm per WhatsApp vor, in der warmen Novembersonne eine Laufrunde an der Donau zu drehen. Prinzipiell denkbar, aber er wusste, wie es weitergehen würde. Ein Drink. Essen. Sex. Sie war süß, aber mehr als die jetzige lockere Affäre würde nie daraus werden, und er war skeptisch, ob sie das auch so sah.

Sein Bürofenster zeigte zum Linzer Wahrzeichen, dem Pöstlingberg. Dahinter erhob sich die Gis mit ihrem markanten Sendemast. Für viele Linzer war der Hügel mit seinen über 900 Metern ein stadtnahes Ziel für Wanderungen, insbesondere aber für eine After-Work-Tour mit dem Mountainbike. Ein viel besserer Plan als Stress mit Su. Kurz entschlossen machte er sich auf den Weg.

Von seiner Wohnung im Stadtteil Magdalena aus brachte die gute Stunde steil bergauf seine Waden zum Brennen. Oben angekommen wartete das gemütliche Gasthaus mit einem wohlverdienten Radler und einem belegten Brot. Hungrig biss er hinein, als die Runde am Nachbartisch seine Aufmerksamkeit auf sich zog.

»Was, *wer* ist verschwunden?«

»Der Janus Blaubart, echt? Woher hast du denn das?«

»Weiß man schon mehr?«

Ben verschluckte sich beinahe, als er den Kopf herumriss.

Die verschwitzten Mountainbiker beugten sich über das Display eines Handys. »Da steht's. Ist ein Posting vom größten Fanklub des Vereins, und die Jungs dort sind für gewöhnlich super informiert. Deshalb folge ich denen.«

»He, Leute, was ist mit dem Blaubart?«, mischte Ben sich ein.

Einer der drei redete so laut drauflos, dass sich auch andere Köpfe umdrehten. »Er wird seit gestern vermisst, ist heute unentschuldigt dem Training ferngeblieben. Niemand hat etwas von ihm gehört. Deshalb hat der Verein die Polizei eingeschaltet. Es geht gerade viral.«

DIE MORDGRUPPE

Si des amoi genauer oschaun.
Durch intensive Bemühungen versuchen, etwas herauszufinden.

Der Wolfgangsee lag zum allergrößten Teil im Bundesland Salzburg. Nur ein kleiner Streifen im Nordosten, inklusive des berühmten St. Wolfgang selbst, gehörte zu Oberösterreich.

Louisa war in Au gestorben, das genauso in diesem Gebiet lag wie der Fundort von Tamaras Leiche am Ufer der Ischler Ache. Auch Janus Blaubart war in Au hauptwohnsitzgemeldet, was beim Kauf der Villa Voraussetzung gewesen war. Ulla Peherstorfer lebte in Unterach am Attersee, nicht weit entfernt von ihrem Firmensitz.

Der Leiter der Mordgruppe im LKA, Chefinspektor Christian Franz, sah sich als zuständige Stelle und zögerte nicht, bei der Staatsanwaltschaft offizielle Ermittlungen zu beantragen.

Er landete bei Elisabeth Freilinger, einer besonnenen Endfünfzigerin mit viel Erfahrung. Über die Jahre hatten die beiden ein nahezu freundschaftliches Verhältnis entwickelt. In der Sache war sie allerdings gerne überkorrekt, weshalb sie seiner Bitte nur mit gehörig Bauchweh zustimmte. »Wie du weißt, ist das ein Drahtseilakt. Ihr habt lediglich einen vagen Verdacht, also findet schleunigst Beweise, sonst kommen wir in Teufels Küche. Und alles schön dezent bitte, wegen Blaubarts Verschwinden drehen eh schon alle durch.«

Sofort trommelte Franz seine Leute zusammen. Das waren neben Ben die Gruppeninspektoren Peter Neumüller, Dino Cortone, Michael Kauder, Wolfgang Maier und ihr jüngster Neuzugang, die erste Frau überhaupt in der Mordgruppe, Helene Almesberger. Außerdem bat er Tobias Kofler dazu, den besten IT-Spezialisten des LKA.

Der kleine Besprechungsraum quoll über.

»Leute, Folgendes: Dino und ich übernehmen den Femizid, du, Ben, die Leitung der Ermittlungen. Es ist ab sofort dein Fall, also bau keinen Scheiß, die Freilinger will Tatsachen, und das möglichst gestern!«

Das ließ Ben sich nicht zweimal sagen. Erfreut über die Entscheidung rieb er sich die Hände. »Danke für dein Vertrauen, Christian. Dann mal los. Peter und ich kümmern uns um die Peherstorfer, Tobias, du um die ›Implantomed‹. Grab tiefer, durchsuch Spezialforen, tu, was du am besten kannst. Wir müssen alles über den Laden wissen. Mach danach gleich mit der Starenberg weiter. Wir brauchen ein Profil, mehr über ihren Hintergrund. Michi, du schaust dir nochmals die Obduktionsberichte und die der Spurensicherung an – sowohl im Fall Starenberg als auch bei der Ehrenberger. Helene, wir brauchen noch mehr Wissen über Herzschrittmacher und Insulinpumpen. Dein Ding. Findet etwas! Leider gibt es keine Zeugen, die wir nochmals befragen können. Trotzdem werden Peter und ich die Umgebung abklappern. Bislang sind wir schließlich von Unfällen ausgegangen, vielleicht hat doch jemand etwas gesehen. Und wir müssen natürlich laufend an den Deutschen dran sein, falls sich dort etwas tut.«

Ben beneidete seine bayerischen Kollegen nicht um ihren

Job, denn der Aufruhr über Blaubarts Verschwinden war unbeschreiblich. Das Thema beherrschte die klassischen, insbesondere aber die sozialen Medien. Fakten waren Mangelware, weshalb eine Spekulation sich an die nächste reihte, von seriös bis skurril. Blaubarts Verein wurde belagert, seine Wohnung ebenfalls, jede auch nur ansatzweise interessante Kontaktperson vor die Kameras und Mikrofone gezerrt.

Gerade lief eine aktuelle Pressekonferenz. Der Leiter der Ermittlungen gab sich ruhig, seiner Stimme allerdings war die Anspannung anzuhören. »Janus Blaubart wurde zuletzt vorgestern, also am Montagabend, beim Training gesehen. Seither gibt es kein Lebenszeichen mehr von ihm. Seine Wohnung ist leer, und er hat sich weder bei seinem Manager noch bei seinen Freunden gemeldet. Das Telefon ist ausgeschaltet. Es war zuletzt auf der A 8, am Kreuz München-Süd, eingeloggt. Seine beiden Autos stehen unangetastet in der Garage.«

»Die haben nichts«, stellte Ben trocken fest.

»Was ist mit St. Wolfgang?«, fragte Gruppeninspektor Peter Neumüller.

»Da ist er auch nicht. Die Deutschen haben bei den Kollegen vom Posten Strobl um Amtshilfe ersucht, und die haben das überprüft.«

Dass er auch Marie gebeten hatte, ein Auge auf Blaubarts Haus zu haben, behielt er für sich.

»Für den Augenblick ziehen wir unser Ding allein durch«, fasste er die Lage zusammen. »An die Arbeit, es gibt viel zu tun!«

Ulla Peherstorfer war, im Glauben, es gehe um eine Routinebefragung zum Verschwinden von Janus Blaubart, sofort zu einem Gespräch bereit gewesen.

»Sie scheint sich auch keine Gedanken darüber zu machen, dass nicht deutsche Ermittler, sondern das LKA Oberösterreich anklopft, und bittet lediglich darum, sich am frühen Abend in ihrem Haus zu treffen, um in der Firma kein unnötiges Aufsehen zu erregen«, fasste Ben das Telefonat mit ihr zusammen.

Ihm war es nur recht, erhoffte er sich doch von ihrer persönlichen Umgebung Aufschlüsse, die ihm eine reine Befragung nicht liefern würde. Eine vertraute Atmosphäre brachte zudem oft bessere Ergebnisse, weil die Befragten sich so wohler fühlten als auf einem Polizeirevier und nicht das Gefühl hatten, jedes Wort auf die Goldwaage legen zu müssen.

Auf der etwa einstündigen Fahrt dachte er über seine Strategie nach und ging die Fakten noch einmal durch.

Kurz vor Vorchdorf durchbrach das Ping einer eingehenden Nachricht seine Gedanken. Interessiert begann er zu lesen. »Oha«, murmelte er, »Tobias hat etwas entdeckt.« Neugierig rief er zurück, schaltete das Gespräch auf Lautsprecher und wappnete sich, wie immer bei seinem Kollegen, für einen längeren Vortrag.

»Ich habe mich sofort über die ›Implantomed‹ hergemacht. Mir war klar, dass ich auf normalem Weg nicht viel erreichen würde. Die IT von Unternehmen im Medizinbereich ist meiner Erfahrung nach gut aufgestellt«, legte Tobias auch sofort los. »Du weißt ja, wie wichtig es in meinem Job ist, in der Branche vernetzt zu sein. Also habe ich meine Kontakte und Lieblingsforen aktiviert. Die Idee dazu ist mir noch während des Meetings vorhin gekommen, als du von einer möglichen Manipulation von Louisa Starenbergs Herzschrittmacher und Tamara Ehrenbergers Insulinpumpe gesprochen hast. Ich bin froh, dass der Chef ausgerechnet mich hinzugezogen hat, denn das Thema ist mir nicht ganz neu.«

Wie immer erwartete der IT-Profi, dass die Anwesenden mit einer Frage Interesse bekundeten. Ben schätzte ihn sehr, weshalb er ihm die kleine Marotte verzieh. »Inwiefern denn?« Sehr gut, setzen, lachte er in sich hinein, als Tobias Kofler wie aufgezwirbelt fortfuhr.

»Ist schon eine Weile her, da war ich auf einer Datensicherheitskonferenz in München. Dort berichtete ein Analyst, er habe erfolgreich einen Überwachungsmonitor in einem Krankenhaus manipuliert, der daraufhin anzeigte, dass ein bereits verstorbener Patient noch lebte. Außerdem trickste er bei einer handelsüblichen Infusionspumpe von eBay. Du ahnst es sicher schon – sie gab eine Überdosis ab. Und noch etwas passt ins Bild. Erst vor ein paar Monaten sorgte die Manipulation an der Software eines Medizin-Dienstleisters für Aufsehen, der in Deutschland viele Arztpraxen ausstattet. Das hast du doch sicher mitgekriegt, es war in allen Medien.«

Hatte Ben nicht.

»Alles lässt sich hacken, das sag ich doch immer. Der Clou kommt allerdings jetzt. Vorhin bin ich auf den Bericht des Mitarbeiters einer US-Sicherheitsfirma gestoßen, und weißt du, was die gemacht haben?«

Ben ersparte sich jeglichen Kommentar.

Tobias Koflers Stimme überschlug sich beinahe, als er sein neu erworbenes Wissen hinausposaunte. »Die haben gesteuerte Herzschrittmacher auffliegen lassen! Genau unser Thema, nicht wahr? Diese Ami-Krätz'n haben es aber nicht dem Hersteller gesagt, sondern ihr Wissen an ›Muddy Waters‹ verkauft. Sagt dir der Name etwas?«

»Das klingt wie etwas, was bei mir im Abfluss wächst«, grummelte Peter Neumüller.

So viel Unwissenheit brachte Tobias zum Aufstöhnen. »›Muddy Waters‹ ist eine sehr umstrittene Investmentfirma, die darauf spezialisiert ist, mit fallenden Aktienkursen Geld zu verdienen.«

Ben ahnte, was jetzt kommen würde. Habsucht statt Moral war gang und gäbe.

»›Muddy Waters‹ veröffentlichte einen Bericht und sagte voraus, dass der Hersteller massiv Trouble kriegen würde. Wenig überraschend rasselten dessen Aktien daraufhin in den Keller, und er baute einen Verlust von über zwei Milliarden Dollar. Frage lieber nicht, wie golden die Nase war, die ›Muddy Waters‹ daran verdient hat. So läuft's bei den Skrupellosen.«

»Und du hast natürlich überlegt, ob Ähnliches auch bei der ›Implantomed‹ denkbar wäre, mit viel kleiner gebackenen Brötchen natürlich«, brachte Ben den Vortrag auf den Punkt.

»Genau, du Wiffzack. Es hat aber fast zwei Stunden gedauert, bis ich etwas hatte. Es gibt einen, allerdings sehr alten, Chat, in dem jemand mit Nicknamen Babba sich rühmt, ein oberösterreichisches Medizin-Unternehmen gehackt zu haben. Dieser jemand schreibt: ›No shit, wie easy das war.‹ Zwar erwähnt er den Namen des Ladens nicht, aber das sind hundertprozentig die. Schieß mal ins Blaue und konfrontier die Peherstorfer mit möglichen Sicherheitslücken, dann wirst du eh sofort sehen, wie sie reagiert.«

Gute Idee, dachte Ben.

Doch Tobias war noch nicht fertig. »Ich hänge mich unterdessen an diesen Babba dran. Von dem habe ich nämlich noch nie etwas gehört. Ein Hacker, der sich seiner Taten rühmt, ist normal. Die Frage ist nur, welcher Fraktion der angehört. *Weiße* Hacker informieren die Hersteller über ihre Sicherheitsprobleme und geben ihnen Zeit, sie zu stopfen. Erst danach sammeln sie die Lorbeeren ein. Anderen geht es nur darum, möglichst viel Schaden anzurichten. In jedem Fall werde ich herausfinden, wer der Kerl ist.«

»Bescheidenheit ist eine Zier, doch reicher wirst du nur durch Gier«, murmelte Peter Neumüller, nachdem Tobias Kofler aufgelegt hatte.

»Wunderbar, du Reserve-Shakespeare. Fährst du bitte in Schörfling ab?«, bat Ben, um dem Thema ein Ende zu setzen. »Nehmen wir doch die Ostuferstraße über Weyregg und Steinbach.«

Aufmerksam musterte der untersetzte Mittdreißiger am Fahrersitz seinen Kollegen, nickte stumm und blieb nach etwa 20 Minuten ohne weitere Aufforderung an einer unscheinbaren Stelle am Ufer des Attersees stehen. Es war ein kühler Novembertag, was aber vier Taucher nicht daran hinderte, sich für einen Tauchgang vorzubereiten. »Egal um welche Zeit im Jahr, hier ist immer viel los«, kommentierte Peter kopfschüttelnd. »Was die Kitzbüheler Streif für die Skifahrer, ist die berüchtigte Schwarze Brücke für *die* hier!«

Ben musterte einige dick in Neopren verpackte Gestalten auf dem schmalen Grünstreifen direkt neben der Straße. »Das sind Tech-Diver, die wollen tief runter«, stellte er fest, »hoffentlich haben sie nicht an ihrer Ausrüstung gespart.«

Langsam stieg er aus und wandte sich einer Gedenkstätte zu. Dutzende Wagemutige hatten ihre Leidenschaft hier schon mit dem Leben bezahlt. Was sie reizte, war eine gefährliche Felswand unter Wasser, die steil in die Tiefe abfiel. Vor einigen Jahren hatte man die vielen kleinen Kreuze entfernt und ein einzelnes Großes für alle Verunglückten errichtet, um dem Ort die Anmutung eines Friedhofs zu nehmen.

Vorsichtig berührte Ben das Mahnmal und flüsterte: »Hallo. Du weißt, wie sehr ich dich vermisse.«

Nach einigen Momenten des Innehaltens drehte er sich um und stieg mit hängenden Schultern zurück in den Wagen. Den mitfühlenden Blick seines Kollegen bemerkte er nicht. Es war lange her, seit sein Bruder Andreas ebenfalls nicht mehr aufgetaucht war. Und dennoch hatte dieser schrecklichste aller Orte eine Anziehungskraft, die ihn immer wieder herlockte. Warum ausgerechnet heute, war ihm selbst nicht klar, aber auf eine verquere Art und Weise hatte ihn der Besuch entkrampft.

Kurz vor Unterach schlug Ben sich mit der Faust in die Handfläche. »Lass bitte mich reden, Peter, und beobachte vorerst nur, in Ordnung?«

Die beiden arbeiteten schon seit Jahren eng zusammen und vertrauten sich blind. Peter Neumüller war ein gestandener Mühlviertler, den nichts so schnell aus der Ruhe brachte. Ein wohltuendes Pendant zum ungeduldigen Ben.

»Passt schon«, brummte sein Kollege und kontrollierte das Navi. »Die wohnt im Ortskern, direkt am Wasser, wage mal zu behaupten, dass ich mir dort nicht einmal eine Hundehütte leisten könnte.«

»Wobei es dafür durchaus hilfreich wäre, einen Hund zu besitzen«, konterte Ben, denn er kannte das ewige Thema zwischen Neumüller und seiner Frau, die sich neben drei Kindern auch einen King Charles Spaniel wünschte. Bisher hatte sich sein Kollege erfolgreich dagegen gewehrt.

Der Gruppeninspektor grinste und knurrte »Wuff«.

Nach einigen Minuten Fahrt durch den lang gestreckten Ort deutete er auf einen hypermodernen Würfel in Grau und Weiß, der zur Straße hin komplett verschlossen war. »Das wird's wohl sein.«

Sie parkten neben einer breiten Doppelgarage, stiegen aus und läuteten, stumm beobachtet von mehreren Überwachungskameras.

Eine Blondine mit Pagenkopf erschien, eindeutig die Frau von Maries Foto. Auch aus der Nähe wirkte sie attraktiv, wenn auch müde, trug einen bequemen blauen Overall und war ungeschminkt. »Die Herren von der Polizei, nehme ich an?«, fragte sie ruhig und mit ungewöhnlich tiefer Stimme. »Bitte, kommen Sie herein.«

Der Raum, den sie nun betraten, erstreckte sich über das gesamte Erdgeschoss und öffnete sich vollverglast zum Wasser hin. Er war ganz in Weiß, Beige und Holz gehalten, mit nur wenigen ausgewählten Möbelstücken und einem riesigen offenen Kamin. Es fiel schwer, sich nicht vom Blick auf See und Berge beeindrucken zu lassen.

Ulla Peherstorfer schien diese Reaktion gewohnt zu sein. »Understatement ist nicht mein Stil«, ließ sie die Polizisten wissen, »Schlichtheit schon eher. Was darf ich Ihnen anbieten? Da Sie noch im Dienst sind, nehme ich an Wasser oder Kaffee? Bitte suchen Sie sich etwas aus, ich rede leichter, wenn ich zumindest ein bisschen das Gefühl von Gemütlichkeit habe.«

Das nenne ich Geradlinigkeit, dachte Ben. Er war sehr gespannt auf die nächsten Minuten und entschied sich für Kaffee, genauso wie sein Kollege, der sich, wie verabredet, dezent im Hintergrund hielt. Sie nahmen an einem etwa fünf Meter langen Holztisch Platz und versanken in bequemen Stühlen aus braunem Leder.

Mehr und mehr verblasste der See im verglühenden Licht, als die Peherstorfer mit einem Tablett aus der Küche trat, sich zu ihnen setzte und sie auffordernd ansah.

»Wie am Telefon erwähnt geht es um Janus Blaubart«, begann Ben und entschloss sich dazu, das Thema abzukürzen. »Sie können sich denken, dass wir uns darüber schlaugemacht haben, woher Sie sich kennen.«

»Ja«, gab sie unumwunden zu, »aber das ist kein Geheimnis. Was ich nicht nachvollziehen kann, ist, was Sie von mir wollen. Ich habe, so wie der Rest der Welt, keine Ahnung, wo er steckt.« Entspannt nahm sie einen Schluck von ihrem Weißwein und musterte die beiden Beamten mit unergründlichem Blick.

Ihre Ausgeglichenheit irritierte Ben. »Machen Sie sich denn keine Gedanken?«

»Selbstverständlich frage ich mich, wo er sein könnte, wobei ich nicht an Verschwörungstheorien glaube und es durchaus für möglich halte, dass er einfach eine Auszeit braucht. Das war schon öfters der Fall. Er ist sehr spontan bis hin zur Unvernünftigkeit, was den Verantwortlichen im Verein jedes Mal Magengeschwüre verursacht.«

Starallüren. Aber solange die Leistung stimmte, würde man ihn decken. »Wie ist Ihr Verhältnis zueinander?«, fragte Ben unverblümt.

Sie zuckte mit keiner Wimper. »Gut, aber eher beruflich. Er meldet sich nicht allzu oft.«

Für den Augenblick ließ Ben das so stehen, auch wenn er es besser wusste.

»Uns geht es um einen ganz besonderen Aspekt«, fuhr er deshalb an anderer Stelle fort. »Kannten Sie Louisa Starenberg?«

Ulla Peherstorfer hob die Augenbrauen. »Natürlich, schließlich war sie zwei Jahre lang Janus' Freundin.«

»Wie standen Sie zu ihr?«

»Für mich war sie eine von vielen. Janus ist jung, tobte sich aus. Gut möglich, dass sie mehr darin sah als er. Als sie anstrengend wurde, war Schluss.«

»Immerhin rettete er ihr das Leben und verlobte sich.«

»In so einer Situation hätte jeder geholfen«, antwortete die Blondine lakonisch. »Das mit der Verlobung war nur eine Schnapsidee und nicht ernst gemeint. Louisa postete es aber sofort und setzte ihn damit absichtlich unter Druck, was ihm furchtbar auf die Nerven ging.«

War Louisa Starenberg tatsächlich nicht viel mehr als eine Randnotiz in Blaubarts Leben gewesen, oder spielte die Peherstorfer das herunter? Und wenn ja, warum? Wollte sie nicht wahrhaben, dass er mehr für eine deutlich jüngere Frau empfand als flüchtiges Interesse? Hatte sie ihre Pfründe bedroht gesehen?

Von der Hand zu weisen war all das nicht.

In jedem Fall war es höchste Zeit, die Daumenschrauben ein wenig anzuziehen. »Die ›Implantomed‹ hat jenen Herzschrittmacher hergestellt, den Louisa trug.«

Überrascht schnappte sie nach Luft. Ben bemerkte ihre plötzliche Anspannung und setzte nach. »Wir haben Zweifel daran, dass Frau Starenberg eines natürlichen Todes gestorben ist. In Zusammenhang mit dem Verschwinden Blaubarts ergibt sich für uns ein seltsames Bild.«

»Welches?«, fragte sie tonlos. Sie hatte sich wieder im Griff, mit einem Mal aber jegliche Verbindlichkeit abgelegt.

Ben spielte seinen Trumpf aus. »Wir wissen, dass es bei der ›Implantomed‹ Sicherheitslücken gab.«

Die beinahe schon unheimliche Ruhe, mit der die Frau auf die Behauptung reagierte, war faszinierend und verriet Ben einiges über ihre Persönlichkeit.

Betont langsam stand sie auf. »Ich denke, das Gespräch ist hiermit beendet. Über Firmen-Interna spreche ich nicht. Wenn Sie mehr wissen wollen, dann wenden Sie sich an meinen Anwalt.«

So schnell ließ Ben sich allerdings nicht ins Bockshorn jagen. Mit ihrer Reaktion hatte er, was er wollte, denn sie hatte seine Anschuldigung nicht rundweg abgestritten. Gelassen erhob er sich ebenfalls und suchte ihren Blick. »Frau Peherstorfer, wollen Sie die Sache wirklich an die große Glocke hängen? Bedenken Sie die möglichen Folgen für Ihr Unternehmen. Aktionäre verstehen bei solchen Dingen keinen Spaß. Ich würde Ihnen also raten zu kooperieren. Wir sind gerade dabei, der Sache auf den Grund zu gehen. Wie viel Staub wir dabei aufwirbeln, liegt nicht zuletzt an Ihnen. Guten Abend!«

Wieder im Auto atmete Peter Neumüller geräuschvoll aus. »Die ist wie ein Unfall, oder? Du kannst nicht wegschauen und bist froh, nichts damit zu tun zu haben.«

Ben entschied, in der Gegend zu bleiben. »Wetten, dass sie sich gerade mit ihren Anwälten berät und zeitnah meldet? Wir fahren jetzt rüber nach St. Wolfgang und nehmen uns Zimmer. Morgen früh sehen wir uns noch mal in Ruhe die Stelle an, wo Tamara Ehrenberger verunglückt ist. Danach putzen wir Klinken. Vielleicht finden wir tatsächlich Zeugen.«

Unterwegs meldete er sich bei Marie. Sie gab ihnen den Tipp, in einer nahen Frühstückspension nachzufragen, und lud die beiden zum Essen ein.

Unter einer Bedingung stimmte Ben zu. »*Ich* koche!«

AM NÄCHSTEN TAG

Dazös da Frau Brause.
Das kannst du jemand anders erzählen.

Die selbst gemachten Holzknechtnocken aus dem Goiserer Bauernkochbuch hatten Ben den Schlaf gekostet. Verknittert beschränkte er sich am nächsten Morgen auf Kaffee und ließ Peter Neumüllers Scherze über sich ergehen. »Zumindest musst du dir nicht den Kopf darüber zerbrechen, was du frühstücken sollst«, zerbröselte sich der Gruppeninspektor und machte sich über seine Eier mit Speck her.

»Vor dem ersten Kaffee Klappe halten«, grollte Ben.

»Ist doch schon dein zweiter!«

»Dann hat der erste seine Arbeit nicht getan.«

Peter Neumüller spülte seine Eier mit Orangensaft hinunter. »Apropos Arbeit. Tobias hat sich heute schon gemeldet. Er ist an diesem Hacker dran, sucht aber noch nach dessen Identität. Er meint, es sei keiner von den üblichen Verdächtigen. Helene hat noch mal mit deinem Herzspezialisten gesprochen, aber da gibt's nicht viel Neues. Interessanter sind Insulinpumpen. Sie ist noch nicht dazu gekommen, ihren Bericht zu schreiben, aber am Telefon sagte sie, dass man deren Chip nicht so ohne Weiteres manipulieren kann. Man müsste in der Nähe sein, maximal ein paar Hundert Meter entfernt, und bräuchte technisches Wissen und entsprechende Geräte. Ehrlich gesagt traue ich Blaubart das nicht zu. Außerdem hätte das Gerät dann maximal eine ganze Ampulle abgeben können, was zwar eine Hypoglykämie verursacht hätte, aber als Diabetikerin hätte sie eigentlich wissen müssen, wie man damit umgeht.«

»Während sie emotional aufgewühlt auf dem Fahrrad saß? Ich könnte mir vorstellen, dass ihr schlecht wurde und sie die Kontrolle verloren hat. Im Obduktionsbericht stand etwas von leicht erhöhtem Insulin im Blut, aber weil es ein natürlicher Stoff ist, lässt er sich schwer nachweisen. Ich bin bei dir, Blaubart stemmt das nicht, aber er könnte sich zum Beispiel locker jemanden mit entsprechendem Know-how leisten. Diesen Babba müssen wir uns auf jeden Fall vorknöpfen, sobald wir seinen echten Namen kennen. Vielleicht gibt es eine Verbindung.«

Sein Partner legte sich genüsslich eine Scheibe Käse auf sein Schinkenbrot. »Ohne die entsprechende Vorgeschichte würde ich das für sehr weit hergeholt halten, aber in dieser Sache lerne ich gerade jeden Tag dazu. Die Frage ist nur, warum Blaubart diesen Aufwand hätte betreiben sollen. Ein fingierter Unfall im Dunkeln hätte es doch auch getan, wenn er sie wirklich unauffällig hätte loswerden wollen.«

»Deine kriminelle Energie in Ehren, mein Freund, aber sehen wir lieber zu, dass wir Fakten schaffen.« Bens Bauchdrücken hatte sich inzwischen etwas beruhigt und er war schwer versucht, sich ein Müsli zu gönnen.

Mitten hinein in seine Entscheidungsfindung läutete das Telefon. »Na, das ging ja schnell«, kommentierte er die Nummer am Display. Ulla Peherstorfer war kurz angebunden und bat sie um 13 Uhr zu sich. Diesmal in ihr Büro.

Auch der zweite Besuch an der Unfallstelle ergab leider keine neuen Erkenntnisse, außer dass Peter Neumüller danach Bens Zweifel an der Unfalltheorie teilte. Auf dem kurzen Weg nach Unterach hingen sie schweigend ihren Gedanken nach.

Das Hauptquartier der ›Implantomed‹ befand sich etwas außerhalb der Ortschaft. Den Attersee und den Mondsee trennten an dieser Stelle nur wenige Kilometer, was landschaftlich reizvoll war, die grauen Klötze allerdings zu Fremdkörpern degradierte. »Industrie-Idylle«, kommentierte Peter Neumüller die merkwürdige Lage des Unternehmens. »Gilt Unterach nicht als eines der teuersten Pflaster der Nation? Und dann knallen die diese Dinger rein, weit weg von der Autobahn und optisch nichts als ein ganz schlechter Scherz?«

Ben zuckte nur mit den Schultern. Als Einheimischer war er deren Anblick gewohnt. Tatendurstig stieg er aus dem Auto und meldete sie beim Portier an.

Das Innere präsentierte sich modern, mit viel Glas, Ziegelwänden und ungewöhnlichen Details wie einer meterhohen begrünten Wand. In einer riesigen Bronzeskulptur vermutete er ein Werk des Osttiroler Künstlers Jos Pirkner, denn sie glich den berühmten Bullen des Getränkeherstellers drüben in Fuschl.

Eine unscheinbare Assistentin führte sie zu einem Lift, der sie ins oberste Stockwerk brachte. Dort begrüßte Ulla Peherstorfer sie mit ihrem schon bekannten unergründlichen Gesichtsausdruck und bat sie in ihr Büro.

Das entpuppte sich als eher klein und unspektakulär: Schreibtisch, Computer, Besprechungstisch. Niemand sonst war anwesend. Ben hatte mit mindestens zwei grimmigen Anwälten gerechnet, die ihnen die Einvernahme zur Hölle machen würden. Ihre Gastgeberin nahm sein Erstaunen mit einem leisen Lächeln zur Kenntnis. Warum finde ich dich gerade sympathisch, wunderte sich Ben, als er sich setzte und den angebotenen Kaffee ablehnte.

Ein weiterer von Ulla Peherstorfers Wesenszügen war Unverblümtheit. »Ich hatte Gelegenheit, über unser gestriges Gespräch nachzudenken. Sie haben recht, ich werde kooperieren, wenn Sie mir dafür größte Diskretion zusichern.«

»Soweit uns das möglich ist, selbstverständlich«, versicherte Ben, während Peter Neumüller die Frau im engen schwarzen Kleid nicht aus den Augen ließ.

Auf einen Augenblick Stille folgte das Geständnis. »Leider muss ich zugeben, dass es tatsächlich Sicherheitsbedenken gab.«

»Würden Sie uns das bitte näher erläutern«, blieb Ben neutral.

Sie richtete sich auf. »Vor einiger Zeit wurde ich darauf aufmerksam gemacht, dass es gelungen war, eines unserer Medizinprodukte zu manipulieren. Sie können sich denken, dass ich wenig erfreut war. In der Tat geht es hier nicht nur um die Gesundheit Tausender Patienten, sondern auch um viel Geld.«

Ben hakte nach. »Inwiefern manipuliert?«

»Ein Hacker ist in eines unserer Cardiosprint-Modelle eingedrungen. Sie müssen sich das so vorstellen: Beim Patienten steht ein einfacher Rechner, der drahtlos mit dem Schrittmacher verbunden ist und gleichzeitig mit einem Steuerungscomputer beim Arzt. In diesem Fall wurde dieser Patientenrechner geknackt. Dadurch gelangte der Hacker zu unserem Server und hinterließ eine Nachricht.«

»Kam dabei jemand zu Schaden?«

Angewidert runzelte sie die Stirn. »Nein, aber der Schreck bei uns war natürlich groß. Wenn das publik geworden wäre, hätte sich unser Börsenkurs ins Bodenlose verabschiedet. Der Hacker informierte uns und bot an, die Lücke zu schließen. Das haben wir gemacht.«

»Mehr wollte er nicht?«, fragte Ben. »Keine Erpressung oder dergleichen?«

Sie blieb vage. »Erpressung? Nein, aber wir haben uns natürlich erkenntlich gezeigt.«

»Hieß dieser Hacker zufällig Babba?« Ben behielt die Frau genau im Auge, als er die Frage abschoss.

Die blieb jedoch gewohnt gelassen. »Es ist Teil unserer Vereinbarung, seinen Namen niemandem zu nennen, Herr Gruppeninspektor.«

»Und danach gab es keinerlei Kontakt mehr zwischen Ihnen?«

Sie schüttelte den Kopf.

»Mich wundert das, Frau Peherstorfer, denn normalerweise rühmen sich Hacker mit derlei Erfolgen. Dieser Babba allerdings erwähnte die ›Implantomed‹ nie namentlich. Sie müssen sich also *sehr* erkenntlich gezeigt haben.« Ben biss bei ihr auf Granit.

»Den Namen bestätige ich nicht, und die Summe ist für Ihre Ermittlungen irrelevant. Wir haben unsere Systeme seither maximal optimiert, und es gab keinerlei Probleme mehr mit der Datensicherheit.«

Eine Frage brannte ihm noch auf den Nägeln. »Gestern meinten Sie, Janus Blaubarts Verschwinden würde Sie nicht besonders beunruhigen. Lässt Sie das wirklich so kalt, wie Sie vorgeben?«

Ein Schatten überflog ihr gekonnt geglättetes Gesicht.

»Sie denken, ich bin knallhart, nicht wahr? Nun, dem ist nicht so, zumindest nicht in allen Bereichen. Ich kenne Janus, seit er ein Kind war. Natürlich mache ich mir Sorgen, aber in meiner Position ist es praktischer, Gefühle nicht auf dem Präsentierteller vor sich herzutragen.«

Hatte soeben etwas Verletzliches durch die stoische Fassade geblitzt? Wieder konnte Ben nicht anders, als die Frau anziehend zu finden. Einen kurzen Augenblick lang trafen sich ihre Blicke.

»Louisa Starenberg hatte einen Cardiosprint eingepflanzt«, riss er sich zusammen, »halten Sie es für möglich, dass auch er manipuliert wurde?«

Die Peherstorfer erstarrte. »Unmöglich. Das wurde umgehend und gründlich überprüft, von uns und von der Polizei. Die Auswertung des Arztrechners ergab, dass alles normal war. Louisas Herz versagte in einem Ausmaß, dem der Schrittmacher nicht Herr werden konnte. Sie war in gewissen Kreisen eine bekannte Persönlichkeit, und ihr Tod schlug Wellen. Wir lancierten daher ein Presse-Statement, das nicht hinterfragt wurde.« Mit ihren letzten Worten erhob sie sich. »Mehr habe ich Ihnen nicht zu sagen. Ich darf Sie bitten, jetzt zu gehen.«

Für den Augenblick blieb ihnen nichts anderes übrig.

»Was hältst du von all dem?«, fragte Peter Neumüller, unmittelbar nachdem sie ins Auto gestiegen waren.

Bens Blick verlor sich in der Ferne. »Widersprüchlich. Die Peherstorfer zieht ihr Ding durch, holt sich, was sie will, ist beruflich erfolgreich. Intelligent. Und dann eine Affäre mit einem Kind wie Blaubart, ihrem Mündel? Das passt für mich nicht ins Bild. Ich finde sie interessant, denke aber auch, dass sie uns bis zu einem gewissen Grad verarscht. Sie ist für mich das genaue Gegenteil zur Starenberg.«

»Weil?«

»Die wirkt für mich nur auf den ersten Blick wie eine erfolgreiche junge Frau, der die Welt zu Füßen lag und die kein Problem damit hatte, ihre intimsten Momente mit der ganzen Welt zu teilen. Ich möchte erfahren, wer der Mensch hinter den Instagram-Filtern war.«

Die nächsten Minuten verliefen schweigend. Dann hatte Ben einen Ansatz. »Steht nicht in Tobias' Profil etwas von einer Freundin, die sehr oft mit auf ihren Postings war? Die brauchen wir. Ich muss bis ins Detail wissen, wie die Peherstorfer und Louisa wirklich zueinander standen. Diese Freundin weiß unter Garantie Bescheid, genauso wie über Blaubart. Und am allerwichtigsten ist, dass Tobias endlich mehr über diesen Babba herausfindet.«

BEN

Fesches Madl.
Eine sehr hübsche junge Frau.

Am darauffolgenden Morgen trank Peter Neumüller genüsslich seinen Kaffee, ehe er seinen Partner auf den letzten Stand
brachte. Sie waren erst spät nach Linz zurückgekommen, deshalb war es schon sein dritter im Kampf gegen die Müdigkeit.

»Also, pass auf. Diese Freundin von der Starenberg heißt
Anisa Dobrev und lebt in München. Beide sind aber in St.
Gilgen aufgewachsen, kennen sich seit dem Kindergarten.
Helene hat die Dobrev über ihre Agentur aufgetrieben und
für zehn Uhr einen Zoom-Call vereinbart, denn im Augenblick ist sie für ein Shooting in Mailand. Sie war mal bei ›Germany's Next Topmodel‹.«

»Woher weißt du denn das alles? Hier steht doch nur ihr
Name.« Erstaunt deutete Ben auf den geöffneten Mailan-
hang, den ihnen Tobias vorhin geschickt hatte.

»Meine Mittlere ist ein Riesen-GNTM-Fan«, seufzte
Neumüller, »sobald sie darf, will sie sich bewerben. Seit die
auch alles abseits von Altersgrenzen und Gardemaß nehmen, sieht sie mit ihren 1,64 Chancen. Hübsch ist sie ja, aber
gerade mal 13, um Himmels willen! Jedenfalls ein wandeln-
des Model-Lexikon.«

Ben ließ die Leiden eines Teenager-Vaters an sich abpral-
len. »Okay, dann machen wir uns mal schlau.«

Die katzenhafte Schwarzhaarige mit den dicken Augenbrauen und Lippen wirkte müde. »Können wir bitte schnell machen, ich muss zu Aufnahmen in so einen Scheißaußenbezirk und sitze wahrscheinlich den halben Tag im Taxi.«

Ben empfand die Frau und ihren nasalen Tonfall vom ersten Moment an als unangenehm.

Peter Neumüller, Tobias Kofler und er saßen am Besprechungstisch im Konferenzraum und starrten auf den Bildschirm, während sich draußen ein grauer, feuchter Tag breitmachte. Das Wetter hatte in der Nacht auf Regen umgestellt, der gekommen war, um zu bleiben.

Die Männer im Raum hatten keinen Blick dafür. Insbesondere Tobias Kofler schien fasziniert von dem unzweifelhaft hübschen Model im rosa Niki-Sweater, schwieg aber eisern. Die Befragung war Bens Sache.

»Frau Dobrev, danke für Ihre Zeit. Wir ermitteln in Sachen Louisa Starenbergs Tod. Details dürfen wir nicht verraten«, kürzte er ab, um neugierigen Fragen zuvorzukommen. »Wir wären Ihnen sehr verbunden, wenn Sie uns mehr über sie erzählen könnten. Und auch über ihre Beziehung zu Janus Blaubart.«

Das Model lehnte sich zurück und streckte die Arme über den Kopf. »Okay, was wollen Sie wissen? Dass Blaubart ein Arschloch vor dem Herrn ist? Er schlug, bedrohte und betrog Louisa, behauptete, sie wolle ihn mit diesen *Lügen* vernichten. Der Prick verdrehte alles und ist damit durchgekommen. Niemand glaubte ihr, und sie wurde fertiggemacht.«

Zu wenig Auskunftsfreude konnte Ben der Dame nicht vorwerfen. Schüchternheit auch nicht. »Schläge? Bedrohung? Das sind heftige Anschuldigungen.«

Sie blieb unbeeindruckt. »Ich gebe nur meine Meinung

wieder, machen Sie damit, was Sie wollen. Er war aggressiv und schnell mit der flachen Hand. Wenn sie nicht tat, was er wollte, konnte er sehr grausam sein, auch mit Worten. Leider schluckte sie alles, und da war genug Scheiße dabei, glauben Sie mir. Sie wollte ihn um keinen Preis verlieren, war ihm hörig.«

»Dachte sie an Selbstmord?«

»Ach wo. Trotz allem war Louisa zäh.«

Das deckte sich mit Bens Eindruck von ihrem letzten Posting. »Was war sie denn für ein Mensch?«

Bei dieser Frage musste die Dobrev länger nachdenken. »Scheu. Lieb. Unsicher. In der Schule wollte sie nie im Mittelpunkt stehen und duckte. Niemand traute ihr zu, was sie letztlich erreicht hat. Sie heulte sich immer bei mir aus, wenn es zu Hause Knatsch gab.« Routiniert zündete sie sich eine Zigarette an und blies den Rauch in Richtung Kameralinse. »Ihr Vater war ein Despot, die Mutter kuschte. Scheißeltern, die beiden, echt jetzt. Deshalb war sie so auf der Suche nach Halt und crashte damit voll bei Janus. Hinter seiner hübschen Fassade ist er ein Riesenhaufen Dreck. Wenn er ihr wehtun konnte, ging ihm einer ab. Nur dann fühlte er sich stark. Liebe kennt er nicht, es geht ihm immer nur um Macht und darum, dass man ihn bewundert. Ich hatte auch mal so einen kranken Idioten, deshalb weiß ich, wovon ich spreche.«

Ben zweifelte nicht daran, dass ihr bei ihrem Aussehen und ihrer Profession eine Menge dubioser Gestalten unterkamen, und musste anerkennen, dass sie es in gerade mal einer Minute geschafft hatte, Blaubarts Charakter zu zerlegen. Natürlich subjektiv.

Das Gespräch schien sie aufzuwühlen, denn die Züge an ihrer Zigarette wurden hektischer. »Leider hat sie nicht auf meinen Rat gehört, ihn zum Teufel zu schicken. So einer schlägt alles in Scherben und steigt dann über deine Leiche, um sich von der Nächsten anhimmeln zu lassen. Da kann's nur eines geben: Zieh deine besten Laufschuhe an und renn, so schnell du kannst.«

Freunde würden Blaubart und die Dobrev in diesem Leben nicht mehr werden. Ben war dankbar für ihre Offenheit. Sie schien die Starenberg gemocht und keine Angst vor dem mächtigen System Blaubart zu haben.

»Können Sie sich vorstellen, dass er ihr etwas angetan hat?«

Abrupt richtete sie sich auf. »*Daher* weht der Wind also. Fuck. Ich weiß nicht …«

Ben ließ die Info sacken. »Kennen Sie seine Mentorin, Ulla Peherstorfer?«

Ihr geringschätziges Schnauben war Antwort genug. »Die Bitch ist noch viel kränker als er, wollte Louisa fertigmachen. Erst recht, nachdem sie das Baby verloren hatte …« Mit einem Mal verstummte sie, wohl weil ihr noch etwas auf der Zunge lag und sie überlegte, ob sie es aussprechen sollte. Geduldig ließ Ben das Schweigen andauern. Mit Erfolg. Mit einem Mal sehr bekümmert fuhr die Frau fort. »Blaubart hat sie getreten. Und mehr. Einmal hat er sie sogar fast umgebracht. Das haben Sie aber nicht von mir, verstanden?«

Mit einer vorsichtigen Geste wischte sie die Tränen weg, die ihr plötzlich über die Wangen liefen. Fahr dir bitte mit deinen Krallen nicht in die Augen, hoffte Ben besorgt und war betroffen vom Gehörten. Ein mögliches Mordmotiv stapelte sich über das nächste und die Verdächtigen gleich mit dazu.

»Vom Heiratsantrag reden wir da noch gar nicht«, hörte er als Nächstes. »Die Peherstorfer machte Janus die Hölle heiß, und er kuschte. So wie immer. Aber da hat sich Louisa endlich mal nix g'schissen und sich mit ihrem Posting gerächt. Alter, waren die sauer deswegen.«

Ben setzte nach. »Hatte Ulla Peherstorfer eine Affäre mit ihm?«

»Die Monsterbitch und Janus? Schwachsinn.« Angewidert verzog sie die Lippen. »Er war ihr *Schatziputzi*, der Sohn, den sie nie hatte. Und er nannte sie *Uma*, eine Mischung aus Ulla und Mama. Bescheuerter geht's doch nicht.«

Ben und Peter Neumüller sahen sich an. Selbst wenn die Aussagen der Frau wegen ihrer Abneigung gegen Blaubart und die Peherstorfer stark gefärbt waren, hatten sie enorme Sprengkraft. Es gab jedenfalls eine Menge Diskussionsbedarf.

»War's das?«, ertönte indessen die quäkende Stimme der Befragten aus dem Lautsprecher des Monitors. »Sollte der Sack wieder auftauchen, stecken Sie ihn bitte in den Knast. Und seine *Uma* gleich dazu. Von mir aus können die beiden dort verrecken.«

Was für ein entzückendes Herzchen du doch bist, nahm Ben es zur Kenntnis. Aber auch sehr direkt, was er schätzte. Laut sagte er: »Danke für Ihre Hilfe.«

Sie mussten schleunigst noch einmal mit der Peherstorfer reden.

Doch das würde warten müssen.

»Sie ist bis kommende Woche auf Dienstreise«, hieß es aus ihrem Büro. »Wir können gerne versuchen, sie ans Telefon zu bekommen, aber normalerweise ist sie es, die sich meldet. Wir werden ihr das Anliegen aber gerne ausrichten.«

Ben verstand. Bis zu ihrer Rückkehr würde die Unternehmerin unter Garantie nicht aufzutreiben sein. Zumindest nicht für ihn.

TOBIAS

Hinterfotziger Gscheitwaschl.
Eine unehrliche, vermeintlich schlaue männliche Person.

Na also.

Sehr präsent war dieser Babba nicht. Aber ein paar Tipps aus der Community hatten Tobias Kofler dann doch endlich auf eine Spur gebracht. Zufrieden griff er zum Telefon. »Ben, Treffer!«

Es war bereits Tag fünf nach dem Verschwinden von Janus Blaubart.

»Die wahren Cyberkriminellen sind die, von denen du nie etwas hörst«, führte er zehn Minuten später aus, als Ben und Peter Neumüller ihm an seinem Schreibtisch gegenübersaßen. »Die, deren Namen man kennt, sind die, die auch gefunden werden *wollen*. Ist doch *nett*, was die mit ein wenig Know-how, einem Rechner und viel mangelndem Mitgefühl anrichten können.«

Er überprüfte, ob er wirklich die ungeteilte Aufmerksamkeit seiner Kollegen hatte, und fuhr dann zufrieden fort. »Jemand wie Evgeniy Bogachev steht sogar auf der Most-Wanted-Liste des FBI, aber der hat auch Millionen Rechner mit Malware verseucht. Den schützen allerdings die Russen. Es gibt auch Hacker-Gruppen, Anonymous zum Beispiel oder die Equation Group der NSA, die mal das iranische Nuklearprogramm zum Erliegen gebracht hat. Nordkorea beschäftigt gleich eine ganze Armee, die

Tag und Nacht nichts anderes tut, als Geld für das Regime zu beschaffen und Chaos zu stiften. Und da reden wir noch nicht von der berüchtigten Unit 8200 des israelischen Geheimdienstes, der wahrscheinlich besten. Sie hat Terroranschläge auf der ganzen Welt vereitelt. Bei der ist übrigens der Großteil weiblich.«

Ben musterte ihn ungeduldig. Tobias tat ihm den Gefallen und kam zum Punkt: »Nach diesem kleinen Exkurs zu den Stars der Branche jetzt zur Unterliga. Ich habe ziemlich herumgegraben, bis ich etwas hatte. Babba könnte ein Typ namens Barnabas Sotek sein. Keine Leuchte, kaum jemand kennt den, ich gar nicht. Interessant ist er für mich insbesondere aus einem Grund. Schaut mal, wo er lebt.«

Neugierig studierten die Kollegen den Ausdruck. »Ich glaub, ich spinn!«, platzte Peter Neumüller heraus. »In Nußdorf am Attersee! Der ist so etwas wie ein Nachbar von der Peherstorfer. Wenn das Zufall ist, dann zahl ich die nächste Runde!«

»Gerne, aber das wirst du wohl nicht müssen«, lehnte Tobias Müller sich zufrieden zurück.

»Den Knaben knöpfen wir uns vor!«, rief Ben. »Sehen wir nach, was wir über ihn haben. Danke, Tobias, du bist ein Genie!«

Der verbeugte sich scherzhaft. »Ich weiß.«

Die Adresse entpuppte sich als ein neu gebautes Mehrparteienhaus etwas oberhalb des Ortskerns. Jetzt im November waren sämtliche Parkplätze bis auf einen leer. Die Hälfte der Liegenschaften im Dorf waren Zweitwohnsitze und wurden nur wenige Wochen im Jahr genutzt.

Ben warf einen Blick auf das Behindertenschild hinter der Windschutzscheibe des Vans. Sotek war also zu Hause.

Sie hatten sich nicht angekündigt, weshalb es dauerte, bis die Gegensprechanlage zum Leben erwachte.

»Ja, was gibt's?«, fragte eine helle Stimme.

Ben sagte es ihm, worauf der Türöffner summte.

Sotek erwartete sie mit missmutigem Gesichtsausdruck und auf Krücken gestützt an der Eingangstür. Er war klein, rothaarig, trug eine schwarze Brille und bequeme Klamotten. Wie Ben wusste, war er 26 und litt an Muskeldystrophie, einer nicht heilbaren Erbkrankheit.

»Was soll der Überfall? Ich möchte nicht mit Ihnen sprechen und muss es auch nicht. Bitte verschwinden Sie.«

Arrogant konnte Ben auch. In aller Ruhe baute er sich vor dem Mann auf. »Zunächst einmal guten Abend. Es ist so: Ihr Name ist im Zuge der Ermittlungen in Sachen des Verschwindens des Fußballers Janus Blaubart aufgetaucht. Wir werden also auf jeden Fall mit Ihnen sprechen, Herr Sotek, ob morgen in Linz oder gleich hier, liegt an Ihnen. Betrachten Sie es als Höflichkeit unsererseits, Ihnen die unangenehme Reise zu ersparen.«

Das folgende Blickeduell ließ er locker über sich ergehen.

»Blaubart?«, echote der Hausherr erstaunt. »Aber den kenne ich doch gar nicht, besser gesagt, nur aus dem Fernsehen.«

»Dürfen wir hereinkommen? Dann klären wir Sie auf«, drängte Ben, der spürte, dass der Panzer seines Gegenübers Risse bekam.

Immer noch baff nickte Sotek und gab die Tür frei. Trotz Gehilfe bewegte er sich geschickt durch die geräumige Wohnung, die unter Garantie kein Schnäppchen gewesen war.

Unauffällig sah Ben sich um. Dunkler Parkettboden, farbig gestrichene Wände, Designermöbel und große Glasflächen. Alles war blitzblank und aufgeräumt, das genaue Gegenteil dessen, was er sich von der Behausung eines Computerfreaks erwartet hatte. Welch prachtvolle Klatsche für meine Vorurteile, zog er sich selbst zur Rechenschaft. Im Vorbeigehen lugte er in den Raum zu seiner Rechten, dessen Tür ein wenig offen stand, wodurch einige Bildschirme zu sehen waren. Auch hier herrschte penible Ordnung. Das Schlampigste an diesem Apartment waren die Frisur und der Trainingsanzug des Hausherrn.

Der ließ sich gerade auf einen Stuhl fallen und deutete auf eine bequeme Sitzgarnitur aus dunkelbraunem Leder. »Sie verzeihen, wenn ich Ihnen nichts zu trinken anbiete, aber ich bin etwas eingeschränkt. Da Sie von der Polizei sind, wissen Sie sicher schon, dass ich an Muskelschwund leide, zum Glück Typ Becker-Kiener, da geht es langsamer.«

Seine piepsige Stimme wollte nicht so recht zum untersetzten, fülligen Körper des Mannes passen und auch nicht zu seinem immer noch leicht abfälligen Ton.

Ben ging nicht darauf ein. »Danke, dass Sie sich Zeit nehmen. Ich will auch gar nicht lange um den heißen Brei herumreden. Wir wissen von Frau Peherstorfer, dass Sie vor nicht allzu langer Zeit die ›Implantomed‹ in Unterach auf Sicherheitsprobleme aufmerksam gemacht haben.« Er hielt inne, um die Reaktion seines Gegenübers auf die Behauptung zu beobachten. Wusste er, dass die Firmenchefin sie nicht bestätigt hatte?

Sotek schien ungerührt. »Das ist richtig. Und?«

Ben freute sich, dass sein Trick funktionierte und Sotek alles unumwunden zugab. »Die ›Implantomed‹ hat darauf reagiert, die Lücken geschlossen und Sie finanziell abgegolten.«

»Sie erzählen uns beiden nichts Neues.«

Mangelndes Selbstbewusstsein war hier kein Thema. Demonstrativ sah Ben sich um. »Wie schön Sie leben, Herr Sotek. Haben Sie mit dem Geld Ihre Wohnung bezahlt?«

Immer noch blieb sein Gegenüber entspannt. »Herr Gruppeninspektor, was wollen Sie von mir? Es geht Sie nichts an, wie ich meine Lebensumstände finanziere. Und was hat das alles mit Janus Blaubart zu tun?«

»Also gut«, sagte Ben ebenso ruhig und beugte sich nach vorne. »Bis vor einigen Monaten lebten Sie noch gemeinsam mit Ihrer Mutter in Ihrem Elternhaus in Lenzing, verdienten geringfügig Geld als Grafikdesigner und kassierten Beihilfen, Zuschüsse, Arbeitslosengeld. Und dann, quasi über Nacht, kaufen Sie sich eine teure Eigentumswohnung und nehmen keinen einzigen Auftrag mehr an. Wir finden das interessant.«

In den letzten Stunden hatten sie ihre Hausaufgaben gemacht und herausgefunden, womit sie Barnabas Sotek soeben konfrontierten. Der verzog allerdings nur belustigt seine Mundwinkel. »Solange ich keine Straftat begehe, ist das aber ganz allein meine Angelegenheit, meine Herren.«

In diesem Augenblick wurde die Eingangstür aufgesperrt und ein groß gewachsener, beinahe kahlköpfiger Mann Mitte 30 erschien. »Hi, Schatz«, begrüßte er den Computerfreak mit einem Lächeln, ehe sein Blick auf die beiden Polizisten am Sofa fiel, denen er verwundert zunickte. Das musste Gerd Noll sein, der ebenfalls unter dieser Adresse gemeldet und offenbar Soteks Lebensgefährte war. Wie Peter Neumüller in Erfahrung gebracht hatte, betrieb er einen Friseursalon in Mondsee, der, laut den sozialen Netzwerken, eine *heiße Adresse* für Kundinnen bis hinüber nach Salzburg war.

Perfektes Timing, rieb Ben sich gedanklich die Hände, jetzt konnten sie beide Männer gleichzeitig befragen.

»Herr Noll, ich hoffe, es ist Ihnen recht, wenn ich gleich zur Sache komme. Entspricht es den Tatsachen, dass Ulla Peherstorfer, die Eigentümerin der ›Implanto-med‹ in Unterach, schon lange Stammkundin bei Ihnen ist?«

Diverse Fotos hatten sie auf diese Spur gebracht. Die Unternehmerin schien nichts dagegen zu haben, als Testi-monial für ihren Friseur zu dienen. Es gab im Netz sogar Bilder, die beide Wange an Wange zeigten.

Noll wirkte überrumpelt. »Das ist kein Geheimnis. Ulla kommt schon seit Jahren zu mir.«

»Und sind Sie, Herr Sotek, über Ihren Lebensgefähr-ten auf Frau Peherstorfer gekommen?«

Es war ein menschlicher Reflex, auf eine Frage zu reagie-ren, wenngleich nicht immer mit Worten. Genau in diese Falle tappte auch Barnabas Sotek. Ein leichtes Zucken der Augenlider genügte.

Jetzt hatte Ben ihn. »Was hat Sie auf die Idee gebracht, das Unternehmen einer der besten Kundinnen Ihres Part-ners zu durchleuchten? Mussten Sie nicht Sorge haben, ihm damit zu schaden?«

Soteks Fassade bröckelte. »Ich habe der ›Implantomed‹ doch genützt! Und Frau Peherstorfer hat sich sogar dafür bedankt.«

Der mit einem Mal verunsicherte Ton des ITlers war Ben nicht entgangen. »Barnabas, reden wir Klartext. Wir wissen doch alle ganz genau, dass Sie kein Held der Bran-che sind und vor dieser Geschichte mit Cyberkriminali-tät nichts am Hut hatten. Wollen Sie uns tatsächlich weismachen, dass Sie so mir nix, dir nix in ein sehr gut

gesichertes Netzwerk eingedrungen und auf ein dermaßen heikles Problem gestoßen sind? Wer soll Ihnen das
denn glauben?«

Ertappt sahen sich die beiden Männer an.

Na also, frohlockte Ben, jetzt ging die Sache in die richtige Richtung. Die beiden hatten tatsächlich etwas zu verbergen.

»Es reicht«, versuchte Sotek sich herauszuwinden. »Wir
haben Ihnen nichts mehr zu sagen. Künftig unterhalten
wir uns nur noch, wenn mein Anwalt dabei ist. Sie sind
unter Vorspiegelung falscher Tatsachen in unsere Wohnung gekommen und befragen mich die ganze Zeit über
nicht zu Janus Blaubart, sondern zu Ulla Peherstorfer. So
geht das nicht.«

Wortlos fing Ben dessen trotzigen Blick auf, machte aber
keine Anstalten, sich zu erheben. Unangenehmes Schweigen dehnte sich aus.

Durchbrochen wurde es schließlich von Gerd Noll, der
sich neben seinen Lebensgefährten setzte und dessen Hand
nahm. »Lass gut sein, Schatz, sie erfahren es soundso. Es
war nicht rechtswidrig, nur unmoralisch. Ulla weiß davon,
das zählt.«

Auffordernd hob Ben das Kinn, während der Mann mit
der Glatze einen Anfang suchte. »Haben Sie sich schon
einmal darüber Gedanken gemacht, wie transparent Sie
bei Ihrem Friseur sind? Sie telefonieren, tippen am Smartphone, schreiben Nachrichten, als ob es uns nicht gäbe.
Dabei stehen wir nur wenige Zentimeter hinter Ihnen.
Sogar Manager, die in ihren Unternehmen auf höchste
Geheimhaltung achten, sind nach einer kleinen Kopf-
massage haarsträubend sorglos. Ulla war nicht anders. Sie
checkte gerne ihre Mails, während ich ihr eine Stunde lang

Strähnchen färbte. So habe ich mitgekriegt, dass bei der ›Implantomed‹ etwas nicht stimmte.«

Peter Neumüller grätschte dazwischen. »Moment mal, wollen Sie damit sagen, Frau Peherstorfer wusste schon *vorher* von der Sicherheitsthematik und wurde nicht erst durch Sie darauf aufmerksam?«

Nun war es Babba Sotek, der antwortete. »Woher hätte ich denn sonst wissen sollen, was bei denen los ist? Bis Gerd es mir erzählte, ging mir die ›Implantomed‹ doch völlig am Arsch vorbei.«

War er bis eben noch verschlossen gewesen, so quollen die Worte jetzt nur so aus ihm heraus. Auch mit Kraftausdrücken sparte er nicht. »Wären diese Scheißkryptowährungen nicht gewesen, hätte alles gut sein können. So aber habe ich mich mit Bitcoin und Co. komplett verzockt und verfickt viel Kohle verloren. Was hätte ich denn machen sollen, als Gerd mit der Story ankam?«

Die Sache regte ihn dermaßen auf, dass er röchelte. Sein Freund sprang auf und holte ihm ein Glas Wasser.

Danach fühlte sich der Computerexperte besser. »Die Tante wusste ganz genau, was in ihrem Laden los war. So wie es aussah, hatte es schon einige Male Ungereimtheiten mit ihren Produkten gegeben. Gerd las eine Aufstellung darüber mit. Und vor allem ihre Antwort. Sinngemäß, dass das unter keinen Umständen an die Öffentlichkeit gelangen dürfe.« Er stockte, überlegte sichtlich angestrengt, wie viel er verraten konnte, ohne sich selbst in die Bredouille zu bringen. »Ich sah eine Chance, von meinen Schulden runterzukommen, und klemmte mich dahinter.«

Hatte der Sotek die Kryptos auf Pump gekauft? Nicht der Erste, dem das zum Verhängnis geworden war. Ben wunderte sich, stellte aber eine andere Frage. »Was war der Plan, Herr Sotek?«

Babba schluckte.

»Dachten Sie an Erpressung?«, ließ er nicht locker.

Widerwillig nickte der Mann, um dann schnell abzuwiegeln. »Aber nur kurz. Ehrlich gesagt war ich überfordert. Also besprach ich mich mit Gerd.« Wieder ein liebevoller Blick. »Du machtest dir verständlicherweise Sorgen, Schatz, aber danke, dass meine dir wichtiger waren.«

Ben wartete ab, gespannt darauf, was als Nächstes kommen würde. Sein leises Magenknurren ignorierte er. Die letzte Mahlzeit war ewig her.

»Gerd durfte in keiner Weise damit in Verbindung gebracht werden. Ich schrieb ihr und log, dass sich die Balken bogen. Dass ich ihre private Mailadresse genauso gehackt hätte wie ihre Systeme und wisse, dass es insbesondere mit einer Herzschrittmacherserie massive Probleme gebe. Sie antwortete prompt und fragte ohne Umschweife, was ich fordere. Ich blieb vage, meinte, prinzipiell nur darauf aufmerksam machen zu wollen, aber nichts gegen eine entsprechende Gratifikation zu haben.«

Offensichtlich hatte sich Ulla Peherstorfer als *sehr* großzügig erwiesen. »Und diese Einmalzahlung hat ausgereicht? Nicht vielleicht doch eine kleine Erpressung als Draufgabe?«

Gerd Noll sah Ben angewidert an. Auch Babba Soteks Missbilligung war deutlich spürbar. »Ich erwähnte doch schon, dass es lediglich ein kurzer Gedankensplitter war. Zwar kenne ich mich mit Computern aus, aber Hacker bin ich definitiv keiner, dafür kann ich einfach zu wenig. Zum Glück bin ich damit durchgekommen.«

Genau genommen war es Betrug, aber da er kaum nachzuweisen war und die Peherstorfer unter Garantie keine Anzeige erstatten würde, würde er ungesühnt bleiben. Hinter Soteks arroganter Fassade von vorhin steckten also lediglich Unsicherheit und ein Batzen Selbsterkenntnis.

Einen Augenblick lang war Ben abgelenkt, hätte den nächsten Satz beinahe überhört.

»Aber da ist noch etwas …«

Als Gerd Noll schnell die Hand auf Soteks Unterarm legte, verstummte dieser augenblicklich.

»Was, Barnabas?«, versuchte Ben, mit dessen Vornamen die plötzliche Distanz zu überbrücken. Doch der Mann hatte sich von einer Sekunde zur nächsten in sich selbst zurückgezogen und sprach kein Wort mehr.

Mit einem Mal hatte auch Gerd Noll nichts als einen nichtssagenden Blick für sie übrig und bat sie zu gehen.

»Ich bringe dich zum Zug und bleibe in der Gegend«, sagte Ben beim Einsteigen zu Peter Neumüller. »Morgen ist Samstag, und das Wetter wird schön.«

Auf der halbstündigen Fahrt zum Bahnhof in Attnang-Puchheim grübelten sie darüber, was Barnabas Sotek mit seiner unvollendeten Aussage gemeint haben könnte. Vom Rest des Teams gab es keine neuen Erkenntnisse. Janus Blaubart war nach wie vor spurlos verschwunden.

Als Ben bei seiner Hütte anlangte, war es schon zehn Uhr abends durch. Einige Augenblicke lang schloss er die Augen, um zur Ruhe zu kommen. Danach ging er hinein, setzte Wasser für einen Tee auf und beschloss nach einigen Minuten des Nachdenkens, Marie zu kontaktieren.

»Ich wollte morgen schon zeitig in der Früh in die Ewige Wand und dann rauf auf den Predigtstuhl«, meinte sie nach ein wenig Geplänkel. »Möchtest du mitkommen? Liegt ja direkt vor deiner Haustür.«

Kurz entschlossen sagte Ben zu.

Der schmale, wild in die Felsen gehauene Steig durch die Ewige Wand hoch über Bad Goisern zählte zu Bens absoluten Favoriten. Üblicherweise wählte er den Klettersteig, doch Marie bat ihn, mit ihr den gut gesicherten Pfad quer durch die Wand und durch die Tunnel zu gehen.

Ob es nun korrekt war oder nicht, jedenfalls erzählte er Marie vom Stand der Ermittlungen und auch vom gestrigen Besuch bei Barnabas Sotek.

Umgekehrt erfuhr er dabei mehr über dessen Krankheit, die unheilbar war und sich unaufhaltsam verschlimmern würde. »Ihm fehlen Eiweiße, was dazu führt, dass sich das Muskelgewebe abbaut. Zum Glück hat er nicht die Duchenne-Variante, dann wäre er schon längst im Rollstuhl oder tot.«

Hinter Bens Stirn rumorte es. Schweigend brütete er vor sich hin. Marie kannte dieses Verhalten und ließ ihn in Ruhe. Irgendwann würde es schon aus ihm herausbrechen.

Es dauerte fast bis zum Gipfel des Predigtstuhls. »Ich habe noch so viele offene Fragen und kann mir keinen Reim darauf machen, was er mit diesem Satz gemeint hat: *Aber da ist noch etwas ...* Hat er die Peherstorfer doch erpresst? Wollte sie etwas von ihm? Wovon lebt er wirklich? Hat sie ihm so viel bezahlt, dass er nicht mehr arbeiten muss?«

Auf der exponierten Spitze des Predigtstuhls lag ihnen das halbe Salzkammergut zu Füßen. Das Gipfelkreuz war aus Lärchenholz gefertigt und trug neben einer grob behauenen Enzianblüte auch die Inschrift der Bergrettung

Bad Goisern. Marie lehnte sich dagegen und genoss die frische Morgenluft. »Vorschlag. Ich kenne jemanden, der dir vielleicht *inoffiziell* helfen könnte.«

Ben trank einige Schlucke seines heißen Tees aus der Thermoskanne. »Deine Filo, nicht wahr?«

»Ihr Netzwerk ist der Wahnsinn. Und sie ist neugierig.«

Statt etwas darauf zu sagen, bot Ben ihr ein Stück Früchtebrot an. »Schau, das ist ein echter Störer, stammt vom Severin Müller!«

Marie langte zu. »Echt? Mit dem habe ich mal eine Dörrhüttl-Roas gemacht. War voll nett.«

Die alte Tradition des Obstdörrens in eigenen Dörrhütten wurde in der Gegend noch gepflegt. Die so getrockneten Früchte und das daraus gebackene, gut haltbare Brot steckten nicht nur voller Vitamine, sondern schmeckten auch köstlich.

»Feiner Kerl. Wie deine Filo. Also gut. Dieser Fall ist soundso nicht 08/15, warum also nicht dein einheimisches Urgestein fragen? Aber erzähl ihr bitte nicht alles. Ist schließlich eine offizielle Ermittlung.«

Marie zerkugelte sich. »Die weiß ohnehin mehr, als du dir auch nur ansatzweise vorstellen kannst. Komm, zurück gehen wir über den Sagenweg, und dann ruf ich sie an.«

Froh über die Leichtigkeit, die sich zwischen Marie und ihm eingestellt hatte, lud er sie zum Essen ein. »Ich habe in der Rathlucken Hütte frisch geräucherten Gosinga Saibling aus dem Gosaubach bestellt und dazu noch warmes Hausbrot aus dem Holzofen.«

Wer immer zu diesen Schmankerln Nein sagen konnte, Marie nicht. Auch etwas, was Ben immer an ihr gemocht hatte. Sie konnte ohne Rücksicht auf Kalorien genießen. Er servierte die Köstlichkeiten in der für November ungewöhnlich warmen Mittagssonne auf der grob behauenen Bank samt Tisch vor seiner Behausung.

»Sprichst du eigentlich wieder mit deinem Vater?«, fragte Marie, während sie sich den ersten Bissen schnappte.

Bens Gabel blieb auf halber Höhe zum Mund hängen. »Ein schwieriges Kapitel. Das Alter macht ihn nicht milder. Wie du weißt, ist er ein Gestern-Mensch, für den früher immer alles besser war. Nach wie vor gibt er mir die Schuld dafür, dass er das ›Familienerbe‹ verkaufen musste. Ich wollt halt lieber weg von hier und zur Polizei, statt ein talentfreier Tischler zu werden.«

Bens starrköpfiger Vater hatte es ihm nicht leichtgemacht. Und doch konnte Marie *beide* Männer verstehen. Den einen, der sein Lebenswerk aufgeben musste, den anderen, der es nicht fortführen wollte. Hinzu kam jede Menge gegenseitige Sprachlosigkeit. Seit Ben ein Bub gewesen war, schwelte das Thema zwischen den Männern, was mit den Jahren offenbar nicht weniger geworden war.

Mitten hinein ins Essen läutete das Telefon. Filo. Vorhin hatte Marie sie gebeten nachzuforschen, ob jemand bei der »Implantomed« Barnabas Sotek kannte oder seinen Freund, Gerd Noll.

»Den kenn sogar ich«, hatte Filo gelacht, »aber für mein Vogelnest am Kopf ist er zu teuer. Gib mir ein paar Stunden, ich frag mal ein wenig herum.«

Seither waren knapp 20 Minuten vergangen.

»Ich nehm's an, okay?«, fragte Marie mit einem entschuldigenden Blick auf ihren halb leer gegessenen Teller.

Ben hob den Daumen. Auch er war zu neugierig für gute Manieren.

»Ich könnte mir vorstellen, dass dir gefällt, was mir die

Sarsteiner Anni gerade erzählt hat«, meinte Filo triumphierend.

Auch Marie musste ihre Neugierde nicht spielen. »Warte, ich stelle auf Lautsprecher. Ben sitzt neben mir.«

»Also, hört zu. Die Johanna, die Tochter von der Anni, arbeitet ja bei *du weißt schon wem*. Sie ist im Marketing und hat ein paar Kolleginnen, mit denen sie sich jeden Tag in der Kantine zum Mittagessen trifft. Dort wird dann alles und jeder in alle Einzelteile zerlegt. Deshalb weiß sie zum Beispiel auch ganz genau, dass ein Promifriseur aus Mondsee seit einiger Zeit hohe Honorarnoten für die ›persönliche Betreuung‹ der Peherstorfer stellt, ihn aber in der Firma noch nie jemand gesehen hat. Jetzt seid ihr dran. Ich jedenfalls setz mich jetzt auf meinen funkelnagelneuen Hometrainer und wünsche euch noch einen schönen Tag.«

Auf der Sitzbank herrschte Schweigen.

»Kannst du dir darauf einen Reim machen?«, fragte Marie schließlich, weil Bens Stirn sich in den letzten Sekunden immer mehr runzelte.

Er polterte los. »Und ob. Was für eine kleine Kröte ist dieser Babba Sotek eigentlich? Zieht völlig unbemerkt sein Ding durch, weil sein Freund alles über die Firma abrechnet.«

Marie begann zu begreifen. »Du meinst, die Rechnungen sollen verschleiern, dass Sotek in Wahrheit für die Peherstorfer *arbeitet*? Alter Schwede. Aber warum der Aufwand? Er könnte doch einfach auch offiziell ein Beraterhonorar stellen.«

»Keine Ahnung. Vielleicht will Sotek das nicht. So bleibt er undercover und taucht nirgends auf. Eine Tarnidentität. Das erspart ihm Steuern und sichert ihm seine Privilegien. Wer weiß, was der so alles für sie erledigt. Inoffiziell, unbehelligt und gut honoriert. Ohne deine Filo hätten wir das doch nie im Leben herausgefunden. Gar nicht blöd, das Konstrukt.

»Stimmt«, empörte Marie sich nun ebenfalls. »Und sie kann trotzdem alles offiziell in die Buchhaltung nehmen. Ist ja nicht definiert, was sie unter *persönlicher Betreuung* versteht.« Sie schüttelte den Kopf. »Findest du das nicht ziemlich seltsam? Soteks Informationen hätten sie das Unternehmen kosten können, und sie macht keinen Druck? Keine Knebelverträge? Kein Schweigeabkommen? Der könnte doch mit seinem Wissen was weiß ich alles anstellen. Stattdessen gibt sie ihm einen Job?« Maries Miene war ein Fragezeichen.

Ben formulierte den Gedanken, der ihm soeben im Kopf herumspukte. »Genau. Behalte deine Feinde ganz nah bei dir, so hast du sie im Blick. Wenn sie ihn sich als persönliches IT-Schoßhündchen hält, hat sie ihn unter Kontrolle, und er kann ihr jederzeit von Nutzen sein. Vielleicht hat der Kerl uns gestern bei der Befragung elegant an der Nase herumgeführt und in Wahrheit viel mehr drauf, als er zugibt. Dass Tobias nichts über ihn gefunden hat, heißt ja nicht unbedingt, dass es auch nichts gibt. Im Gegenteil. Viel eher bedeutet es, dass er sich gut versteckt. Was in dieser Welt nicht einfach ist.«

»Was hast du denn jetzt vor?«, fragte Marie vorsichtig. Bens Missmut war nicht zu übersehen.

»Nichts. Das ist ja das Blöde. Derzeit kann ich nur abwarten, dass etwas passiert. Ich brauche die Peherstorfer. Sotek noch mal zu befragen, kann ich mir ohne Beweise sparen.«

Stinksauer stopfte er sich eine Gabel voll Saibling in den Mund. Über Barnabas Soteks hinterfotzige Art hätte er beinahe vergessen, ihn zu genießen.

DIE TAUCHER

Vazöhn.
Etwas erzählen.

Die Woche war ohne weitere Erkenntnisse verlaufen. Ben
hasste diese Phasen. Natürlich kamen sie vor und wurden halbherzig mit Schreib- und Kleinkram gefüllt. In
der Zeit dazwischen hatte sich Marie in seine Gedanken
gedrängt. Aus jahrelanger Therapie wusste er, wie wichtig es war, das zuzulassen. Seine innere Stimme riet ihm,
demnächst seinen Coach Walter Scherber zu kontaktieren. Viel zu viel passte nicht.

Die Peherstorfer war immer noch auf Reisen, Janus
Blaubart nach wie vor wie vom Erdboden verschluckt.
Schön langsam rutschte der Vermisste aus den Schlagzeilen auf die hinteren Seiten der Zeitungen, und auch die
schnelllebige Onlinewelt hetzte schon längst zu den nächsten Themen.

Bens Smartphone meldete sich mit dem typischen Quä-
ken. Als er die Nummer erkannte, hob sich seine Stimmung schlagartig.

Früher war er begeisterter Taucher gewesen und hatte
vornehmlich die Flüsse und Seen vor seiner Haustür
erkundet. Seit dem tragischen Tod seines Bruders hatte er
den Sport jahrelang sein lassen, ihm sich dann aber beruflich angenähert. Aufgrund seiner Erfahrung hatte er sich
nämlich zunächst zu den Polizeitauchern gemeldet, ehe er

zur Mordgruppe gestoßen war. Zwar reizte ihn nach wie vor auch der Attersee mit dem Pfahlbauwald oder der ersten Unterwasserkrippe Österreichs in Weyregg, aber bislang hatte er sich noch nicht durchringen können, auch dort wieder zu tauchen.

Einer seiner engsten Tauchfreunde war Sepp Widhalm, der Ortsstellenleiter der Wasserrettung in Nußdorf. Deren schnelles Schlauchboot mit den starken Motoren kam bei Notfällen zum Einsatz, etwa während der immer häufigeren Gewitterstürme, oder weil leider wieder einmal ein Taucher verunglückt war. Wenn Ben dergleichen hörte, verkrampfte sich sein Magen. Andis Tod hatte er längst nicht verwunden, aber zumindest konnte er inzwischen besser damit umgehen, hatte die nicht änderbaren Umstände akzeptiert.

»Serwas, Sepp«, begrüßte er seinen Kumpel und nahm gerne dessen Einladung zu einem Tauchwochenende an. Zudem konnte er ihn dann auch gleich ein wenig über Babba Sotek aushorchen. Der Ort war klein, man kannte sich.

Im Lauf der Woche hatte er, eher aus Langeweile denn aus Überzeugung, überlegt, den ITler und seinen Lebensgefährten auch ohne vorherige Aussage der Peherstorfer mit ihren Tricksereien zu konfrontieren, doch dann hatte die Vernunft gesiegt. Es hätte bedeutet, Perlen vor die Säue zu werfen und das Überraschungsmoment zu vergeuden. Die beiden Männer wären lediglich gewarnt gewesen und hätten alles abgestritten.

Ihm fehlten leider stichhaltige Beweise für sein von Filo unter der Hand erworbenes Wissen.

Gerd Nolls Steuererklärung war auch keine Offenbarung gewesen. Ja, es gab diese Honorarnoten, aber alles war korrekt abgewickelt worden, zumindest für das Finanzamt.

Am Samstag begaben Sepp und er sich auf die »Zeitreise unter Wasser«. Vor einigen Jahren hatte das Tauchkompetenzzentrum Attersee ein prähistorisches Pfahlbauhaus nachgebaut und nahe der Alexenau in 15 Meter Tiefe versenkt.

Auf der Heimfahrt machten sie kaum einen Kilometer südlich an der Gedenkstätte bei der Schwarzen Brücke halt. Sepp war damals an der Bergung von Andis Leichnam beteiligt und dank seines Wissens für Ben ein großer Halt in einer albtraumhaften Zeit gewesen. Sie verstanden sich ohne Worte, nicht nur unter Wasser.

»Möchtest du wieder einmal runter?« Sepp Widhalm deutete auf die Einstiegsstelle, eine neu angelegte Betontreppe, die direkt ans Ufer führte. Seit dem Unfall hatte Ben es sorgsam vermieden, hier abzutauchen. Und auch jetzt sagte ihm sein schweres Herz, dass er noch Zeit brauchte.

Der Wasserretter nahm den Stimmungsumschwung seines Freundes mit Bedauern zur Kenntnis. »Bleiben wir trotzdem kurz hier. Schauen wir hinaus auf den See und denken an deinen Bruder.«

Ohne Bens Zustimmung abzuwarten, hockte er sich auf die Stufen und öffnete seine Thermoskanne mit Kaffee. Es war ein kalter Tag, dennoch trug er nur eine dünne Jacke und darunter eines seiner berühmten T-Shirts. Auf diesem stand: »Unter Druck funktioniere ich am besten.«

Ben stand die Verunsicherung ins Gesicht geschrieben. Doch dann gab er sich einen Ruck und setzte sich dazu. Leise schlugen kleine Wellen an die Stiegen. Wie unscheinbar und harmlos diese Stelle wirkte. Nichts deutete auf die vielen Tragödien hin, die sich unter der glatten Oberfläche abgespielt hatten.

Mit einem unwilligen Laut wischte er das Bild zur Seite.

Bislang hatte sich noch keine Gelegenheit ergeben, Barnabas Sotek ins Spiel zu bringen. Jetzt fragte er seinen Freund direkt. »Kennst du ihn? Immerhin wohnt er seit einiger Zeit in Nußdorf.«

Sepp Widhalm schürzte die Lippen. »Sotek? Den schwulen Nerd? Ich nur vom Sehen. Aber eine Freundin von der Brigitte macht dort sauber. Wieso? Hat er Dreck am Stecken? Das sind geldige Zuagroaste, wie so viele bei uns. Zumindest lebt er aber fix da.«

Die Info mit der putzenden Bekannten von Sepps Frau speicherte Ben gedanklich ab. Zu viel wollte er seinem Freund nicht erzählen, aber warum nicht zumindest ein wenig seine Neugier befriedigen? »Könnte gut sein, dass es einen Zusammenhang mit dem Verschwinden von Janus Blaubart gibt.«

»Blaubart? Du machst keine halben Sachen, mein Freund.« Nachdenklich verstummte Widhalm, um nach einer kurzen Pause nachzusetzen. »Weißt du eigentlich, dass ich mit dem genau hier schon getaucht bin?«

»Was?« Jetzt war es an Ben, die Augen aufzureißen. »Blaubart ist Taucher?«

»Ein leidenschaftlicher. Aber wehe, man tratscht. Privatsphäre ist sein zweiter Vorname.«

Nicht immer, dachte Ben angesichts dessen, was rund um das Ende von Blaubarts Beziehung auf den sozialen Medien und auch sonst abgegangen war.

Tausend Fragen drängten sich auf, aber noch ehe er eine davon stellen konnte, läutete sein Telefon. Ablehnen war keine Option. Christian Franz würde ihn nicht ohne Grund am Samstagnachmittag stören.

»Eine Zeugin hat sich gemeldet«, sagte er. »Sie schwört Stein und Bein, Janus Blaubart vor Kurzem am Attersee gesehen zu haben. Du bist eh gerade in der Gegend, also fahr hin und hör dir an, was sie zu sagen hat. Könnte vielleicht was bringen.«

UNTERACH

Unnedige Schastrommel.
Nervende Frau, die gerne Klatsch und Tratsch verbreitet.

Kurzerhand beschloss Ben, noch schnell am Polizeiposten vorbeizufahren, um sich nach der potenziellen Zeugin zu erkundigen.

Der junge Kollege riss die Augen auf. »Echt jetzt? Sie kommen extra aus Linz wegen der alten Schastrommel? Die war zweimal da und behauptete, den Blaubart gesehen zu haben. Sorry, aber die hat sie doch nicht mehr alle.« Er kreiste mit dem Zeigefinger vor seiner Stirn.

Ben schwante Böses. Saß er soeben einer Wichtigtuerin auf, die ihnen mit haltlosen Anrufen das Leben schwer machte? Wie auch immer, vorbeischauen würde er auf jeden Fall.

»Viel Spaß mit der Aignerin, die wohnt ganz in der Nähe«, grinste der Kollege und wies ihm den kurzen Weg. »Hoffentlich sind Sie nicht allergisch gegen Katzenpisse. Und lassen Sie sich bloß nicht ihren Selbstgebrannten andrehen, wer weiß, woraus sie den macht.«

Ben war gewarnt.

»Ganz in der Nähe« entpuppte sich als eine Adresse direkt hinter dem Domizil von Ulla Peherstorfer, ein kleines, altes Haus, das komplett in dessen Schatten lag. Die feuchte, bröckelige Außenmauer mit den winzigen Fenstern und einer angelehnten Holztür grenzte ohne Gehsteig an die schmale Straße. Eine Klingel gab es nicht. »Frau Aigner?«, rief er in den dunklen Flur, dessen abgestandene Luft ihm beinahe den Atem raubte.

»Tür zu, sonst haut die Muschi ab!«, krächzte eine raue Stimme.

Sie gehörte einer etwa 75-jährigen Frau in einer bunten Tunika. Neonrosa Nagellack harmonierte mit der Farbe des Lippenstifts, der sich in ihren faltigen Lippen verlief und auch am Joint in ihrem Mundwinkel klebte. In den Händen hielt sie zwei Katzenbabys, die leise miauten.

Das Überbleibsel aus der Hippie-Ära musterte ihn mit rot unterlaufenen Augen und fletschte die Zähne. Indessen erstarrte Ben, weil vier weitere Katzen sich an seinen Beinen rieben. Er zwang sich zur Ruhe und stellte sich vor.

»Ein G'schälter aus Linz? Wird auch Zeit«, sagte sie in breitem Wienerisch. Unterach war schon lange Hotspot der Wiener Hautevolee. Viele prächtige Bauten zeugten von einer glorreichen Vergangenheit, etwa die Jeritza-Villa, der Feriensitz einer der berühmtesten Sopranistinnen des 20. Jahrhunderts.

Bens Gegenüber fiel eher in die Kategorie Katzenjammer. Innerlich verdrehte er die Augen und dachte sich: Das wird nix.

»Gemma!«, befahl die Frau mit der grellrot gefärbten Igelfrisur, marschierte in den hinteren Teil des Hauses und verschwand mit sämtlichen Viechern hinter einer Tür zur Linken. Ben blieb nichts anderes übrig, als ihr zu folgen.

Vermutlich handelte es sich bei dem Raum, den er nun betrat, um eine Wohnküche. Jede freie Fläche war vollgestellt mit Käfigen, in denen sich Hasen, Hamster und

Meerschweinchen tummelten. Neben dem einzigen Fenster hockten einige Vögel auf künstlichen Ästen.

Die Gschaftlhuberin ließ die Katzen zu Boden gleiten und langte mit den Fingern in einen zerdrückten Papierbehälter. Fassungslos starrte Ben auf die etwa zwei Zentimeter langen bräunlichen Stäbchen, die sich auf ihrer Handfläche schlängelten. »Mehlwürmer sind gesund für meine Schatzis«, knurrte die Alte und hielt sie den Vögeln hin, die sich begeistert darauf stürzten. In aller Ruhe wischte sie anschließend mit einem Tuch über die Tischplatte, die mit weißlichem Vogelkot bespritzt war. Dann lud sie Ben ein, genau dort Platz zu nehmen.

»Danke, ich bleibe lieber stehen«, stammelte er und duckte sich reflexartig, als einer der Vögel knapp an seinem Kopf vorbeisauste.

»Wie S' wollen. Machen S' bloß nicht die Tür hinter Ihnen auf. Da drin ist die Puppi, die mag kein Licht, schließlich ist sie nachtaktiv.« Bens ratlosen Blick bemerkend erklärte sie weiter. »Puppi ist meine Eule. Sie lebt im Bad, weil es keine Fenster hat.«

Genussvoll zog sie an ihrem Joint. Rauch stieg auf, dahinter lauerten wache braune Augen auf seine Reaktion. »Wolln S' an Schnaps?«

»Danke, ich bin im Dienst«, wich er aus. »Frau Aigner, Sie waren bei meinen Kollegen vorne am Posten, weil Sie glauben, Janus Blaubart gesehen zu haben, und zwar nachdem er – sozusagen offiziell – verschwunden ist.«

Wieder ein Vogel.

»Ist keine Fledermaus, G'schälter, also keine Angst vor Corona«, quittierte sie Bens erneutes Zusammenzucken und zog die Augen zu Schlitzen zusammen. Ben ahnte, dass sie ihn absichtlich provozierte, mit ihrem Outfit, ihren

Tieren und ihrer unverblümten Art. Ihren Respekt gab's nicht umsonst.

Quasi als Friedensangebot setzte er sich nun doch, verschränkte die Arme, sagte aber keinen Ton.

Sie schmunzelte. »Der Janus Blaubart also. Na ja, was soll ich sagen, des G'frast hat gewissermaßen einen Meldezettel bei meiner lieben Nachbarin. Ist öfters da. Fescher Kerl. Aber besetzt.«

»Besetzt?«

»Besetzt. Außer man hat Lust zum Schlangestehen.«

Diese Befragung würde auch weiterhin nicht normalen Regeln folgen, also spielte Ben mit.

»Sie meinen also, Blaubart trifft sich mit Frauen? Im Haus von Frau Peherstorfer?«

»Sie halten mich für so strunzdumm wie neugierig, nicht wahr? Und wissen Sie was? Mit Zweiterem haben Sie recht. Dieses Kaff ist nicht gerade der Nabel der Welt. Hier ist sozusagen immer Lockdown.«

Während des Sprechens hatte sie damit begonnen, Grünzeug in die Käfige zu füllen. »Ich bin damals als ganz Junge wegen dem Faschinger hergekommen. Haben nie geheiratet, und jetzt ist der Gute auch schon ewig Radieschendünger. Faschinger, sagt Ihnen der Name was? Wie der Mann aus der Legende.« Auffordernd sah sie ihn an. Ben fühlte sich wie bei einer Prüfung in der Schule.

Mühsam kratzte er sein Restwissen darüber zusammen. »Während der Pest im Mittelalter überlebten nur der Faschinger und auf der Weyregger Seite eine Frau. Die beiden fanden sich. Der Sage nach stammen alle Menschen der Gegend von ihnen ab. Die vielen Pesttoten begruben sie an einer Stelle hier in der Nähe, die heute noch Elend heißt.«

Sichtlich zufrieden hatte die Aignerin zugehört. Und setzte nahtlos am vorher Gesagten an. »Die von Instagram, die gestorben ist, habe ich hier nie gesehen. Oder doch, aber nur am Anfang. Hübsches Ding. Aber nicht seine Kragenweite.«

Jetzt stimmte die Gesprächsbasis. »Was wollen Sie mir damit sagen?«

»Zu jung. Zu naiv. Zu verliebt. War Kanonenfutter für ihn. Der hat mehr am Kasten, als man glaubt. Angeblich ist er sehr fit mit Wertpapieren und Kryptowährungen.«

Wie bitte? Blaubart als Börsenguru? Aber warum eigentlich nicht? Mit der Peherstorfer als Mentorin schien das gar nicht so abwegig. Die hatte dahingehend sicher auch einiges zu bieten.

Ben ließ das Gehörte im Raum stehen, doch dann machte es Klick. Hatte nicht auch Babba Sotek etwas von Kryptowährungen erwähnt? Und von hohen Verlusten? Kam da gerade ein vollkommen neuer Ansatz ins Spiel?

»Sie fragen sich bestimmt, woher ich das alles weiß, nicht wahr? Dann will ich mal nicht so sein. Ich selbst habe damit auch sehr viel Spaß und deshalb ein Auge dafür, besitze sogar ›Implantomed‹-Aktien. Die sind allerdings keine Burner.«

Ihr schiefes Grinsen geriet zum Hustenanfall. Zwei der Katzen zu ihren Füßen stoben erschrocken davon.

Ein Klecks Vogelkot landete auf Bens Handrücken. Entsetzt starrte er darauf. Dann verbarg er seinen Ekel und wischte den Kot mit einem Stück Küchenrolle ab.

Als ob nichts geschehen wäre, fuhr die Tiernärrin fort. »Man glaubt es kaum, aber ich habe Talent dafür und bin ziemlich g'stopft, was ich allerdings hier im Ort niemandem auf die Nase binde. Wenn ich mal abkratze, sind meine Lieblinge jedenfalls gut versorgt.«

Ben hatte sich wieder gefangen. »Hat Blaubart Ihrer Meinung nach auch ein Verhältnis mit Frau Peherstorfer?«

»Gott bewahre. Die passt nur auf, dass ihrem Goldstück nichts passiert. Ihr Pech, dass ihr dennoch einiges durch die Lappen geht.«

Ihr Lachen geriet so atemlos, dass Ben an ihrer Stelle nach Luft schnappte. Ein schwerer Fehler, denn sofort begann sein Hals heftig zu kratzen. »Wie meinen Sie das?« Reflexartig streichelte er die Katze, die frech auf seinen Schoß gesprungen war. Ein hübsches Ding, schwarz mit grünen Augen.

Wohlwollend nahm die Frau zur Kenntnis, dass Ben das Tier nicht einfach wegstieß. »Da ist diese eine, die vor meiner lieben Nachbarin scheißfreundlich tut. Aber hinter deren Rücken, na serwas Kaiser, da lässt die nix anbrennen. Ein extrafalscher Fuffziger ist die, nicht so ein Hascherl wie diese Influencerin.«

»Kennen Sie zufällig ihren Namen?«

»Nein, und es interessiert mich auch nicht. Dunkelhaarig. Fährt so einen riesigen weißen Schlitten, die volle Umweltschleuder. Schmeißt der Peherstorfer formvollendet das Hackl ins Kreuz.«

Ben entdeckte einen sich noch kringelnden Mehlwurm am Boden. Eine Sekunde später war er Geschichte und einer der Spatzen satt.

»Brav, Hansi, lass es dir gut schmecken!«, lobte der Alt-Hippie und dämpfte die Reste des Joints in der Spüle aus.

»Bevor meine liebe Nachbarin ihren hässlichen Kasten direkt vor meine Aussicht pflanzte, stand hier ein kleines Bootshaus. Ich hatte Sonne den ganzen Tag und die Versicherung von allen Seiten, dass an dieser Stelle nie was Größeres gebaut werden würde. Uferschutzzone. Umweltschutz. Bundesforste. Suchen Sie es sich aus. Und dann kam sie. Jetzt hab ich den ganzen Tag Schatten und schau auf die schirche Mauer. Aber die Murli scheißt ihr immer einen Riesenhaufen auf die Terrasse und der Luzifer aufs Autodach, wenn sie ihre Karre nicht in die Garage stellt.«

»Diese Unbekannte hat also ein Verhältnis mit Janus Blaubart?«

»Ich hab sie nicht querpudern sehen, wenn Sie das meinen, aber ich bin nicht blind.«

»Und sie ist eine Freundin von Frau Peherstorfer?«

Die Aignerin zuckte mit den knochigen Schultern. »Was die genau ist, weiß ich nicht. Jedenfalls kennen sie sich.«

Die Galerie von Blaubarts Bettgefährtinnen wurde immer länger. Ben war schwindlig, nicht nur wegen der grottenschlechten Luft. Wahrscheinlich hatte er auch etwas von dem Joint eingeatmet. Die Flut an neuen Informationen musste er alsbald sortieren. Und dabei war er noch nicht einmal zum Kern seines Besuches vorgedrungen.

»Also«, begann er und übertönte das wilde Gezwitscher der Vögel, »wann und wo haben Sie Janus Blaubart denn nun gesehen?«

»Vorgestern habe ich seinen Kopf kurz am Gartenzaun entdeckt. Er war es, ganz sicher.«

Wenn das stimmte, hatte sich Blaubart tatsächlich im Haus versteckt und die halbe Welt an der Nase herumgeführt. Auch Ben und die Kollegen. Was für ein geschickter Schachzug der Unternehmerin, sie zur Erstbefragung zu sich nach Hause einzuladen. Während Peter und er im Erdgeschoss Kaffee geschlürft hatten, war der Mann womöglich im ersten Stock gehockt und hatte sich ins Fäustchen gelacht. Ärger kochte hoch, so verarscht worden zu sein.

»Das sind Ohdrahte, Herr Polizist. Die pfeifen auf alles

und jeden. Entweder es wird einem gleichgültig, oder man ärgert sich darüber zu Tode. Ich setz mich lieber ans Flussufer und warte, bis die Leichen vorbeitreiben. Das tun sie immer, ist nur eine Frage der Zeit. Deshalb bin ich zur Polizei. Rache wird am besten kalt serviert.«

»Haben Sie Blaubart später noch einmal gesehen? Oder … Aua!« In seinem Ärger hatte Ben die Katze auf seinem Schoß zu fest gestreichelt und die hatte sich mit einem Kratzer gerächt. Instinktiv schleckte er mit der Zunge über das Blut und dachte zu spät daran, was kurz zuvor noch an dieser Stelle geklebt hatte.

»Nein, dort drüben ist seither alles totenstill und finster. Auch der Elektrowinzling ist verschwunden. Hab ich alles mehrfach Ihren Kollegen am Posten erzählt, aber die sind zu blöd zum Scheißen. Deshalb der direkte Anruf bei Ihrem sehr netten Vorgesetzten, Herrn Franz. Klingt wie ein Oberkellner. Wie sieht der denn aus? Ist er noch zu haben?«

Ben ersparte es sich, darauf einzugehen, und erntete erneut ein belustigtes Lächeln. »Kommen Sie mit nach draußen!«

Die schmale Tür, die auf das briefmarkengroße Grün führte, hatte Ben bisher noch gar nicht entdeckt. Ein Maschendrahtgitter trennte es von der Straße. Auf dem Weg fiel ihm etwas Glitzerndes am Boden auf. Ein rosa Katzenhalsband. Kurzerhand bückte er sich, als die Aigner in diesem Moment zum Nachbargrundstück deutete, und steckte es in seine Manteltasche.

»Dort ist der Gartenzaun. Bei der Distanz braucht man nicht mal eine Brille, um alles zu erkennen.«

Was stimmte.

»Sehen Sie das Trumm dort?«

Die Aignerin deutete auf eine Wallbox an der Außenmauer, in etwa zehn Metern Entfernung. »Das Auto stand zum Laden immer dort drüben. Jetzt nicht mehr. Folglich muss jemand damit weggefahren sein. Und wenn man zwei und zwei zusammenzählt, kann man sich vorstellen, wer das war.«

Mittlerweile überschlugen sich die Fragen und Mutmaßungen in Bens Kopf. Lebte Janus Blaubart tatsächlich noch? Das würde jedenfalls die entspannte Art erklären, mit der die Peherstorfer sein Verschwinden zur Kenntnis genommen hatte. War er schuld am Tod seiner Ex-Freundin? Und vielleicht auch an Tamara Ehrenbergers? Hatte seine Mentorin ihm Unterschlupf gewährt und in aller Ruhe seine Flucht geplant? Lebte er schon längst irgendwo im Ausland? In Russland? Südamerika? Asien? Eine Art Tibor Foco auf Fußballebene?

Der ehemalige Zuhälter Foco war vor Jahrzehnten für den Mord an einer Prostituierten verurteilt worden und bei einem Haftausgang untergetaucht. Der Fall galt als berühmtester der oberösterreichischen Kriminalgeschichte und als schwärende Wunde, nicht nur im LKA.

Bitte nicht noch so eine PR- und auch sonst Katastrophe, dachte Ben entsetzt. Schön langsam erreichte der Fall eine gruselige Dimension. Er musste schleunigst nach Linz und seine Leute zusammentrommeln.

»Was können Sie mir denn zu diesem Auto sagen? Wissen Sie zum Beispiel, um welche Marke es sich handelt?«

»Burli, nicht böse sein, aber ich habe keine Ahnung von Fahrzeugen. Klein, schwarz, leise. Aber warten Sie mal, hinten ist so ein kleiner roter Aufkleber drauf. Was da steht, kann ich aber auch nicht sagen.«

»Haben Sie die Autonummer erkannt?«

»So wenig wie die Marke. He, Muschi, willst du schon wieder abpaschen? Kommt nicht infrage!«

Mit wehender Tunika lief sie der getigerten Katze nach, die eben durch den Kirschlorbeer verschwand. Ben nahm es zum Anlass, sich zu verabschieden. Sicherheitshalber stieg er gleich über den Zaun.

Wie immer half ihm Bewegung beim Nachdenken. Quer über den Klimtplatz spazierte er zum Anlegesteg, an dem im Sommer viele Segler und auch Motorboote festmachten, der jetzt aber verwaist dalag. Klein-Venedig, so hatte Unterach früher geheißen, weil es am Landweg so schwer zu erreichen gewesen und vieles per Boot gebracht worden war.

Nachdenklich sah er ins Wasser, dank der spiegelglatten Oberfläche bis auf den Grund. Hinter der spleenigen Art der Alten verbarg sich ein messerscharfer Verstand, und die Brille hing stets verfügbar an einer Kette um ihren Hals.

War die Peherstorfer womöglich gar nicht auf Dienstreise, sondern gemeinsam mit Blaubart unterwegs? Der Verdacht lag nahe.

Was also tun? Nach Blaubart suchte ohnehin die halbe Welt. Aber die Peherstorfer würde er schleunigst zur Fahndung ausschreiben. Unter Garantie hatte sie einen Stellvertreter, der sich in ihrer Abwesenheit um den Laden kümmerte. Den würde er sich vorknöpfen.

Außerdem musste er mehr über das Elektroauto herausfinden. Dabei konnten ihm mit ein wenig Glück die Kollegen auf der Dienststelle helfen.

DIE ORDINATION

Loamlockada Futkarli.
Ein unentschlossener, liebestoller Mann.

Fest umschlang Filo die weinende junge Frau mit ihren Armen. Murmelte ihr tröstende Worte ins Ohr. Wiegte sie wie ein Baby.

»Er hat mir knallhart gesagt, dass er jetzt mit der Gruber Steffi zusammen ist und es nichts mehr zu reden gibt.«

Der nächste Schwall Tränen ergoss sich auf Filos ohnehin schon patschnasse Schulter. Nun war passiert, was sie leider schon längst erwartet hatte. Lauras Hallodri hatte ihr den Laufpass gegeben und schon die Nächste an der Angel. Der Mann war 49, unreif wie ein saurer Apfel, aber charismatisch. Leider war die gutgläubige Bäckerin auf dessen leere Versprechungen und seine hübsche Fassade hereingefallen.

Die beiden Frauen hockten auf den Stühlen im Wartebereich der Ordination. Es war früher Abend, die letzten Patienten waren längst verschwunden. Filo hatte gerade die Akten auf Vordermann gebracht, als die verheulte Laura hereingeschneit war.

Sie schob die junge Bäckerin ein Stück von sich weg und tupfte ihr mit einem Taschentuch über das Gesicht. »So, Schatzl, jetzt hör mal zu. Weißt du, welcher der meistgecoverte Song aller Zeiten ist?«

Verwirrt schüttelte das Mädchen den Kopf.

»›Yesterday‹ von den Beatles. 2.000-mal oder so.«

»Den kann ich. Der ist voll schön. Aber ...«, schniefte Laura und verstand sichtlich immer noch nicht.

»Weißt du, was du bist? Das großartige ›Yesterday‹ von den Beatles, das einzigartige, wundervolle Original. Und alle anderen Frauen sind nichts als Coverversionen. Selbst schuld, wenn er sich damit zufriedengibt. Er hätte alles haben können und wollte irgendetwas. Das hat er jetzt, und mehr kriegt er auch nicht.«

Ein winziges Lächeln stahl sich in Lauras Mundwinkel.

»Es bringt nichts, den Schmerz wegzuschieben. Das macht ihn nur hartnäckiger. Geh durch ihn durch. Schrei. Tobe. Momentan stellst du den Kerl noch auf ein Podest, aber bald wirst du sehen, wie armselig und verlebt er ist. Jünger wird er nimmer, dafür hässlicher, langweiliger, vielleicht krank. Saufen tut er zumindest genug. Solch erbärmlich oberflächliche, schwanzgesteuerte Typen enden oft einsam. Jemand, für den es in Ordnung ist, dass er dich verliert, hat auch in deinem Leben nichts mehr verloren.«

Bei den letzten Sätzen war Laura ein erstaunter Laut entwichen. Doch schon schwamm sie wieder in Tränen. Filo verstummte, wohl wissend, dass es für all das noch viel zu früh war und Laura einfach nur gehalten werden und sich ausheulen wollte.

Sanft wiegte sie die junge Frau hin und her. Ihre Gedanken glitten zu einem anderen jungen Menschen, der seit einiger Zeit ihr Herz berührte. Und der noch viel, viel Schlimmeres getan hatte als Lauras Ex-Freund.

Erst viel später war Laura imstande, aufzustehen und sich zu verabschieden. Noch einmal wischte Filo mit den Daumen die Tränen auf Lauras Wangen weg und schob sie dann zur Tür hinaus.

»Ich verkrieche mich aufs Sofa«, meinte die Bäckerin. »Danke, Filo. Ich bin so froh, dass es dich gibt!«

Aufseufzend schloss die Sprechstundenhilfe die Tür. Ihre Beine waren geschwollen und sie war müde. Der Tag war lang und anstrengend gewesen. Die erste Grippewelle des Jahres grassierte. Schnell noch die Termine für morgen checken, dann war Schluss für heute.

Was war das für ein Klacken? Filo war wahrlich nicht ängstlich, aber komische Geräusche, die nicht hierhergehörten, waren ihr nicht geheuer. War Laura zurückgekehrt?

Möglichst geräuschlos stand sie auf und spähte zur satinierten Glasscheibe, die die Eingangstür vom Rest der Ordination trennte. Bemerkte den Schatten, der auf sie zuraste, den erhobenen Arm. Hatte keine Chance, als etwas Hartes an ihrer Schläfe explodierte.

Alles wurde dunkel und still.

BEN

A ziemlichs Gwirks.
Eine sehr verzwickte, verfahrene Situation.

»Filo ist im Krankenhaus!«

Marie klang furchtbar aufgeregt. »Sie wurde in der Ordination überfallen und niedergeschlagen. Jetzt liegt sie mit einem Schädel-Hirn-Trauma im künstlichen Tiefschlaf.«

Erschrocken fuhr Ben auf. »Was? Scheiße. Wo bist du?«

»Auch in der Klinik. In Ischl. Ich mache mir große Sorgen. Sie ist nicht die Gesündeste.«

Ben bemühte sich um einen neutralen Tonfall, glitt in seinen »So-redet-man-mit-einem-Opfer-Modus«. »Was *genau* ist passiert?«

»Zum Glück hatte ich mein Telefon vergessen und bin noch mal zurück in die Praxis. Sie lag bewusstlos und mit einer schweren Kopfwunde am Boden. Es gibt keine Zeugen, niemand hat etwas gesehen!«

»Fehlt etwas?«

»Das ganze Methadon.«

»Also ein Ex-Junkie auf Entzug?«

»Die Polizei nimmt es an.«

Ben fühlte Maries Verzweiflung durch den Hörer kriechen.

»Ich bin ohnehin in der Nähe, in Unterach, und fahre geschwind rüber zu dir, durchs Weißenbachtal sind's ja nur ein paar Kilometer. Okay?«

»Danke!« Die Erleichterung war ihr anzuhören.

Als er über die enge, kurvige Attersee-Süduferstraße brauste, stritten sich die Ereignisse der letzten Stunden um seine Aufmerksamkeit. Zunächst ließ er das Gespräch mit der alten Aignerin Revue passieren und dann, auf Höhe der Villa eines russischen Oligarchen, den Besuch am Polizeiposten.

Die Kollegen hatten ihm nicht viel zu dem Auto sagen können, das bei der Peherstorfer gestanden hatte, nur dass es regelmäßig vor dem Haus geparkt hatte. »Am Privatgrund und nie falsch, deshalb gab es keinen Grund, näher hinzuschauen.« Ein roter Aufkleber war ihnen auch nicht aufgefallen.

Ulla Peherstorfers Stellvertreter sei unterwegs. Man versprach ihm einen Rückruf.

Eine halbe Stunde später bremste er vor dem Haupteingang des Salzkammergut-Klinikums Bad Ischl und stürmte hinein. Marie hockte leichenblass in der verwaisten Eingangshalle und umklammerte einen Pappbecher. Als sie ihn erblickte, lächelte sie schwach und winkte. In ihrer Miene spiegelte sich ein Mix aus Angst, Wut und Ratlosigkeit.

»Haben die Kollegen schon mit dir gesprochen?«, fragte er besorgt.

Sie nickte. »Ja, aber sonderlich hilfreich war ich nicht. Die Tür zur Praxis stand offen, und Filo lag blutend und bewusstlos direkt im Eingangsbereich. Ich hab die Rettung gerufen und sie erstversorgt. Wir müssen warten, bis sie aufwacht.«

Hoffentlich tut sie das, dachte Ben.

Noch war nicht abzuschätzen, wie es weitergehen würde. Zunächst musste Filo die Nacht überstehen. Auf der Fahrt hatte er mit den ermittelnden Kollegen telefoniert und wusste bereits, dass die momentan noch vollkommen im Dunkeln tappten.

Mit einem Mal betreten wandte er sich ab. Es war noch immer dasselbe. Marie rief, und er folgte.

Sie bemerkte seine Verwirrung, hatte nach wie vor feine Sensoren für seine Stimmungen. In einer für sie typischen Geste legte sie ihre Hand auf seinen Unterarm. »Danke, dass du da bist.«

Ertappt wich er aus. »So wie es aussieht, können wir im Augenblick ohnehin nur abwarten. Morgen ist Sonntag, also fahre ich in die Hütte. Schau bitte, dass du schlafen kannst. Telefonieren wir in der Früh?«

Resolut trank Marie den letzten Schluck ihres Kaffees und erhob sich. »Sicher. Bis morgen!«

Neun Uhr an einem freien Sonntag. Nicht gerade die perfekte Zeit für einen Besuch im Spital. Ben war erst in der Früh in einen unruhigen Schlummer verfallen und vor einer Stunde daraus hochgeschreckt.

Maries Telefon war ausgeschaltet, der Portier gab keine Auskunft, und der diensthabende Arzt war nicht erreichbar. »Großartig«, führte Ben ein leises Selbstgespräch, »dann trinke ich meinen Kaffee halt in der Klinik.«

Beim Betreten der Lobby hatte er ein Déjà-vu. Die einsame Gestalt, die sich noch immer an einen Pappbecher klammerte, war eindeutig Marie. Ihre Ringe unter den Augen erzählten von vielen schlaflosen Stunden. Müde lächelte sie ihm zu. »Filo hat die Nacht halbwegs gut überstanden, liegt aber immer noch im künstlichen Tiefschlaf.«

»Hast du überhaupt ein Auge zugetan seit gestern Abend?«

Sie schüttelte den Kopf. »Nicht wirklich. Hab in einem

Dienstzimmer übernachtet. Komm, ich hole dir einen Automaten-Kaffee. Der schmeckt besser, als sein Ruf es verspricht.«

Schweigend nahm Ben einige Schlucke. Dann lenkte ihn das Vibrieren seines Telefons ab. Die Nummer war ihm unbekannt.

»Polizei Schörfling«, tönte es aus dem Hörer. »Ist früh, ich weiß, aber die Unteracher Kollegen haben uns gestern gebeten, auf einen kleinen schwarzen Elektroflitzer mit einem roten Aufkleber zu achten, und Ihre Nummer angegeben, sollten wir etwas entdecken. Das haben wir.«

Ben sprang so abrupt auf, dass er sich den Rest seines Kaffees über die Hose schüttete. »Was?«, bellte er unhöflicher als gewollt.

Der Kollege nahm es gelassen. »Einem Kollegen von uns ist heute früh gegen halb acht ein solches Fahrzeug aufgefallen. Es steht etwas versteckt direkt an der Schwarzen Brücke am Attersee. Und zwar schon seit einiger Zeit, so viel Laub, wie da draufliegt. Ich befinde mich direkt daneben.«

»An der Schwarzen Brücke?«, wiederholte Ben ungläubig. »Ist an dem Wagen sonst noch irgendetwas auffällig?«

»Nicht wirklich. Ein paar Teile Tauchequipment liegen auf dem Rücksitz, aber das ist an dieser Stelle des Sees nicht weiter ungewöhnlich.«

Im nächsten Augenblick sackte Ben vornüber. Das Telefon rutschte aus seinen Händen und fiel auf den Linoleumboden. Marie reagierte instinktiv, fing ihn auf. »Ben, du meine Güte, was ist los?«

Jahrelang hatte er verdrängt, wie sich diese hilflose Lähmung anfühlte, der namenlose Schrecken, der einem spontan in die Glieder fuhr und heiße Wellen durch seinen Körper jagte. Zum Glück schien sein Unterbewusstsein abgespeichert zu haben, was zu tun war. Wie in Zeitlupe richtete er sich wieder auf und begann, tief und bewusst zu atmen. Vier Sekunden durch die Nase ein, drei Sekunden halten, vier Sekunden durch den Mund aus.

Und tatsächlich! Es wurde besser. Quälend langsam fühlte er seine Kraft zurückkehren und die Beklemmung weichen, dann Maries Hand auf seiner Schulter und schließlich wieder so viel Stabilität, dass er zu sprechen vermochte. »Schlechte Nachrichten. Gibst du mir bitte mein Telefon?«

Überrumpelt tat sie wie geheißen und beobachtete immer noch sorgenvoll, wie er die letzte Nummer am Display zurückrief. »Verzeihung, wir wurden unterbrochen. Folgendes: Ich fahre sofort los und brauche etwa eine halbe Stunde. Bitte bleiben Sie da und rühren Sie nichts an. Machen Sie es so unauffällig wie möglich. Kein Blaulicht! Und bitte auch keinen Alarm über die Landeswarnzentrale. Ich kläre das mit der Wasserrettung direkt.«

Immer noch bleich wie ein Leintuch legte er auf. »Es ist etwas passiert. Hoffentlich entpuppt es sich nicht als Totalkatastrophe. Ich muss sofort los und erklär's dir später.«

Marie dachte nicht daran, sich abspeisen zu lassen. »Du glaubst doch nicht ernsthaft, dass ich dich nach diesem Schwächeanfall allein lasse. Ich komme mit. Auf der Fahrt hast du genug Gelegenheit, mich ins Bild zu setzen. Du gehörst durchgecheckt, und das werden wir auch machen. Heute noch. Ich dulde keine Widerrede. Verstanden?«

Hatte er, und obwohl alles in ihm sich dagegen wehrte, fehlte ihm die Energie, sie abzuweisen. »Also gut, komm. Wir haben keine Zeit zu verlieren.«

Der Morgen fiel in die Kategorie grau, trüb und nass. Um diese Jahreszeit war der See zwar verwaist, dennoch verirrten sich, wenn das Wetter passte, auch im November Ausflügler und Wanderer hierher. Heute würde sich der Auflauf an Neugierigen aber in überschaubaren Grenzen halten.

Zwei blau-rot-silberne Polizeifahrzeuge parkten am Straßenrand, das Boot der Wasserrettung dümpelte in den leichten Wellen. Kurz nach dem Losfahren hatte Ben Sepp Widhalm angerufen und um Unterstützung gebeten. »Rück bitte nicht mit der Kavallerie an. Vielleicht ist alles vollkommen harmlos!« Schließlich hatte er im Augenblick nicht mehr als einen vagen Verdacht, der sich hoffentlich in nichts auflösen würde. Sollten sie allerdings fündig werden, würde hier die Hölle losbrechen.

Er begrüßte die Kollegen und näherte sich dem schwarzen Elektroauto, das auf einem bergan verlaufenden Feldweg abgestellt, fast zur Gänze mit Laub bedeckt und vollkommen verdreckt war. Es erschien ihm wie ein Wunder, dass es überhaupt entdeckt worden war.

Ein Polizist in Uniform deutete auf einen Radfahrer, der, eingewickelt in eine Decke, ein paar Meter entfernt stand. »Wir hatten Glück. Das ist ein Kollege von uns, der Hauer Erwin, der macht Triathlon und musste mal, deshalb hat er angehalten.«

Ben winkte dem Zeugen zu. Er würde ihn später befragen. »Habt ihr irgendwo Zeug gefunden? Normalerweise bleibt bei einem Tauchgang einiges am Ufer zurück.«

Der Uniformierte schüttelte den Kopf. »Nein, gar nichts. Aber wenn teure Ausstattung unbeschützt rumlag, ist sie wahrscheinlich gestohlen worden. Erst kürzlich haben wir im Weißenbachtal zwei Caravans mit Rumänen Hops genommen, die mächtig Beute gemacht hatten.«

Neugierig beugte Ben sich zu dem roten Aufkleber hinunter. Er stellte ein stilisiertes A dar, das zwei Buchstaben umschloss: C und S.

Genauso rat- wie erfolglos durchforschte er sein Hirn. Das Logo kam ihm vage bekannt vor, aber ihm fehlte jede Zuordnung. »Habt ihr über die Autonummer schon herausbekommen, auf wen das Fahrzeug zugelassen ist?«

»Wir sind dran, aber es ist Sonntag.«

Verständnisvoll klopfte er dem Einsatzleiter auf die Schulter. »Na, dann mal los.« Gemeinsam überquerten sie die Uferstraße und stießen zu Sepp Widhalm und seinen Kameraden, die gerade dabei waren, sich einzurichten und das Notstromaggregat in Betrieb zu nehmen. Sie begrüßten sich mit Handschlag.

»Wir haben Glück, Ben. Der Tauchroboter der Salzburger ist gerade wegen einer anderen Sache bei uns, den können wir einsetzen. Er hat sogar einen Greifarm. Damit ersparen wir uns das Vollprogramm mit Zweierteams alle fünf Meter, Feuerwehrtauchern, Tech-Divern und vielem mehr. Wir vier reichen zunächst.«

»Wenigstens das funktioniert«, nahm Ben erfreut zur Kenntnis und riss sich wegen seines immer noch flauen Magens am Riemen. Hier war Professionalität gefragt, keine alte Befindlichkeit. »Ich bringe euch jetzt alle auf denselben Stand. Dieses Auto stand bis vor Kurzem in Unterach, an der Stelle, wo Janus Blaubart offenbar zuletzt gesehen wurde. Auch wenn es völlig widersinnig erscheint, ist es denkbar, dass er an dieser Stelle zu einem Tauchgang aufgebrochen und nicht mehr zurückgekehrt ist. Sepp, du kennst hier alles wie deine Westentasche, auch die Strömungsverhältnisse, weißt also genau, was zu tun ist. Sollten wir am Sonar und durch die Kamera etwas Ungewöhnliches entdecken, bergen wir es, wenn möglich, mit dem Greifarm. Dennoch halten wir uns bereit, ins Wasser zu gehen. Okay?«

Kollektives Nicken.

Der Nußdorfer Wasserretter übernahm und war ganz in seinem Element. »Sollte es eine Leiche geben, treibt sie an dieser Stelle wahrscheinlich in mindestens 120 Meter Tiefe. Es kann also dauern, bis wir etwas finden. Das Wasser ist klar, kaum Wind an der Oberfläche, das ist gut.«

Der Roboter wurde ins Wasser gelassen. Auf dem Monitor im Schlauchboot erschien ein gestochen scharfes Bild der Unterwasserlandschaft. An und für sich faszinierend, aber um wie viel lieber wäre es Ben gewesen, all das nicht tun zu müssen.

Um dem einsetzenden Regen zu entfliehen, setzte er sich zu Marie ins Auto und rief Tobias Kofler an. »Schon klar, es ist Sonntag, aber ich weiß, wie sehr du Rätsel liebst. Kannst du bitte herausfinden, was das Logo bedeutet, das ich dir gleich über Signal schicke?«

Er hatte richtig spekuliert. Tobias war Feuer und Flamme und sofort bereit, dafür seinen Netflix-Serienmarathon zu unterbrechen.

»Glaubst du, ihr findet ihn?«, fragte Marie vorsichtig.

Ehe er antwortete, trank Ben einige Schlucke Wasser aus der Flasche in der Mittelkonsole. »Die Situation ist vertrackt. Aber von all den verrückten Möglichkeiten ist es diejenige, die mir noch am ehesten einleuchtet.«

»Könnte es tatsächlich sein, dass er sich umgebracht hat?«

Ben hob die Schultern. »Wenn ja, wäre es wohl ein Schuldeingeständnis. Aber im Augenblick ist alles reine Spekulation.«

Selbst in seinen Ohren klang er resigniert. Er kam nicht gegen das Gefühl an, dass ihm die Sache nicht nur mehr zu schaffen machte, als er zugeben wollte, sondern schön langsam auch über den Kopf wuchs.

Marie schwieg, und er war ihr dankbar dafür. Sie ahnte, dass er gerade lieber seinen Gedanken nachhängen und nicht plaudern wollte.

Eine halbe Stunde später klopfte es an die Seitenscheibe. »Wir haben die Fahrzeughalterin ermittelt«, sagte einer der Beamten, ein untersetzter Schnauzbart mit Doppelkinn. »Es gehört zum Fuhrpark der ›Implantomed‹.«

Wenig verwunderlich. Kurz darauf läutete sein Smartphone. Tobias. »Das Logo gehört einer Firma in Salzburg, die sich primär mit Datensicherheit auseinandersetzt und auch so heißt, ›Anais Cyber Security‹. Ich kenne den Laden vom Namen her. Die sind sehr gut.«

Verwundert über den Zusammenhang schnappte Ben sich sein Smartphone und googelte den Laden.

»Cyberangriffe sind längst ein Riesengeschäft«, las er wenig später auf einer ganz in dezentem Dunkelrot gehaltenen Seite und dass Sabotage, Datendiebstahl und Spionage ein Milliardenmarkt und 75 Prozent aller Unternehmen von Attacken betroffen seien, umso mehr seit Corona. Mittlerweile auch Gemeinden oder zuletzt sogar ein ganzes Bundesland.

Bestürzt schloss er die Augen. Als wäre dieser Fall nicht schon kompliziert genug, kam nun auch noch *dieser* Faktor ins Spiel.

Das Unternehmen bot eine breite Palette an Diensten an, vom ersten Sicherheitscheck über strategische Beratung bis hin zu maßgeschneiderten Services. Geleitet wurde der Laden von einer Anais Peretz. Ein Foto fehlte, wie überhaupt die ganze Seite Zurückhaltung ausstrahlte. Dezenz und Reserviertheit waren wohl das A und O der Branche.

Auch um diese Dame würden sie sich kümmern müssen. Doch vorerst waren sie alle zum Warten verdammt. Unwillkürlich entkam ihm ein herzhaftes »Fuck!«

Trotz der Umstände konnte Marie sich ein Lächeln nicht verkneifen.

Es war erst Mittag, und doch war Ben hundemüde. Ehe er für einen Moment die Augen schloss, fiel sein Blick auf die Wasserretter, die nun schon seit Stunden ununterbrochen auf den Monitor starrten und den Roboter bedienten. Gerne hätte er ihnen geholfen, aber er wusste, dass sie Profis waren, die am liebsten in Ruhe und ungestört ihren Job erledigten.

Er wachte auf. Die Uhr am Display seines Autos zeigte kurz vor drei. Verdammt, er hatte eine halbe Stunde tief und fest geschlafen, und das am helllichten Tag! Das passierte ihm sonst nie und sagte viel über den Grad an Erschöpfung aus, die ihn seit dem Anruf im Krankenhaus befallen hatte. Mist. Er musste sich schleunigst zusammenreißen und den Nebel in seinem Hirn loswerden.

Sein Blick fiel auf Marie, die sich mit einem der Polizisten unterhielt, und schweifte dann weiter zu einem der anderen Kollegen, der vorbeifahrende Autos durchwinkte. Im starken Regen verschwammen die Gesichter hinter den Windschutzscheiben zu weißen Flecken. Dennoch fühlte er deren bohrende neugierige Blicke. Die Straße war nicht zur Gänze gesperrt, was naturgemäß viel größeres Aufsehen erregt hätte.

Er stieg aus, öffnete den Kofferraum und fischte seine wasserdichte Gore-Tex-Jacke samt Hose heraus, Wanderutensilien, die er stets bei sich führte und die ihm schon öfter gute Dienste geleistet hatten. Ihm war kalt, die Temperatur war mittlerweile nur noch knapp zweistellig.

Sepp Widhalm winkte ihm zu.

Ben schickte ihm ein Daumen-hoch zurück. Sein Freund war unverwüstlich, hockte ungerührt im ungemütlichen Schlauchboot und bewegte den Roboter durch das grautrübe Wasser, auf das große Regentropfen klatschten.

Gerade wollte er sich wieder abwenden, als er ihn aufgeregt rufen hörte. »Ich glaube, wir haben etwas!«

Wie von der Tarantel gestochen fuhr er herum, ließ sich übersetzen und hechtete ins Boot. Als sein Blick auf den Gegenstand auf dem Monitor fiel, hielt er unwillkürlich den Atem an.

»Verdammt«, fluchte er entsetzt.

»Tut mir leid«, murmelte der Wasserretter. »Ich schau, dass ich sie greifen und nach oben bringen kann.« Hochkonzentriert machte er sich ans Werk.

Eine kleine Ewigkeit später stockte er. »Wir stecken fest, auf 40, da hat sich etwas verhakt.«

Ich geh runter«, würgte Ben heraus, »versuch gar nicht erst, es mir auszureden.« Insgeheim fragte er sich, ob ihm wirklich bewusst war, was er gerade tat.

Beim Anlegen der Sauerstoffflaschen am Ufer fing er aus den Augenwinkeln Maries bestürzten Blick auf.

Zwei der anderen Wasserretter machten sich ebenfalls bereit. Wenig später glitten sie in die Tiefe. Bens Atem ging viel zu schnell, er kratzte am Hyperventilieren.

Aus jetzt, zwang er sich zur Ruhe, die Sache mit Andi ist lange her und die Aufgabe hier die beste Gelegenheit, endlich damit abzuschließen. Das kalte Wasser an seinen Wangen und das Wissen, nicht allein zu sein, beruhigten ihn. Er barg nicht seine erste Wasserleiche, wusste, was ihn erwartete.

Alsbald tauchten die Umrisse des Roboters im Licht ihrer starken Stirnlampen auf und darunter leider auch die eines Menschen. Er schwebte an einem verrotteten Seil, das sich mehrfach um ihn gewickelt hatte und in der Tiefe verschwand. Vergeblich versuchten Bens Tauchkumpane, es zu lösen, also blieb ihnen nichts anderes übrig, als es durchzuschneiden. Es galt als Beweismittel und würde später geborgen werden. Damit war der Körper frei.

Sie nickten sich zu und streckten die Daumen nach oben. So schnell wie möglich kehrten sie zusammen mit ihrer schrecklichen Fracht zurück an die Wasseroberfläche, wo Ben erschöpft ins Gras sank und sich die Seele aus dem Leib kotzte.

SCHWARZE BRÜCKE

Er hot si hamdraht.
Er hat sich das Leben genommen.

Ertrinken ist Ersticken in einer Flüssigkeit und dauert etwa drei bis fünf Minuten. Wasser wird eingeatmet, die Atmung stoppt, das Herz bleibt stehen. Tod. Zumeist versinkt die Leiche und taucht nicht mehr auf. Je kälter das Wasser ist, desto später setzt der Fäulnisprozess ein – wie in einem Kühlschrank. Bei unter fünf Grad verwest der Körper kaum. Nur Teile, die freiliegen, werden von Tieren abgefressen.

Das Gesicht des Toten war, bis auf die Augen und die abgeschabte Nase, nahezu unversehrt. Trotz einiger Zeit in großer Tiefe war es lediglich etwas aufgedunsen und weißlich verfärbt.

Ben, immer noch grün im Gesicht, starrte auf das fremde und doch so bekannte Antlitz. Marie, die ausgebildete Notfallärztin, hatte soeben das Offensichtliche bestätigt: Janus Blaubart war tot.

Überwältigt schloss Ben kurz die Augen. Ab sofort würde die Welt über sie herfallen und jeden ihrer Schritte peinlich genau beobachten, kommentieren, beeinflussen wollen, kritisieren. Er befand sich inmitten eines Wirbelsturms ungeahnten Ausmaßes.

»Was glaubst du?«, zwang er sich zur Ruhe.

Sepp Widhalm kniete sich neben die Leiche und inspizierte sie genau. »Ben, bitte. Der Mann ist nackt, trägt nichts außer einem sauschweren Bleigürtel. Der ist rein und wollte sichergehen, unten zu bleiben. Und das hat er geschafft.«

War es tatsächlich Selbstmord? Oder, Gott bewahre, Mord?

Was auch immer die Gerichtsmedizin herausfinden würde, das Tohuwabohu würde dasselbe sein. Noch war nicht einmal der Leichenwagen eingetroffen, und doch hatte Ben bereits das halbe LKA in Aufruhr versetzt, vom Chef bis zur Kommunikationsabteilung, Sonntag hin oder her. Seine Routine half ihm, sich halbwegs auf die Reihe zu kriegen. Die Tatortgruppe war am Weg. Eine Pressekonferenz war in Vorbereitung.

»Es geht um Blaubart, da fahren wir alle Geschütze auf, die wir haben. Noch dazu bei diesen Umständen. Eine nackte, prominente Wasserleiche. Was für ein Albtraum.«

Die Order des Chefs war eindeutig. Das Telefonat mit den deutschen Kollegen übernahm er höchstpersönlich. »Allerdings warte ich damit noch, bis der Tote bei uns ist. Wenn das mal raus ist, haben wir hier keine ruhige Minute mehr.«

Für den Augenblick schien alles organisiert.

Bens Haare waren klatschnass, er steckte immer noch in seinem Tauchneopren. Bisher hatten ihm schlichtweg die Zeit und vor allem jegliche Energie gefehlt, sich umzuziehen. Fix und fertig setzte er sich auf die unterste Treppenstufe des Zustiegs und rieb sich die Schläfen.

Etwas raschelte, dann wurde ihm eine wärmende Aludecke um die Schultern gelegt und ein Becher mit einer dampfenden Flüssigkeit in die Hände gedrückt. Er musste nicht erst aufblicken, der Duft reichte. Marie. Als sie vorsichtig ihre Hand auf seinen Unterarm legte, kämpfte er mit Erschöpfungstränen.

»Hi«, flüsterte sie, »alles halbwegs okay?«

Er nickte. Eher ein Reflex denn die Wahrheit.

Beide verfielen in Schweigen. Lauschten dem Regen.

Mit einem Mal veränderte sich die Stille und eine Erinnerung boxte sich frei, nahm keine Rücksicht auf den Schmerz, den sie bereitete.

»Warum bist du damals eigentlich einfach gegangen und hast mich von jetzt auf gleich im Stich gelassen?«, brach es aus Ben hervor. »Es hat mich fast zerrissen.«

Für Marie schienen sich die Worte wie Ohrfeigen anzufühlen. »Ich weiß.«

Er rieb sich das nasse Gesicht und fragte sich, ob er jetzt vollkommen durchdrehte. Dennoch machte er weiter, unfähig, die so lange unterdrückte Flut zu stoppen. »Dass du nicht glücklich warst und Ischl dir zu eng vorkam, konnte ich ja noch nachvollziehen, aber nicht, dass du ohne ein Wort verschwunden bist.«

Marie hatte viel Zeit gehabt, sich ihre nächsten Worte zu überlegen. Ungeachtet der seltsamen Umstände und Bens schlechter Verfassung war es nun wohl so weit, sie endlich auszusprechen.

»Ach, Ben. Du und dein Timing. Aber gut, Reden wir. Schau, als bei uns die blinde Verliebtheit vorbei war, kam der Alltag, und der Verstand übernahm. Wie so viele war auch ich damit überfordert, sah nur noch deine Schwächen, zog mich zurück.«

»Und ich klammerte immer mehr.«

»Ich fühlte mich so eingesperrt, wollte dir aber nicht wehtun. Hätten wir doch bloß mehr miteinander geredet.«

Stille breitete sich aus, während sie beobachteten, wie Blaubarts Leichensack in den inzwischen eingetroffenen Transporter geschoben wurde. Noch ahnte zum Glück niemand außer dem Einsatzteam, wen sie da gerade aus dem Wasser gezogen hatten.

Erst Minuten später fuhr Ben fort. »Du fühltest dich von mir gezwungen, Dinge zu tun, die du nicht wolltest, ohne mir Grenzen zu setzen. Aber innerlich hast du deine Mauern meterhoch gezogen, und ich prallte ab, kam nicht mehr an dich ran. Irgendwann warst du weg. Ohne ein verdammtes Gespräch. Warum hast du dich nicht ein einziges Mal gemeldet?«

»Ich wusste nicht, wie.«

»Telefon. Brief, Mail?«

»Ich musste einfach auf diese Art und Weise gehen, wusste nicht, ob ich es sonst schaffe.«

»So verlässt man niemanden, der einem etwas bedeutet.«

»Ich hatte Angst, es dir zu sagen.«

»Aber keine davor, mir das Herz herauszureißen.«

Bei seinen harschen Worten zuckte Marie zusammen, auch wenn sie zutrafen. »Du wärst an mir zerbrochen.«

Er schnaubte ungläubig. »Die Entscheidung hast du ganz allein gefällt, damit mein Vertrauen verspielt und kein Recht mehr auf irgendetwas in meinem Leben. Es war so eine verschissene Zeit, aber es geht mir wieder gut. Du hast alles kaputtgemacht. Mich. Uns. Unsere Zukunft. Und nach drei gemeinsamen Jahren keine fünf Minuten dafür gebraucht. Ich bin immer noch so wütend darüber, dass ich dich mal geliebt habe. Und jetzt knallst du mir nix dir nix wieder in mein Leben, nimmst dir, was du brauchst, und wühlst alles wieder auf.«

Marie war dreckig von oben bis unten und Ben triefend nass. Soeben hatte er eine Leiche aus dem Attersee geholt. Und jetzt so ein Thema! Dennoch war Weglaufen keine Option mehr.

»Ben, bitte sei wütend auf mich, aber nicht auf das Schöne, das wir hatten. Neben dir aufzuwachen, dich zu riechen, dein Strahlen, die Gespräche, die Reisen, der Sex. Wäre ich geblieben, hätte ich nicht nur uns, sondern auch *das* zerstört, und wir hätten uns gehasst. Deine starken Gefühle waren zu viel für mich. Du wolltest uns tragen, ich dich aber nicht auffangen. Ich war und bin schlecht für dich.«

Bei ihren letzten Worten hatte Ben die Arme verschränkt, wie um sich zu schützen. »Hast du eigentlich noch an mich gedacht?«

»Ständig. Alles war Schmerz, schlechtes Gewissen, das Gefühl von Scheitern. Ohnmacht. Ob sich zu trennen oder getrennt zu werden, es tut beides weh.« Sie zögerte. »Aber wenn du ehrlich bist, war der Bruch auch deshalb wichtig, weil er dich wachgerüttelt hat. Danach bist du endlich deinen Weg gegangen, nicht den deines Vaters.«

Der Regen hatte ein wenig nachgelassen. Keiner der beiden bemerkte es.

»Ich brauchte ewig, Marie, vergrub mich in meinem Schmerz, trank, trieb exzessiv Sport, vegetierte, statt endlich in mich hineinzuhören. Ich wurde gelebt. Dann war er plötzlich da, der Mut, und ich sagte meinem Vater, dass ich die Tischlerei nicht übernehmen würde. Er schmiss mich raus, und ich ging zur Polizei. Vielleicht brauchte ich tatsächlich diesen Weg voller Abzweigungen. Vielleicht war es nötig, dass du mich aus der Komfortzone gekickt hast. Und vielleicht werde ich irgendwann einmal nur noch an das Schöne zwischen uns denken, aber ich bin offenbar immer noch zu verletzt. Ist es nicht erbärmlich, nach all der Zeit?«

Harte Tatsachen, dennoch war Marie dankbar für diesen bisher wohl ehrlichsten Moment ihrer ganzen Beziehung. Das Wesentlichste allerdings war noch ungesagt. Ehe sie es aussprach, musste sie sicher sein, dass er es wirklich ertragen konnte. »Ben?«, hob sie vorsichtig an, verstummte allerdings sofort wieder.

Er ahnte offenbar, was nun kommen würde. Dankbar für die Atempause beobachtete er den Leichenwagen, der in diesem Augenblick an ihnen vorbeifuhr. Alle Routinen eines solchen Einsatzes liefen auf Hochtouren, und auch Ben würde noch seinen Teil dazu beitragen müssen, seine Aussage machen. Im Augenblick allerdings schien diese unerwartete Aussprache all seine Energie aufzusaugen und ihn an seine emotionalen Grenzen zu bringen – und in Wahrheit darüber hinaus.

Maries Stimme versagte beinahe, als sie die viel zu lange zurückgedrängte Frage stellte. »Es war kein Unfall, nicht wahr? Du hast dein Atemgerät damals absichtlich manipuliert, wolltest sterben.«

Er keuchte. Schluchzte. Jahrzehntelanges Verdrängen wurde an die Oberfläche gespült, Licht fiel in jede Ritze des wundesten Punktes seiner Vergangenheit.

»Nein, verdammt noch mal. Ach Scheiße, ich weiß es nicht!«

Mit voller Wucht explodierten die Worte zwischen ihnen. So wie die nächsten. »Ich habe es nicht überprüft und darauf ankommen lassen. Wahrscheinlich wollte ich nicht wirklich sterben, lediglich den Schmerz mit etwas betäuben, was ich besser unter Kontrolle hatte als dich.«

»Ging es dir darum, mich zu bestrafen?«

Seine Gedanken glitten in die Vergangenheit zurück. »Ich wollte einfach nichts mehr spüren, und das tust du nicht da unten, dort ist alles leicht und weit weg. Für einen kurzen Augenblick war ich beinahe wieder glücklich. Und dann ...«

In 80 Meter Tiefe war es finster und sehr schnell sehr tödlich.

An diesem Tag war Ben diese Tatsache gleichgültig. Hektisch zerrte er an seiner Tauchausrüstung, wischte die Tränen zur Seite, verzichtete auf die nötige Vorbereitung, überprüfte nicht einmal, ob der Inflator angesteckt war, der die Tarierweste mittels Druckluft aus der Sauerstoffflasche aufblies.

Sein Telefon läutete.

Andi.

Nein, auch mit seinem Bruder wollte er nicht sprechen, insbesondere, weil er davon überzeugt war, dass Marie ihn alarmiert hatte. Ein letzter Rest Vernunft griff. Mit nassen Fingern tippte er eine Nachricht.

Bin tauchen. Alles okay.

Die Antwort kam sofort.

Allein? Bist du verrückt?

Natürlich hatte Andi recht. Ben spielte mit seinem Leben. Alles hier war so unwirklich, so absurd. Marie war weg. Neue Tränen kamen, schüttelten ihn. Minutenlang.

Wütend stierte er hinaus auf den heute stillen See. In einer Stunde würde die Sonne untergehen und ihre letzten Strahlen würden sein Auftauchen begleiten. Vielleicht. Wieder drängte sich Maries Verrat in sein Bewusstsein, vergällte ihm den Ausblick. Dass sie nicht tauchte, hatte ihn hergetrieben. Der Sport und das, was ihn so faszinierend machte, die alles umgebende Stille, die Schwerelosigkeit, gehörten nur ihm, es gab keine gemeinsame Erinnerung.

Viel zu schnell glitt er ins Wasser und in die Tiefe, akklimatisierte sich kaum. Beim Tauchen mit Pressluft gab es eine Vernunftgrenze, und die lag bei 30 Metern. Danach begann die Tech-Diving-Zone, wo aus guten Gründen ein spezielles Gasgemisch zum Einsatz kam, ein Trimix. Prinzipiell. Und doch hatte Ben sich für Pressluft entschieden.

Er kannte die direkt beim Ufer senkrecht abfallende Felswand wie seine Westentasche, jede Formation war ihm vertraut. Unwillkürlich stoppte er den Abstieg, verlor jegliches Zeitgefühl, schwebte irgendwann doch weiter hinab. Jetzt im Winter war die Sicht klarer als im Sommer, und so gab es sogar hier noch ein wenig Tageslicht, auch das ein Grund, warum die Schwarze Brücke so beliebt war.

50 Meter. Dann 60. An dieser Stelle ging die Wand in eine steile Geröllhalde über, die zur Seemitte hin noch weiter absank. Ein Hecht schreckte auf. Bei 80 Metern stand ein Baum senkrecht im Wasser, in der Nähe ein blauer Henkeltopf. Noch tiefer, das wusste Ben, lagen ein alter VW-Kübelwagen und das Fahrerhaus eines Chrysler-Kleinlastwagens.

Stille und Dunkelheit umfingen ihn mit einer so wohltuenden Ruhe, dass er die Augen schloss und sich ihr hingab. Endlich. Marie, ihr Vertrauensbruch, sein Versagen, all das war weit weg. Der Druck auf sein Herz verschwand.

Der nächste Atemzug misslang. Plötzlich strömte die Luft unkontrolliert aus, er konnte sie nicht mehr atmen. Mist! Das Gerät war defekt. Notaufstieg! Doch auch das funktionierte nicht. Panisch stieß Ben nach oben, kam kaum voran. Er würde ertrinken. Einfach so. Nein! Er wollte nicht sterben. Die Verzweiflung hatte sein klares

Denken benebelt. Und doch würde es jetzt gleich passieren. Marie …

Helles Licht drang zu ihm durch.

War das der Tod?

Andreas, der ganz in der Nähe, in Steinbach, zu Hause gewesen war, hatte ihn gefunden und in einer lebensgefährlichen Aktion nach oben gebracht. Ohne die Dekompressionszonen einzuhalten, was für Ben in der Druckkammer geendet hatte. Er hatte überlebt. Die Gase in seinem Blut hatten beim Notaufstieg nicht genug Schaden angerichtet.

Andi hatte weniger Glück gehabt. Auch seine Ausrüstung hatte aufgrund der großen Eile versagt.

Er war noch an Ort und Stelle gestorben.

BEN

Schau ma moi.
Verhaltenes Interesse mit unklarem Ziel ausdrückend.

»Ach, nein, urplötzlich ist sie wieder da? Was für ein Zufall!«

Ben platzte beinahe vor Ärger über das wundersame Auftauchen von Ulla Peherstorfer.

Die letzten 24 Stunden waren der befürchtete Hexensabbat gewesen. Seit Janus Blaubarts Tod offiziell bestätigt war, spielte die Welt verrückt. Polizei und Management waren übereingekommen, keine Details bekanntzugeben.

Die offizielle Todesursache lautet Ertrinken. Es gibt keinerlei Anzeichen für Fremdeinwirkung, aber auch keinen Abschiedsbrief. Die Ermittlungen laufen weiter.

Das offizielle Pressestatement war nonstop zitiert und zerpflückt worden, die sozialen und klassischen Medien überschlugen sich mit Nachrufen, Trauerbekundungen und Verschwörungstheorien. Blaubarts offizielle Accounts quollen über. Jeder mehr oder weniger gute Weggefährte wurde interviewt, bereits für den Fall des Falles vorab zusammengestellte Artikel wurden gedruckt, Dokumentationen ausgestrahlt. Sein plötzlicher Tod bot genügend Futter für erhöhte Auflagen und bombige Einschaltquoten.

Über ihre Presseabteilung hatte Ulla Peherstorfer auch

diesmal eine Erklärung abgegeben, aber keinerlei persönliche Interviews zugelassen. Sie erbitte, dass man ihre tiefe Trauer respektiere, hieß es unter anderem. Über diesen Weg hatten die Ermittler erfahren, dass sie sich wieder in ihrem Büro in der Firma befand.

»Alles deutet auf Selbstmord hin, Ben. Und auch wenn gewisse Umstände die Fälle Ehrenberger und Starenberg in ein merkwürdiges Licht rücken, fehlen uns jegliche Beweise. Also lassen wir es gut sein, auch wenn dir das sauer aufstößt, wie ich an deiner Miene ablesen kann.« Chefinspektor Christian Franz' Aussage ließ an Deutlichkeit nichts zu wünschen übrig.

Sachlich gesehen war das auch vollkommen in Ordnung. Niemand außer Blaubart selbst war zu Schaden gekommen, und er hatte das Recht, jederzeit von der Bildfläche zu verschwinden, auch wenn seine Vorgehensweise bei Freunden und der breiten Öffentlichkeit Ratlosigkeit ausgelöst hatte, von den Ermittlungen der Polizei gar nicht zu sprechen.

Ben gelang es nur mit Mühe, seine Emotionen zu kanalisieren. Die Geschehnisse zerrten an seinen Nerven, genauso wie seine Hilf- und Machtlosigkeit. Außerdem ging ihm das Gespräch mit Marie an die Nieren. Er hatte nur kurz von ihr gehört, als sie ihm via WhatsApp mitgeteilt hatte, dass Filo immer noch im Koma lag und es in Sachen Täter bislang nichts Neues gab. Innerlich schalt er sich, im Trubel der Ereignisse nicht daran gedacht zu haben, sich zu erkundigen.

Kurz nach vier Uhr nachmittags verließ er das LKA, um sich auf seinem Mountainbike abzureagieren. In dem Augenblick, da er sich seine Sportschuhe anzog, läutete sein Smartphone.

Der Name am Display entlockte ihm ein erstauntes »Das ist jetzt aber nicht wahr!«

Sie war es. Und geradlinig wie immer. »Ulla Peherstorfer hier, Herr Achleitner. Ich nehme an, Sie wundern sich über meinen Anruf, aber dagegen kann ich wenig tun. Wäre es möglich, dass Sie noch heute zu mir kommen? Ich möchte einiges klarstellen.«

Seine spontane Reaktion war ein widerwilliges Stöhnen. Erst danach hatte er sich im Griff. »Wenn es sein muss.«

»Wann können Sie hier sein?«

Er sagte es ihr.

Dichter Nebel hing über dem See. Auf der Fahrt waren Ben kaum andere Fahrzeuge begegnet. Seine Scheinwerfer hatten Mühe, das milchige Nichts zu durchdringen, mehr als Schritttempo war in dieser Suppe nicht drin. Perfektes Wetter für einen Gruselschocker. Schaudernd drehte er die Musik lauter. Das Gedudel beruhigte seine umherfegenden Gedanken.

Endlich tauchte Ulla Peherstorfers hell erleuchtete Einfahrt auf. Als er ausstieg, fiel sein Blick auf das gegenüberliegende Haus der Aignerin, das vollkommen im Dunkeln lag. Was bei der Alten allerdings nicht viel heißen mochte, hatte sie doch zugegeben, ihre Augen immer und überall zu haben.

In diesem Moment wurde die Eingangstür geöffnet. Ulla Peherstorfer erschien, diesmal in einem beigen Hausanzug, ungeschminkt, mit offenen Haaren und sehr blass. Seltsamerweise ließ sie das um keinen Tag älter wirken. Im Gegenteil.

Nach einer kurzen Begrüßung gab sie den Weg frei. Mollige Wärme umfing ihn und tat so gut, dass er unwillkürlich aufstöhnte. Der lange Tag und die unangenehme Fahrt steckten ihm offenbar mehr in den Knochen als gedacht.

»Danke, dass Sie gekommen sind, Herr Achleitner.« Einmal mehr ersparte sie sich, seinen Rang zu nennen, was dem Besuch einen umso privateren Charakter verlieh.

Wohin auch immer all das führen mag, ich lasse es einfach zu, beschloss er und setzte sich auf das angebotene Sofa.

»Wie geht es Ihnen?«, eröffnete er das Gespräch neutral, aber auch, weil es ihn wirklich interessierte.

»Janus' Tod ist ein furchtbarer Schock für mich«, antwortete sie mit enger Kehle.

Nachvollziehbar. Doch Ben wollte vor allem eines: schnelle Antworten. Und die würde er nur mit unmissverständlicher Direktheit bekommen.

»Warum haben Sie uns verschwiegen, dass er sich bei Ihnen versteckt hielt?«

Sie entschied sich für Ehrlichkeit. »Er bat mich darum, rief nach dem Training an und meinte, er müsse ein paar Tage untertauchen. Ihm gehörte ein eigener Bereich im Souterrain. Zwei Zimmer mit Bad. Es war nicht das erste Mal, deshalb habe ich zugestimmt und es zunächst auch nicht weiter ungewöhnlich gefunden.«

»Wie ist er hergekommen?«

»Mit dem Motorrad. Es ist auf mich angemeldet, stand aber schon ewig in seiner Münchner Garage. Er benützte es, wenn er inkognito unterwegs sein wollte. Der Helm machte ihn unsichtbar.«

»Deutete er an, was ihn so beschäftigte?«

Grüblerisch nahm sie einen Schluck von ihrem Tee. »Nein. Ich ließ ihn in Ruhe, bemerkte aber, wie ungewöhnlich aufgewühlt er war. So kannte ich ihn nicht.«

»Glauben Sie, dass er sich umgebracht hat?«

Stahlblaue Augen durchbohrten die seinen, unterdrückte Wut ließ ihren Körper beben. »Nie im Leben, Herr Achleitner. Und das ist auch der Grund, warum ich Sie sprechen wollte. Da steckt etwas ganz anderes dahinter.«

Diese Vermutung deckte sich exakt mit Bens Bauchgefühl.

Ihr intensiver Blick ging Ben durch und durch. Was an dieser Frau zog ihn bloß so an? Sie war undurchsichtig, 20 Jahre älter als er, und doch versprühte sie eine ganz besondere Aura. Ob es Blaubart auch so ergangen war?

»Würden Sie mir mehr über seine Beziehung zu Louisa Starenberg erzählen? Ich möchte wissen, wie er getickt hat.«

Ihre Antwort war schnörkellos wie immer. »Warum nicht, irgendwo müssen wir ja anfangen.«

Sie schien ihre Gedanken zu sammeln. »Es ist eine grundsätzliche Entscheidung, welchen Anspruch man an eine Beziehung hat. Janus war ein Schlawiner, ja, aber im Grunde suchte er Ruhe, einen Menschen, mit dem er sich austauschen und auf Augenhöhe wachsen konnte. Und dann kam Louisa. Wunderschön. Auf den ersten Blick unglaublich lieb und verständnisvoll. Sie brauchte fünf Minuten, um zu kapieren, wie sie ihn sich krallen konnte. Janus wollte vor allem bewundert werden. Also war sie stets da, wenn er sie brauchte, und in Lauerstellung, wenn nicht, sah zu ihm auf, gab sich unterwürfig, kochte ihn ein, und als sie ihn hatte, tat sie alles, um nur ja nicht wieder verlassen zu werden. Eine strategische Meisterleistung, keine Frage, aber unecht und damit längerfristig zum Scheitern verurteilt. Wenn die schwanzgesteuerte Phase vorbei ist, wird es ehrlich. Janus war also kurz fasziniert und danach nichts als angeödet, wollte sie verlassen. Sie klammerte, beschwerte sich öffentlich bei ihren Fans. Vollkommen toxisch. Dann kam sie mit dem positiven Schwangerschaftstest daher. Janus flippte aus, wollte sie zwingen, das Kind abzutreiben. Sie grinste nur, wusste genau, dass sie ihn in der Hand hatte. Alles war negativ aufgeladen, bis es eines Abends vollkommen eskalierte. Janus hatte getrunken. Sie provozierte ihn, er stieß sie in den See, brüllte sie an. Und dieses Miststück schwamm in aller Ruhe an den Steg und behauptete, sie habe alles mitgefilmt. Wenn er von nun an nicht genau das täte, was sie wollte, würde sie das Video posten.«

Sie unterbrach ihren Redefluss, um Ben Gelegenheit für Nachfragen zu geben. Mit abgewandtem Gesicht sah sie auf den See hinaus mit einer Mischung aus Verlorenheit und Tapferkeit.

»Kennen Sie diesen Film?«

»Nur aus den Erzählungen von Janus. Der hat ihn allerdings auch nie gesehen. Sie meinte, das Video befinde sich an einem sicheren Ort, in keiner Cloud. Wenn es tatsächlich existiert, dann wusste nur sie, wo.«

»Könnte es sein, dass sie nur geblufft hat?«

»Sie war ein Miststück. Alles ist möglich.«

Wer ist diese Frau wirklich, fragte Ben sich, als sein Blick ihr Profil mit der geraden Nase und den kleinen Krähenfüßen um die Augen streifte. Seine innere Stimme sagte ihm, dass sie nicht log und Blaubart wirklich gemocht hatte. Ihn vermisste. Wütend war über seinen Tod. Nicht Rache, aber Aufklärung suchte. Oder vielleicht doch ein wenig Vergeltung, aber auf ihre Art.

Der Gedanke kam aus heiterem Himmel und biss sich fest. Ein Detail, das bislang ungeklärt war und dem er womöglich die falsche Bedeutung beigemessen hatte. »Wir haben ein Kleid und Schuhe im See gefunden. Direkt unterhalb des Stegs vor Blaubarts Haus in St. Wolfgang. Sehr elegant, nicht Louisa Starenbergs Stil und bei den Schuhen auch nicht ihre Größe. Bei Blaubarts Lebensstil dachten wir bislang an eine seiner Geliebten und dass Frau Starenberg sie in einem Wutanfall hineingeworfen hat. Gehören die Sachen Ihnen?«

»Was?«, fuhr sie herum und starrte ihn entgeistert an.

Es war das erste Mal, dass Ben sie vollkommen überrascht erlebte. Etwa zwei Sekunden lang, dann hatte sie sich wieder unter Kontrolle. Nach weiteren drei kam die Antwort. »Ich habe nie Kleidung in Janus' Haus hinterlassen. Wozu auch? Zwar bin ich hin und wieder über Nacht im Gästezimmer geblieben, wenn Louisa nicht da war, aber es wäre doch vollkommen stillos gewesen und ohne Sinn. Die paar Dinge passen in jeden Koffer. Louisa hasste mich auch so schon genug, ich musste sie nicht noch mit der Nase auf meine Anwesenheit stoßen. Übrigens habe ich nur dann bei ihm übernachtet, wenn Janus sich das wünschte, weil er sich aussprechen wollte. Das hat immer stundenlang gedauert, und danach wollte er nicht allein sein. Im Grunde war er ein großes, einsames Kind, voller alter Ängste, die in seiner traurigen Kindheit begraben lagen und leider nie hervorgeholt wurden, um sie zu heilen. Ich bat ihn oft darum, sich Hilfe zu suchen, aber er verweigerte. Also war *ich* für ihn da, so gut ich konnte.«

Ihre Offenheit bei diesem sehr persönlichen Thema überraschte ihn. Keine Ausflüchte diesmal, es war aus ihr herausgebrochen. Auch sie war nur ein Mensch mit Gefühlen und hatte schwache Momente, sosehr sie sich auch um Kontrolle bemühte. Auch sie brauchte offenbar hin und wieder einen Zuhörer. Und sei es nur ein verständnisvoller Kriminalbeamter, der ihr Sympathie entgegenbrachte.

Er ließ das Gesagte so stehen und fasste nach. »Haben Sie eine Ahnung, wem Kleid und Schuhe gehören könnten? Das Kleid ist blau und von Armani, die Schuhe sind hoch und silbrig, Jimmy Choos.«

Ihre Gedanken schienen zu rasen. Je länger sie schwieg, desto klarer wurde Ben, dass sie genau Bescheid wusste, es aber keinesfalls zugeben würde. Und so wunderte ihn ihr sehr zögerliches »Nein« nicht im Geringsten.

Sie bemerkte seinen Unglauben, hütete sich aber davor, das nun folgende Schweigen zu brechen. Manchmal brauchte es keine Worte, und doch war alles gesagt.

Dennoch wollte Ben nicht so einfach aufgeben. »Frau Peherstorfer, wir wissen doch beide, dass Sie lügen und es für mich immens wichtig ist, die Antwort zu kennen. Also helfen Sie uns allen weiter, verdammt noch mal.«

Der Fluch war ihm herausgerutscht, jedoch an ihr abgeprallt. Ihr Kopf blieb gesenkt, die Stille zwischen ihnen bleischwer.

Schließlich seufzte er ergeben. »Also gut. Offensichtlich werde ich im Augenblick nichts mehr aus Ihnen herauskriegen. Mir fehlt jedes Verständnis für Ihr Verhalten. Sie bestellen mich hierher und lassen mich dann im Regen stehen. Das finde ich so schade wie unverständlich. Werde ich Ihre Gründe zumindest sehr zeitnah erfahren und eine Antwort bekommen?«

Sie gab sich nicht die Blöße, etwas abzustreiten. »Vielleicht. Lassen Sie mir bitte noch etwas Zeit.«

Erneut trafen sich ihre Blicke. Die bis eben noch professionelle Situation veränderte sich, machte etwas Neuem Platz.

»Sind Sie eigentlich liiert, Ben?«

Bei der Frage schoss es siedend heiß durch seinen Körper, anmerken ließ er es sich nicht. »Nein. Und Sie? Gibt es jemanden?«

Sie ließ ihn nicht aus den Augen. »Doch, natürlich. Um es zu präzisieren – jemanden für jede Gelegenheit. Zum Reden. Zum Golfen. Zum Reisen. Zum Ausgehen. Zum Ficken.«

Ihr Blick erinnerte ihn an Sharon Stone in Basic Instinct, kurz bevor sie beim Verhör die Beine auseinandergrätscht und Michael Douglas ihre Vagina präsentiert. Amüsiert. Verführerisch. Berechnend.

»Schockiert?«

Nicht wirklich, dachte Ben. Und sagte es auch.

Vielmehr getriggert. Das sagte er nicht.

»Jeder hat seine Qualitäten. Keiner hat alle. Und wozu sich mit Halbheiten zufriedengeben, wenn man alles haben kann? Halt verteilt auf mehrere. Das Leben ist zu kurz für schlechte Kompromisse. Ich liebe mich, das reicht. Ich liebte Janus. Als Mensch, nicht als Mann. Und deshalb will ich wissen, wer ihn umgebracht hat. Und dem gnade Gott. Oder der.«

Es reichte. Sie war eine Zeugin. Das war immer noch ein Fall. Er stand auf und floh aus der Villa in seinen Wagen. Wütend schlug er aufs Lenkrad. Soeben war Profession ungebremst mit Faszination kollidiert. Und als Garnierung obendrauf klebte die ebenso verunsichernde Situation mit Marie.

Nach der nächsten sehr kurzen Nacht erwachte Ben wie erschlagen in seiner Hütte. Es hatte aufgeklart, und nun stritten sich Wolken und Sonne um den Platz am Himmel.

Der heftige Wind kühlte sein Gesicht, als er warm eingepackt seinen Tee auf der Bank im Freien schlürfte und den gestrigen Tag Revue passieren ließ. Rühmlich war sein Abgang bei der Peherstorfer nun wirklich nicht gewesen, aber eleganter hatte er ihn nicht hinbekommen nach diesem mehr als seltsamen Gespräch.

Der Gedanke kam aus dem Nichts und schob sich quer in sein noch benebeltes Hirn.

Na klar!

Mit einem Mal munter aktivierte den WLAN-Router, schnappte sich seinen Laptop und begann zu googeln. »Diesmal könnte es von Vorteil sein, dass du ein so öffentliches Leben geführt hast, Janus«, murmelte er leise.

Und das war es in der Tat. Denn nur knapp 20 Minuten später fand er genau das, was er gesucht hatte. Fasziniert starrte er auf das Bild, das in seiner Eindeutigkeit nichts zu wünschen übrig ließ – wenn man wusste, wohin man schauen musste.

»Na dann mal los«, machte er sich selbst Mut.

SALZBURG

Des feigelt jetz owa gscheid.
Etwas läuft im Augenblick ganz und gar nicht wie
gewünscht.

Wenn Unauffälligkeit einen Namen hatte, dann lautete
er ACS.

Das Gebäude am Salzburger Stadtrand war klein, braun,
nach außen hin fensterlos und vollkommen uneinsichtig.
Lediglich die dezent angebrachte Hausnummer gab Aufschluss über die Adresse, denn weder existierte ein Name
noch ein Firmenlogo noch eine Glocke.

Zum Glück hatte Ben sich angekündigt. Mit stetem
Blick wandte er sein Gesicht dem Display zu, das am Ein-
gang in Augenhöhe angebracht war. Sekunden später öffnete sich die Eingangstür und er betrat ein schlichtes, men-
schenleeres Foyer aus dunklem Marmor und Glas.

Als sie erschien, stellte er fest, dass es in Blaubarts Welt
noch eine Frau vom Schlag »nicht mehr jung, aber attraktiv« gegeben hatte. Diese hier trug einen dunklen Bubikopf
und einen sportlich geschnittenen schwarzen Anzug, der
ihre kleine, knabenhaft schlanke Figur perfekt zur Gel-
tung brachte. Makellos weiße Sneakers quietschten bei
jedem Schritt leise auf den Marmorfliesen.

Er erkannte sie sofort wieder, nur dass sie auf dem Foto
aus dem Internet ein blaues Kleid getragen hatte, und hohe
Jimmy Choos. Anais Peretz. Deren Firmenlogo auf jenem

Elektroauto geklebt hatte, mit dem Janus Blaubart zum See gefahren war. Es war, dank Tobias' Suchfiltern, keine Hexerei gewesen, unter den Tausenden Bildern von Louisa und Blaubart auf Instagram eines zu finden, welches eine Frau im passenden Outfit zeigte. *Diese* Frau.

Intelligente dunkelbraune Augen unter dichten Brauen musterten ihn abwartend. Noch ehe ein Wort gefallen war, ahnte Ben, dass er auf die nächste nur schwer zu knackende Nuss gestoßen – und auf der absolut richtigen Spur war.

»Danke, dass Sie sich Zeit nehmen, Frau Peretz«, eröffnete er das Gespräch. »Wie erwähnt, ist uns im Zuge der Ermittlungen rund um Janus Blaubarts Tod Ihr Name untergekommen, und es haben sich Fragen aufgetan.«

Sie nickte wortlos und wies mit einer einladenden Geste auf eine Schiebetür, die sich ebenfalls von allein öffnete. Gemeinsam betraten sie einen Besprechungsraum ohne jeden Schnickschnack. Sechs graue Stühle, ein weißer Tisch samt Gläsern und einer Wasserflasche, satiniertes Glas, indirektes Licht.

Noch immer schweigend nahmen sie Platz.

»Welche Fragen?« Keine Begrüßung, kein Small Talk. Ihre Stimme klang hell und selbstbewusst.

Du könntest ein Klon der Peherstorfer sein, befand Ben. Dass die Frauen sich kannten, wusste er nicht erst, seit er im Netz auf das Foto gestoßen war. Mit an Sicherheit grenzender Wahrscheinlichkeit war Anais Peretz jene Unbekannte, die der alten Aignerin aufgefallen war. Laut Zulassungsstelle fuhr sie einen weißen SUV.

Ohne Umschweife zum Punkt zu kommen, war auch für ihn kein Problem, also legte er sein geöffnetes iPad auf den Tisch.

Kurz musterte sie das Display, ehe sie ihre Radaraugen wieder auf ihn richtete. »Das ist ein Foto und keine Frage.«

»Aber es wirft viele auf.« Der Schlagabtausch begann, ihm Spaß zu machen.

Sein Gegenüber wartete mit verschränkten Armen auf mehr.

»Sie wissen, dass Janus Blaubart tot aufgefunden wurde?«

Ein knappes Nicken musste ihm als Antwort genügen.

»Trifft Sie das? Wie aus dem Foto ersichtlich kannten Sie sich ja persönlich.«

Wieder Zustimmung. »Ich finde es traurig und tragisch. Er war ein netter Kerl.«

Unverbindlicher ging es kaum.

Ben deutete auf das Gesicht von Ulla Peherstorfer, das auf dem Foto hinter der Peretz zu sehen war. »In welchem Verhältnis stehen Sie zu ihr?«

Diesmal kam die Antwort wie aus der Pistole geschossen. »Ulla und ich sind uns vor Längerem auf einer Konferenz begegnet. Daraufhin habe ich ihr Unternehmen hinsichtlich Cyber Security beraten, insbesondere in den Bereichen Sicherheitslücken und Datenklau.«

Etwas Ähnliches hatte Ben schon vermutet. Auf der Fahrt hierher waren ihm mögliche Zusammenhänge klar geworden, die er nun zu verifizieren gedachte.

»Wir wissen, dass es vor einiger Zeit tatsächlich aktive Sicherheitslücken gab und Frau Peherstorfer die Angelegenheit unter der Hand regeln wollte. Waren Sie es, die diese Probleme ursprünglich entdeckt und sie darauf aufmerksam gemacht haben?«

»Warum fragen Sie Ulla das nicht selbst?«

»Weil ich *Sie* frage, Frau Peretz. Also?« Es konnte nicht schaden, etwas Gas zu geben.

»Also gut, habe ich, ja. Dafür hat sie mich schließlich bezahlt. Wie Sie sich vorstellen können, war Ulla wenig begeistert von der Art der Schwierigkeiten, aber im Endeffekt ist nichts passiert. Der Hacker-Angriff war nicht erfolgreich. Ich habe sämtliche Lücken geschlossen beziehungsweise alles wasserdicht gemacht.«

»Woher kamen die Attacken?«

»Schwer nachzuverfolgen. Jedenfalls Profis. Ich tippe auf die Russen, die Chinesen oder die Koreaner und eine Auftragsarbeit.«

Damit war zumindest erwiesen, dass Babba Sotek tatsächlich nichts mit der Sache zu tun hatte und nur zufällig darüber gestolpert war. Was nach wie vor unklar im Raum schwebte, war allerdings sein jetziges Verhältnis zur Peherstorfer. Um das zu klären, hatte Ben gestern der Nerv gefehlt.

»Sie sind also bei ›Implantomed‹ für die Cyber Security und alles, was damit zusammenhängt, verantwortlich?«

Ein Schatten legte sich über ihr von feinen Fältchen durchzogenes Gesicht. Im Gegensatz zur blonden und gestrafften Unternehmerin schien sie nicht auf die neuesten Erkenntnisse der Schönheitschirurgie zurückzugreifen.

»Ich *war* es. Wir führten unsere Zusammenarbeit danach nicht weiter.«

»Was ist passiert?«

»Das sind Betriebsgeheimnisse, Herr Gruppeninspektor, und ich werde Ihnen dazu keine Auskunft geben. Fakt ist, dass ich meinen Job wie immer erfolgreich erledigt und das Auftragsverhältnis danach beendet habe. Für die ›Implantomed‹ ist das schade, denn ich bin sehr gut.«

Die Frau, die ursprünglich aus Israel stammte, genoss in der Tat einen hervorragenden Ruf. Tobias Kofler hatte nahezu euphorisch geklungen. Außerdem hatte Ben erfahren, dass ihr Laden nur aus wenigen hochqualifizierten Mitarbeitern bestand, unter denen sie der absolute Star war.

»Brachen Sie damit auch Ihre Freundschaft mit Frau Peherstorfer ab?«

Anais verzog kaum merklich ihre Mundwinkel, was mehr preisgab als ihre Worte danach. »Wieso ist das wichtig?«

»Können Sie sich das nicht denken? Sie arbeiten jahrelang sehr erfolgreich für Ihre gute Bekannte, und mit einem Schlag ist alles vorbei? Da muss doch etwas Gravierendes vorgefallen sein. Sie haben gerade bestätigt, dass es keine fachliche Ursache hatte, also muss es eine persönliche sein.«

»Das geht Sie nichts an.«

Ben hatte genug vom Herumgetue. Er lehnte sich nach vorne und tippte mit dem Zeigefinger auf das blaue Kleid, das der Peretz im Übrigen hervorragend gestanden hatte. »Wir haben genau dieses Kleid und Ihre Schuhe im seichten Wasser unter dem Steg von Janus Blaubarts Haus in St. Wolfgang gefunden. Können Sie mir erklären, wie die Sachen da hingekommen sind?«

Sie versteifte sich. Minimal. Eine Antwort bekam er nach wie vor nicht.

»Da Sie unkooperativ sind, werde *ich* Ihnen sagen, was ich vermute, Frau Peretz. Sie hatten eine Affäre mit Janus Blaubart, und die hat Frau Peherstorfer Ihnen so übelgenommen, dass sie Ihnen nicht nur den Vertrag, sondern auch die Freundschaft gekündigt hat. Habe ich recht?«

Es bereitete ihm kein Problem, die nun folgende Stille auszuhalten.

Der Ball lag bei ihr, und er konnte sehen, wie sehr es hinter ihrer Stirn arbeitete. Als sie schließlich doch reagierte, tat sie es mit geradem Rücken und erhobenem Kinn. »Nein, haben Sie nicht, denn wie erwähnt war *ich* es, die unseren Kontakt auf Eis legte. Aber ja, es stimmt, Janus und ich mochten uns. Wir fanden uns attraktiv, also trafen wir uns hin und wieder, auch im Haus in St. Wolfgang, aber natürlich nur, wenn weder Ulla noch seine Freundin anwesend waren. Ich sah es als eine aufregende, aber unverbindliche Geschichte.«

»Wie ist Frau Peherstorfer dahintergekommen? Und hat Louisa Starenberg davon gewusst?«

Ihre Reaktion geriet verächtlich. »Louisa ganz sicher nicht. Die war zwar durchtrieben, aber letztlich naiv. Ulla hat uns in flagranti erwischt. Es ging sie im Grunde überhaupt nichts an. Janus und ich waren erwachsen und konnten tun und lassen, was wir wollten. Aber sie sah ihn schon immer als ihr persönliches Eigentum an, auf eine krankhaft ungesunde Art und Weise. Dieses Foto ist im Übrigen das letzte gemeinsame.«

Beide betrachteten den Abzug, der neben Ulla Peherstorfer und der Peretz auch Janus Blaubart und Louisa Starenberg zeigte, offensichtlich bei einer Veranstaltung, denn es waren noch andere Personen anwesend und im Hintergrund standen gedeckte Tische.

Mit nach oben gezogenen Augenbrauen forderte Ben sie auf fortzufahren.

»An diesem Abend stritten sich Janus und Louisa wieder einmal heftig, ohne Rücksicht auf die anderen Gäste. Ulla beendete das, indem sie Louisa hinauswarf. Später entschieden Janus und ich uns, noch in das Haus zu fahren. Ulla roch die Lunte, denn mittendrin stand sie auf einmal im Wohnzimmer. Der feige Schlappschwanz sah tatenlos zu, wie Ulla mich, nackt, wie ich war, vor die Tür setzte.

Zum Glück hing ein Mantel an der Garderobe. Mein Kleid und die Schuhe blieben dort, ich habe sie nie wiederbekommen. Mehr kann ich Ihnen dazu nicht sagen.«

Ben wunderte sich. Selbst wenn die Peherstorfer wütend gewesen war, traute er ihr nicht zu, die Kleidungsstücke ihrer Konkurrentin in den See zu werfen. Es war unlogisch und kindisch. Zu Louisa Starenberg hätte dieses Verhalten schon eher gepasst, doch die hatte offenbar nichts von der Affäre gewusst. Wer also konnte es gewesen sein? Und wozu?

Blieb nur noch eines. »Wenn Sie keinen Kontakt mehr zu Frau Peherstorfer pflegen, warum parkte dann ein Auto mit dem aufgeklebten Logo Ihrer Firma vor deren Haus?«

»Keine Ahnung. Das müssen Sie Ulla fragen. Ich betreibe, außer einer unauffälligen Website, kein Marketing, und ganz sicher verteile ich keine Aufkleber. Er stammt also definitiv nicht von mir. Sind wir jetzt fertig? Ich habe zu tun.«

BEN

Es is zan rean.
Eine Angelegenheit bringt einen zur Verzweiflung.

»Filo ist wach!«

Als ob der Tag nicht schon ereignisreich genug gewesen wäre, platzte nun auch noch Maries Anruf in die Fahrt zu Ulla Peherstorfer.

»Und wie geht es ihr?«

»So weit ganz gut. Sie scheint über den Berg zu sein. Die Polizei war auch schon da, aber Filo fehlt jegliche Erinnerung an das, was geschehen ist.«

Es kam vor, dass sich Opfer von Verbrechen vorerst nicht mehr an den Hergang der Tat erinnern konnten. »Du bist Ärztin, Marie, und weißt, dass sich das oft wieder ändert.«

»Natürlich, Ben. Ich wollte dir nur Bescheid geben. Und …«

Ihr Zögern machte ihn hellhörig. »Und *was?*«

»Sie würde gerne mit dir sprechen. *Nur* mit dir. Kannst du eventuell vorbeikommen?«

»Äh, sicher. Weißt du, warum sie mich sehen will? Ich kenne sie doch kaum.«

»Kann ich dir nicht sagen. Ich bin ebenfalls irritiert und nur die Botin.«

»Also gut, dann mache ich das. Ich bin gerade auf dem Weg zu Ulla Peherstorfer nach Unterach. Sobald ich dort fertig bin, schaue ich rüber nach Ischl. Zufrieden?«

Es hatte harscher geklungen als beabsichtigt, und so war Maries knappes »Passt schon« nicht weiter verwunderlich.

Das Telefonat war ihr erster Kontakt seit dem Gespräch auf den Betonstufen gewesen, die ungesunde Spannung konnte er förmlich spüren. Wenn er ehrlich war, wünschte er sich, sie würde nicht da sein, wenn er später Filo besuchte. Dieser vermaledeite Nicht-Fall und das ganze Kreuz mit Marie zerrten an seinen Nerven.

Von Fuschl kommend, gab es etwas oberhalb von St. Gilgen direkt an der Bundesstraße einen Parkplatz mit spektakulärer Aussicht auf den Wolfgangsee und die Berglandschaft. Normalerweise ein Hotspot für Busse und Ausflügler, doch nicht heute. Der eisige Wind trieb immer wieder Wolken vor die Sonne, außerdem war es Montag.

Er zog den Zipp seiner dicken Daunenjacke zu, stülpte sich eine Mütze über den Kopf und stieg aus, um seine Gedanken zu ordnen.

Als er zu frieren begann, setzte er sich hinters Steuer, fuhr jedoch nicht los. Er würde sich diesmal nicht bei der Peherstorfer ankündigen, sondern überraschend bei »Implantomed« auftauchen. Was ihr die Möglichkeit nahm, sich auf seinen Besuch und die Fragen vorzubereiten, die sich nach seiner Befragung von Anais ergeben hatten.

Und davon gab es einige. Vom ACS-Logo auf ihrem Firmenwagen bis hin zu den Rollen, die Anais Peretz und Babba Sotek in ihrem Leben einnahmen. Außerdem würde ihm in diesem Setting auch nicht seine Faszination für die Frau in die Quere kommen. Ein warmer Abend bei Kaminfeuer war etwas völlig anderes als nüchterne Büroatmosphäre. Er ahnte, dass die Umgebung, die sie für seine

Befragungen inszenierte, kein Zufall war. Ulla Peherstorfer war berechnend. In jeder Hinsicht.

Sein Smartphone meldete sich. Peter Neumüller.

»Hast du es schon gehört?« Er klang aufgewühlt.

»Nein, was?«

»Janus Blaubart hat einen Abschiedsbrief hinterlassen. Besser gesagt ein Posting auf Instagram. Er scheint es mit seinem Social-Media-Planungstool auf Termin gelegt zu haben. Heute ist sein Geburtstag. Hatte er nicht jede Menge Sinn für Timing und Dramatik?«

Bens Kinnlade klappte herunter. »Ein Abschieds-Posting? Ist nicht wahr!«

»Wo bist du?«

»Wieder einmal auf dem Weg zu Ulla Peherstorfer. Warum, erzähle ich dir, sobald ich in Linz bin. Das ist ohnehin ein Fall für Christian und die Kommunikationsabteilung. Schick mir bitte jetzt gleich das Posting über Signal, damit ich es nicht erst lange suchen muss.«

»Mach ich, obwohl es eh schon viral geht. Die halbe Welt lässt sich diese einzigartige Gelegenheit nicht entgehen, ihren ganz persönlichen Senf dazuzugeben.« Der Zynismus in Peters Stimme war nicht zu überhören. Ben ging's ähnlich.

Sekunden später hatte er Janus Blaubarts letzte Worte am Display.

> *»Solltet ihr mich noch nicht gefunden haben, dann*
> *sucht an der Schwarzen Brücke. Tief unten. Denn*
> *ich habe mich umgebracht.*
> *Louisa ist tot, weil ich es so gewollt habe.*
> *Ich bin ein schrecklicher Mensch.*
> *Verzeiht mir.«*

Großartig. Blaubart machte sich für den Tod seiner Freundin verantwortlich. Zwar waren beide tot, aber die Öffentlichkeit würde exakte Aufklärung verlangen.

Willkommen in neuen Ermittlungen.

Die Fahrt von St. Gilgen nach Unterach dauerte keine Viertelstunde. Sie führte entlang des Mondseeufers und durch den Kienbergwandtunnel, der eine eigene Röhre nur für Radfahrer besaß. Für Ben eigentlich eine der schönsten Strecken des Salzkammerguts, aber heute hatte er keinen Blick dafür.

Was meinte der Kicker mit »Weil ich es so gewollt habe«? Dass er Louisa Starenberg schlecht behandelt oder *doch* den Herzschrittmacher manipuliert hatte? Oder hatte manipulieren lassen?

Ben ging dieses Durcheinander nur noch auf den Senkel. Normalerweise gab es einen Mord, und dann machten sie sich auf die Suche nach dem Warum und dem Täter. Und hier? Chaos pur! Nichts fügte sich.

Einmal mehr stellte er sein Auto am »Implantomed«-Besucherparkplatz ab und ließ das nun schon bekannte Szenario über sich ergehen. Wenigstens machte die Peherstorfer keine Mätzchen und empfing ihn sofort. Blass, aber gefasst.

Trotz der Umstände kam Ben nicht umhin, ihren dunkelblauen Businessanzug zu bewundern – Standardoutfit, an jedem anderen langweilig, an ihr rattenscharf. Wie machte die das bloß? Er riss sich am Riemen, akzeptierte dankend den angebotenen Kaffee und kam direkt zur Sache.

»Sie haben es gehört?«

Statt einer Antwort hob sie ihr Telefon hoch. »Ungefähr tausendmal in der letzten Stunde.«

»Wie geht es Ihnen?«

Waren das tatsächlich Tränen in ihren Augenwinkeln?

»Nicht gut. Das passt doch alles hinten und vorne nicht.«

Meine Rede, dachte Ben. Sie schien ebenso frustriert zu sein wie er.

»Haben Sie Zweifel an der Echtheit des Postings?«

Vehement schüttelte sie den Kopf. »Nein. Es stammt definitiv von ihm. Janus hat das immer selbst gemacht und vorausgeplant. Einer der wenigen guten Aspekte an seiner Beziehung zu Louisa. Sie hat es ihm beigebracht. Warum fragen Sie? Glauben Sie ernsthaft, Janus würde über seinen Selbstmord lügen?«

Es war wohl in der Tat etwas weit hergeholt. »Haben Sie eine Idee, weshalb er sich für Louisas Tod verantwortlich fühlte?«

»Nett behandelt hat er sie nicht. Vielleicht meinte er deshalb, ein schlechter Mensch zu sein. Aber sich deshalb umbringen? Janus? Lächerlich!«

Ben kratzte sich an der Nase. »Louisa war bei Weitem nicht die Erste, der er übel mitgespielt hat. Ex und hopp, so war das doch, wenn ich Instagram mal glauben möchte. Warum dann jetzt dieses Drama? Es entspricht nicht im Geringsten seinem bisherigen Verhalten.«

Sie gab ihm recht.

»Aber was, wenn er es wortwörtlich so meinte: Er hat *gewollt*, dass sie stirbt?«

»Ich bitte Sie«, kam es entgeistert, »einen Herzschrittmacher manipulieren? Janus war Fußballer, kein Hacker.«

Vor seinem nächsten Satz suchte Ben bewusst Augenkontakt. »Aber er kannte welche. Ihre gute Freundin Anais Peretz zum Beispiel.«

Ihr Blick wurde zu Stahl, ihre Stimme zum Flüstern. »Woher wissen Sie von ihr?«

Insgeheim rieb Ben sich die Hände. Erwischt. »Ich sage nur blaues Kleid, Ulla. Warum so geheimnisvoll? Weshalb durfte ich nicht wissen, dass Ihnen vollkommen klar war, wem es gehört?«

Würde sie ihn jetzt rauswerfen? Toben? Alles abstreiten?

Weit gefehlt. Vollkommen ruhig trank sie einen Schluck Wasser und stellte das Glas betont langsam auf den Tisch zurück. So viel Selbstbeherrschung rang Ben Hochachtung ab. Was immer sie das innerlich auch kosten mochte.

»Herr Gruppeninspektor, wie Sie mittlerweile offenbar wissen, ist Anais alles andere als *eine gute Freundin*, und ja, ich fand diese Affäre äußerst geschmacklos. Aber Sie wollen ihr doch nicht ernsthaft unterstellen, Janus dabei geholfen zu haben, Louisas Herzschrittmacher zu manipulieren? Das ist der mit Abstand größte Unsinn, den ich je gehört habe!«

Der versuchte Themenwechsel störte Ben nicht im Geringsten. Er machte einfach dort weiter, wo er aufgehört hatte. »Mag sein. Aber noch einmal. Aus welchem Grund haben Sie das nicht einfach zugegeben? Immerhin haben Sie die Frau beim Sex mit Ihrem Mündel erwischt und sie nackt aus dem Haus gejagt.«

»Es gab keinen speziellen«, meinte sie nachdenklich, »ich wollte die Situation lediglich einordnen und Anais nicht so ohne Weiteres ans Messer liefern. Hätten Sie mich heute danach gefragt, wäre ich vermutlich ganz offen gewesen. Für mich gibt es in Sachen Anais Peretz nicht den geringsten Anlass für Geheimnisse.«

Da war garantiert noch mehr im Spiel, dessen war Ben sich sicher. Und auch, dass er von ihr dazu nichts mehr erfahren würde. Zumindest im Augenblick. Also sparte er sich die Frage und stellte eine andere. »Haben *Sie* das Kleid und die Schuhe in den See geworfen?«

Erneutes Kopfschütteln. »Nicht in den See, aber in den Mülleimer. Der schien mir geeigneter. Dreck zu Dreck. Es muss Louisa gewesen sein. Vielleicht hat sie die Affäre doch mitbekommen und ist ausgezuckt. *Das* konnte sie gut.«

Jetzt war Ben dran mit einem Themenwechsel. »Wie stehen Sie derzeit zu Anaïs Peretz?«

Ihr Gesichtsausdruck blieb völlig neutral. »Gar nicht. Wir haben unsere Geschäftsbeziehung beendet. Freundschaft war es ohnehin nie. Sie war ein paar Mal hier und ein, zwei Mal auch im Haus, um alles sicher zu machen. Nach der abgeschmackten Affäre mit Janus war sie mir aber bis heute keinen weiteren Gedanken wert.«

»Und warum klebte das ACS-Logo ausgerechnet auf dem Auto, mit dem Blaubart offenbar zur Schwarzen Brücke gefahren ist, um sich dort umzubringen? Einem Ihrer Firmenwägen?«

Er erntete pures Erstaunen. »Wie bitte? Firmenlogo? Ich verstehe nicht.«

Ben zückte sein Smartphone und zeigte ihr ein Foto.

»Um Himmels willen, das ist doch nicht das Logo von Anaïs«, gab sie irritiert zurück. »Hat sie Ihnen das denn nicht gesagt?«

Ben fiel das Herz in die Hose. Was für ein haarsträubender Anfängerfehler! Er hatte Tobias' Aussage, bloß weil sie gut ins Bild passte, für bare Münze genommen und nicht überprüft. »Welches ist es dann?«, presste er heraus.

»Es gehört dem ASC – dem Altmünster Sport Club, den ich schon seit Langem unterstütze und dem im Übrigen auch Janus entstammt. Dort habe ich ihn damals entdeckt.«

Richtig. Er erinnerte sich an die Kids auf dem Foto, das er von Christian Kühner erhalten hatte. Und an die Fußball-Dressen mit dem Logo. Wenn er sich recht entsann, dann war Anais Peretz' Logo dunkelrot, dieses jedoch leuchtete hell. Er googelte und fand seinen Verdacht bestätigt. Auch die Buchstaben waren anders angeordnet. Zwar bestand eine gewisse Ähnlichkeit, mehr aber auch nicht. Es hätte ihnen auffallen *müssen*.

Ulla Peherstorfer überging den Fauxpas schweigend.

Ben hatte keinen Nerv, jetzt auch noch nach Babba Sotek zu fragen. »Ich würde mir gern Blaubarts Räume in Ihrem Haus ansehen. Wissen Sie zufällig, ob es dort irgendwelche elektronischen Geräte gibt? Bestenfalls sein Smartphone, das wir ja bislang nicht orten konnten. Oder einen Laptop? Ein iPad?«

Sie dachte nach. »Keine Ahnung, es war immer abgesperrt, und ich habe seine Privatsphäre respektiert. Aber natürlich können Sie kommen. Noch einmal, ich werde Sie mit allem unterstützen, was ich habe, um die Wahrheit über Janus' Tod ans Licht zu bringen. Nichts ist mir im Augenblick wichtiger.«

Ben griff zum Telefon. »Tobias, Spezialauftrag: Setz dich sofort ins Auto und fahr nach Unterach. Ich bin auf dem Weg zu Janus Blaubarts Wohnung und vermute dort technisches Spielzeug, das dir eventuell Spaß machen könnte.«

»Bin schon unterwegs, Boss.« Die Freude in der Stimme des ITlers passte zwar nicht zur Gesamtsituation, war aber angesichts der bevorstehenden Herausforderung nachvollziehbar.

»Haben Sie einen Schlüssel?«

Die Peherstorfer nickte. »Den muss ich allerdings aus

dem Büro holen, weil unsere Putzfrau die Einzige ist, die die Innentür benutzt.«

»Wie das?«, fragte Ben erstaunt.

»Janus' Apartment hat einen seeseitigen Zugang, den man direkt von der Garage aus erreicht. Wenn er zu mir wollte, läutete er am Haupteingang. Ein Arrangement zum gegenseitigen Schutz der Privatsphäre.«

Wenige Minuten später öffnete sich die Tür zu Blaubarts Reich.

Ordnung war nicht sein Ding gewesen. Bergeweise Gewand lag verstreut herum, Sweater, T-Shirts, Hosen aller Art, garniert mit Socken, dazu Sneakers, ausschließlich die einer bestimmten Nobelmarke. Halb geleerte Getränkedosen und leere Verpackungen fanden sich ebenso, dazwischen Papiere, ein Fußball und eine Konsolensteuerung.

Die Einrichtung war schlicht, aber erstklassig, hellgraue Wände samt bunten Drucken, Eichendielen, eine kleine Küche, Designersofa, Boxspringbett, dazu ein offener Kamin. Ein paar Schritte weiter das Bad mit einer in Richtung See uneinsichtig verglasten Tür. Die Badewanne wirkte im Gegensatz zur Dusche unbenutzt. Blaubarts Pflegeutensilien waren teures Markenzeug.

»Hatte er die Sachen hier fix deponiert?« Mit gerunzelter Stirn blickte Ben auf die Hausherrin, die ihm gefolgt war.

»Ja. Bis auf seine Elektronikgadgets und persönlichen Kram. Er fand es praktischer so, und Geld spielte bei ihm sowieso keine Rolle. Vieles davon wurde ihm auch von seinen Sponsoren zur Verfügung gestellt.«

Geld kommt zu Geld. Ben kaufte brav im Drogerieladen ein.

»Was war mit seinem Tauchequipment?« Die Frage

drängte sich wegen des Bleigürtels um Blaubarts Hüften auf.

Sie wirkte ratlos. »Um dergleichen habe ich mich nie gekümmert. Ich tauche nicht. Soviel ich weiß, lagern Teile in seiner Garage, aber damit kenne ich mich nicht aus.«

Er würde das später überprüfen.

Zurück im Wohnbereich, warf Ben angewidert einen Blick auf die grundversiffte Küche, wandte sich dann dem Laptop zu, der aufgeklappt auf dem Tisch stand, zog sich Einweghandschuhe an und tippte probehalber auf eine Taste.

Passwortgeschützt. Was sonst?

»Nein, ich kenne es nicht«, kam die Peherstorfer seiner nächsten Frage zuvor. »Wie gesagt, das hier war Janus' ganz privater Bereich, auch digital.«

»Ich werde jetzt alles etwas gründlicher durchsuchen«, kündigte Ben an. »Bleiben Sie ruhig da. Mein Kollege Tobias Kofler sollte bald eintreffen. Wahrscheinlich werden wir den Laptop mitnehmen müssen.«

»Selbstverständlich. Aber ich fürchte, Janus hat sich hinsichtlich seiner Daten sehr gut abgesichert.«

Wir werden sehen, dachte Ben. Eigentlich erstaunlich, wie sorglos und durchschaubar wir alle manchmal sind. Du selbst, Ulla, bist der beste Beweis, denn dich hat sogar dein Friseur erfolgreich ausspioniert.

Gedankenverloren schüttelte sein Gegenüber den Kopf, ehe es leise zu sprechen begann. »Es fühlt sich an, als wäre er nur kurz weggegangen. Sie haben mehr Erfahrung als ich, aber sieht so die Wohnung von jemandem aus, der sich umbringen will? Nächste Woche wäre er, wie jedes Jahr, mit Freunden für zwei Wochen nach Dubai geflogen.

Auf diesen Trip hat er sich immer ganz besonders gefreut. Die Reise und viele Extravaganzen waren fix gebucht.«

»Und wie hätte er der Welt seine wundersame Wiederauferstehung erklären wollen?«

»Ich weiß es nicht. Janus ließ sich die ganze Zeit, während er untergetaucht ist, nie blicken. Ich bin tolerant, aber ein wenig beleidigt war ich schon über sein unhöfliches Verhalten. Andererseits war diese ganze Versteck-Aktion ungewöhnlich.«

»Hat er auf Sie verzweifelt gewirkt? Rastlos? Ängstlich?«

Das Nein kam entschieden. »Eher sauer. Keine Ahnung, warum.«

»War er immer allein hier?«

»Anzunehmen, allerdings hatte ich wegen ihm das komplette Überwachungssystem deaktiviert, auch die Kameras. Ich hatte den ganzen Tag zu tun, oft auch abends, und zuletzt war ich, wie Sie wissen, auf Dienstreise.«

»Was hat er denn die ganze Zeit über getrieben? Ihm muss doch furchtbar langweilig gewesen sein.«

Wieder ein Schulterzucken. »Ich habe nicht gefragt, lediglich mehrfach den Kühlschrank angefüllt und Getränke aller Art bereitgestellt. Es fühlte sich an, als wäre ein gefräßiger Geist im Haus.«

»Das heißt, er verlor auch keinen Ton darüber, wann und wie er seine Scharade zu beenden gedachte?«

Sie sah ihn lange an, ohne zu blinzeln.

Also nein.

»Dann hoffen wir mal, dass sein Laptop uns Aufschluss gibt, sein Browserverlauf, vielleicht sogar Mails. Gut möglich, dass es *doch* jemanden gab, mit dem er in Kontakt war. Die Überprüfung seiner Telefondaten läuft schon.«

»Machen Sie sich da mal nicht allzu viel Hoffnung. Er hatte Prepaid-Handys. Janus *wollte* untertauchen und nicht gefunden werden. Sagten Sie nicht selbst, das Telefon sei nicht zu orten?«

Das stimmte. Dennoch gehörte es zu einer Ermittlung, das herauszufinden.

In diesem Moment ertönte der Türsummer. Kurz darauf tauchte Tobias Koflers brauner Lockenkopf auf. Die Begrüßung fiel kurz aus. Bevor er sich an Blaubarts Laptop zu schaffen machte, inspizierte er die Wohnung des verstorbenen Star-Fußballers, dann setzte er sich hin und knackte kurz mit den Fingern.

Während er sich mit dem Gerät vertraut machte, begann Ben damit, das Apartment auf den Kopf zu stellen.

Eine Viertelstunde später gab Tobias auf.

»Ich denke, dass ich es hinkriege, aber nicht hier. Ich nehme das Teil mit ins LKA und lasse mal einige schlaue Helferlein drüberlaufen.«

Ben hatte nichts dagegen. »Okay, ich fahre noch kurz nach Ischl und danach nach Linz. Wir sehen uns im Büro.«

Ulla Peherstorfer hatte während seiner Suchaktion die ganze Zeit über am Fenster gestanden und starrte mit erhobenem Kopf über den See in Richtung Eisenau, einem Hochplateau, von dem aus man über die Himmelspforte den Schafberg besteigen konnte. Ihre düstere Miene und die hochgezogenen Schultern bezeugten allerdings, dass eine Bergtour das Letzte war, woran sie gerade dachte.

Das Apartment hatte sich bisher als genauso nichtssagend wie verdreckt erwiesen. Ohne viel Hoffnung wandte Ben sich zu guter Letzt dem Schlafbereich zu und ging

um das große Boxspringbett herum. Auch hier lag überall Gewand verstreut, insbesondere Unterwäsche. Ihm
grauste, denn der Boden war von Getränkeresten verklebt
und voller Staubflusen.

Als er mit der Schuhspitze eine zusammengeknüllte
dunkelblaue Unterhose zur Seite schob, fielen ihm an ihr
einige eingetrocknete Flecken auf. Er zog sie auseinander.
Der Gegenstand, der herausfiel, war klein und verknotet.
Ein benütztes Kondom. Mit der Unterhose hatte er sich
offenbar gereinigt und danach den Gummi darin eingewickelt, ehe er alles achtlos zur Seite geworfen hatte.

Die Peherstorfer hatte bemerkt, dass etwas nicht stimmte,
und war ihm gefolgt. Fassungslos starrte sie auf das Prä-
servativ. »Ersparen Sie sich die Frage, ob dieser gottver-
dammte Idiot mit *mir* geschlafen hat!«, fauchte sie.

»Haben Sie eine Idee, wer es gewesen sein könnte?«

Natürlich hatte sie seinen Unterton bemerkt. »Wir denken
doch dasselbe, Ben, und ja, möglich ist es. Anais schreckt vor
nichts zurück. Aber warum ein solches Risiko eingehen?«

»So groß war es doch gar nicht. Niemand wusste von
Blaubarts Versteck. Er hatte Bedürfnisse, insbesondere nach
den Tagen des Alleinseins. Wäre doch gut möglich, dass er
sie angefunkt hat, umso mehr, weil von ihr kaum Gefahr
drohte, verraten zu werden.«

Zweifelsohne war die Peherstorfer wütend. Anmerken
ließ sie es sich nicht. »Sie wird das nie im Leben zugeben.«

Ben deutete auf das Kondom. »Da wäre ich mir nicht
so sicher. Hier drauf befindet sich jede Menge DNA. Mal
sehen, ob sie einem Abgleich zustimmt.«

Gab es möglicherweise noch einen anderen Grund als
Sex, weshalb die Peretz sich mit Blaubart getroffen haben
könnte? Auch wenn Ulla Peherstorfer es nicht wahrhaben

wollte, wäre es für die Expertin zum Beispiel kein Problem gewesen, Louisas Herzschrittmacher zu deaktivieren. Tobias *musste* einfach Blaubarts Laptop knacken und Hinweise finden.

»Holt mir die Peretz morgen nach Linz. Jetzt erhöhen wir den Druck«, bat er Peter Neumüller, als er ins Auto stieg.

Spontan nahm er nicht die kürzere Strecke durch das Weißenbachtal nach Ischl, sondern die entlang des Wolfgangsees, der sich im Sonnenuntergang in all seiner Pracht zeigte.

Die 16 Meter hohe schwimmende Laterne, angeblich Europas größte und Wahrzeichen des Wolfgangseer Advents, war bereits erleuchtet. Mit Riesenschritten ging es in Richtung Weihnachten, doch es war Ben noch nie leichtgefallen, schon Mitte November dafür in Stimmung zu kommen. Für viele Touristen konnten die traditionellen Adventmärkte rund um den See allerdings nicht früh genug beginnen.

Auf einem Parkplatz hielt er inne, um den Anblick des erleuchteten Orts aus sicherer Distanz in sich aufzusaugen und zur Ruhe zu kommen. Was immer Filo Hemetsberger von ihm wollte, musste noch ein wenig warten.

LKA LINZ

Hochgschissener Grindschlapfn.
**Äußerst unangenehme Person einer höheren Gesell-
schaftsschicht.**

Erst spätabends war Ben nach Linz zurückgekehrt und
todmüde ins Bett gefallen, ohne jedoch Schlaf zu finden.
Ständig kreisten seine Gedanken um die Geschehnisse der
letzten Stunden und erst recht um das, was Filo ihm sehr
nachdrücklich und ganz im Vertrauen zugeflüstert hatte.

Es half nichts, der nächste anstrengende Tag wartete –
und als Höhepunkt Anais Peretz' Befragung.

Bei der Teambesprechung brachte Ben alle auf den neuesten Stand.

»Janus Blaubarts Posting wirft jede Menge Fragen auf.
Er gibt sich die Schuld am Tod von Louisa Starenberg. Wir
müssen herausfinden, was die Peretz weiß, und beweisen, dass sie bei Blaubart war, nachdem er abgetaucht ist.
Tobias, gib Gas, wir brauchen den Laptop.«

Sein Kollege wirkte ziemlich verknittert. »Ich bin nonstop dran, Ben, und würde dir sofort das Passwort backen,
wenn ich es könnte.«

Okay, der war wirklich angeschlagen. Ben schickte ihm
ein breites Lächeln. »Ich kann backen, aber dafür hab ich
leider auch kein Rezept.«

Christian Franz mischte sich ein. »Bevor hier noch was
anbrennt, an die Arbeit, Leute!«

Wider Erwarten hatte sich Anais Peretz sofort dazu bereit erklärt, ins LKA zu kommen. Offenbar hatte sie schon damit gerechnet und sich ohne Zweifel perfekt darauf vorbereitet.

Sie erschien gegen 13 Uhr, trug einen orangen Anzug samt weißem T-Shirt und Schuhen. Alles an dem Outfit schrie: Ich bin selbstbewusst, sauteuer und aus Italien.

»Du hast viel G'spür für Stimmungen«, sagte Ben zu Peter Neumüller, ehe sie den Vernehmungsraum betraten, »beobachte sie bitte genau. Die ist ein Vollprofi, aber vielleicht passen ihre Körpersprache und das, was sie sagt, nicht zusammen.«

Mit undurchdringlicher Miene und übereinandergeschlagenen Beinen saß die Frau vor einem Glas Wasser. Den angebotenen Automatenkaffee hatte sie zuvor dankend abgelehnt.

Ihre Ruhe verriet Ben, dass sie sich nicht zum ersten Mal in einer solchen Situation befand. Wenig verwunderlich. Ihre Familie war vor dem Krieg von Österreich nach Israel ausgewandert, wo sie ihren Militärdienst und ihre Ausbildung absolviert hatte, zweifellos eine sehr umfangreiche. Gut möglich, dass sie sogar beim Geheimdienst gewesen war. In jedem Fall arbeitete sie erfolgreich in einem delikaten Gewerbe und war darauf trainiert, sich nicht so ohne Weiteres unter Druck setzen zu lassen. Umso gespannter freute er sich auf das Gespräch. Nicht zuletzt wegen solcher Herausforderungen liebte er seinen Job.

»Danke, dass Sie gekommen sind«, eröffnete er die Partie und setzte sich ihr gegenüber. Peter Neumüller blieb hinter ihm an die Wand gelehnt stehen.

Kühl machte sie ihren ersten Zug. »Wir können den Teil mit den Höflichkeitsfloskeln oder eventuellen Drohungen gerne überspringen, meine Herren, und direkt zur Sache kommen. Also, worum geht's?«

Ben blickte in abwartende Augen. Im grellen Licht der Deckenlampen fielen ihm graue Strähnen in ihren dunklen Haaren auf. Sie war 49 und stand dazu. Wieder trug sie außer farblosem Lipgloss keinerlei Make-up, und einmal mehr fragte er sich, was sie an einem seichten Gigolo wie Blaubart gefunden hatte.

»Dann will ich nicht lange um den heißen Brei herumreden. Haben Sie Janus Blaubart kürzlich in der Villa von Ulla Peherstorfer besucht?«

War das tatsächlich ein Lächeln in ihrem Gesicht? Mann, war die kaltschnäuzig!

»Das ist eine etwas unpräzise Frage, Herr Gruppeninspektor. Aber da ich meine Zeit nicht verschwenden will und Sie Antworten haben möchten: ja. Ulla war zu diesem Zeitpunkt nicht im Haus und hatte keine Ahnung von meiner Anwesenheit.«

Wenn das in dem Tempo weiterging, war das Match in fünf Minuten zu Ende. Sollte Ben nur recht sein. »Woher war Ihnen bekannt, wo er sich befand?«

Wieder Stirnrunzeln. »Kürzen wir auch das ab. Ich erzähle Ihnen, was ich bereit bin preiszugeben, und Sie ersparen mir danach weitere Fragen. Schön wäre es auch, wenn Sie mich nicht unterbrechen würden.«

Sie wollte die Regeln diktieren? Konnte sie haben, aber nur für den Augenblick. Ohne ein weiteres Wort bedeutete er ihr anzufangen.

Sie lehnte sich zurück und hob die Zeigefinger zum Kinn. »Vor ein paar Tagen rief Janus mich über eines seiner Prepaid-Handys an. Die hatte er von mir, wie alles, was das Thema Datensicherheit betrifft. Sie können es sich daher ersparen, seinen Laptop knacken zu wollen. Dass er sich bei Ihrem Spezialisten Tobias Kofler befindet, weiß ich natürlich. Guter Mann übrigens. Wenn er mal den Job wechseln will, darf er sich gerne bei mir bewerben.«

Sie schenkte ihnen nichts. Auch okay, Hauptsache, sie redete.

»Janus war so panisch wie betrunken, meinte, sein Leben sei zu Ende und er könne sich sowieso gleich umbringen. Dafür war er allerdings nicht der Typ, also glaube ich nicht an einen Selbstmord. Jedenfalls verriet er mir, wo er war, und bat mich zu kommen. Leider entdeckte mich die alte Vettel von nebenan, aber das Risiko schien mir überschaubar.«

Das hatte die Aignerin nicht erwähnt. Allerdings hatte er es auch versäumt nachzufragen, wann sie die Tusnelda mit der Dreckschleuder *das letzte Mal* in der Villa gesehen hatte. Noch so ein dummer Fehler.

»Dieses Riesenhäuflein Elend meinte, erpresst zu werden, und zwar von Anisa Dobrev, einer engen Freundin von Louisa Starenberg. Es gebe ein Handyvideo, das ihn und Louisa bei einem heftigen Streit zeige. Unter anderem tauche er sie darin ungewöhnlich lange unter Wasser. Wer wolle, könne es als Mordversuch deuten. Er hatte Angst vor strafrechtlichen Konsequenzen, aber noch viel mehr davor, seinen Ruf und seine Karriere zu ruinieren.«

»Hat Frau Dobrev es ihm gezeigt?«

»Nein, aber Janus war naiv. Bei ihm reichte die Drohung für jede Menge Panik. Sie wollte allerdings kein Geld, sondern gab ihm eine Woche Zeit, um sich öffentlich und in aller Form bei Louisa zu entschuldigen und zu gestehen, was für ein Arschloch er gewesen war, sonst würde sie das Video hochladen.«

Ben hatte mit stoischem Gesicht aber umso faszinierter gelauscht und heimlich den Hut vor Louisas Freundin gezogen. Sollte der Clip tatsächlich existieren, hätte sie Blaubart auf ewig in der Hand gehabt und viel Geld machen können, doch sie hatte sich statt für Gier für Rache und Genugtuung entschieden.

Die Peretz beobachtete ihn scharf. »Sie wussten von der Geschichte?«

Er hielt sich an die Abmachung von vorhin, nicht zu sprechen.

»Verstehe, *auch* von Frau Dobrev, nehme ich an.«

Auch dazu sagte Ben nichts, ließ sie einfach weiter ihre Schlüsse ziehen.

»Sie haben das Kondom gefunden, nicht wahr? Na ja, wir hatten Lust auf eine schnelle Nummer. Zuerst in der Wanne, dann im Bett. Sparen Sie sich also eine DNA-Analyse, ich war's!«

Ihre Skrupellosigkeit erstaunte ihn. Hatte sie tatsächlich nichts zu verlieren, oder verfolgte sie ihre ganz eigenen Ziele? Üblicherweise waren Befragte, die etwas zu verbergen hatten, eingeschüchtert, bockig, aggressiv oder schweigsam. Sie war nichts davon. Zu gerne hätte er Peter Neumüllers Gesicht gesehen.

»Als wir fertig waren, bat er mich, ihm dabei zu helfen, an das Video zu kommen. Wie so oft bei Janus war das leider etwas primitiv gedacht, denn wenn die Dobrev es hatte, dann hatten es unter Garantie auch andere. Alles, was er noch tun konnte, war, Schadensbegrenzung zu betreiben.«

Ben war tapfer gewesen, aber jetzt konnte er sich nicht länger zurückhalten. »Sie wollen mir also erzählen, dass Sie *gar nichts* unternommen haben?«

Sie überkreuzte die Beine. »Natürlich nicht. Louisa war zwar nicht das hellste Licht im Kronleuchter, aber eine begabte Influencerin. Sie können davon ausgehen, dass sie ihre Schäfchen im Trockenen hatte, ehe sie jemandem von diesem Video erzählte. Früher hinterlegte man Sicherheitskopien bei Notaren und Anwälten, heutzutage reicht digitales Do-it-yourself-Wissen, um sich abzusichern. Und davon hatte sie mehr als genug.«

So gesehen hätte Blaubart viel mehr Grund dazu gehabt, Louisa *nicht* umzubringen, was die Wahrscheinlichkeit einer natürlichen Todesursache untermauerte.

Er lehnte sich zurück, um seine Gedanken zusammenzufassen. »Genau genommen hat nie jemand, außer angeblich Frau Dobrev, dieses Video tatsächlich gesehen, oder? Blaubart nicht und Sie auch nicht.«

Sie lächelte. »Sie sind ein fixer Junge, Herr Achleitner. Wenn Sie meine ehrliche Meinung wollen, dann existiert es auch nicht. Louisa war eine hervorragende Lügnerin. Es hätte schon großer Kunst bedurft, mit dem Handy eine derart komplexe Situation festzuhalten. Noch dazu, wo der Streit sehr spontan entstand. Was es definitiv gibt, sind ein paar verwackelte Sekunden, in denen man Janus wütend auf sie zukommen sieht. Die kannte er. Mehr nicht.«

Gleich als Nächstes würde Ben Anisa Dobrev anrufen, aber wenn die auch nur einen Funken Verstand besaß, dann würde sie alles abstreiten und behaupten, das Video nie gesehen und den Kicker *ganz sicher nicht* damit erpresst zu haben. Außer Blaubarts Behauptung gab es auch nicht den geringsten Beweis dafür.

War der Fußballer einer raffinierten Intrige zum Opfer gefallen? Einer eleganten posthumen Rache seiner zutiefst verletzten Ex-Geliebten?

Anais Peretz hatte all diese Schlüsse schon längst gezogen. »Natürlich bestand ein Restrisiko, weshalb ich ihm riet, endlich sein Hirn einzuschalten und sich das ganze Ding zeigen zu lassen. Er fragte, ob ich dabei sein wolle. Ich verneinte, wollte kein Teil davon sein, und keine Zeugin. Ob es nun existiert oder nicht, ändert allerdings nichts an der Tatsache, dass er versucht hat, Louisa unter Wasser zu drücken, auch wenn sich sein schlechtes Gewissen darüber in Grenzen hielt. Janus war kein besonders netter Mensch, aber gut im Bett.«

»Und nach dem … äh … Gespräch mit Blaubart sind Sie einfach abgerauscht?«

»Sicher«, sagte sie gleichgültig. »Auf eine zweite Runde Sex hatte ich keine Lust mehr. Zugegebenermaßen hinterließ ich ihn etwas verzweifelt. Aber um ehrlich zu sein, war ich immer noch einen Hauch beleidigt wegen der erbärmlichen Aktion in St. Wolfgang und sah es als klitzekleine wohlverdiente Retourkutsche.«

Diese Frau mochte man nicht zum Feind haben. Wie sehr Blaubart sich an ihr die Finger verbrannt hatte, bewies sie mit ihrem nächsten Satz. »Und weil ich gerade so schön in Fahrt bin, rufen Sie doch bitte mal Herrn Kofler, dann helfe ich ihm gerne mit dem Passwort.«

Zwei Minuten später beugte Tobias sich über eine nun frei zugängliche Desktop-Oberfläche und konnte sich ein verschnupftes »Ich hätte es auch allein geschafft« nicht verkneifen.

Die Peretz lächelte milde. »Das bezweifle ich. Aber das Angebot eines Jobs bei mir steht. Sie sind gut, Tobias.«

Der tat, als ob er es nicht gehört hätte, und ließ nichts mehr zwischen sich und sein neuestes Gadget kommen.

»Ich habe Ihnen alles gesagt, was ich weiß, und erwarte,

dass Sie mich ab sofort in Ruhe lassen«, wandte sich Anais Peretz an Ben. »Einverstanden?«

Vorerst blieb ihm nichts anderes übrig. »Danke für Ihr Kommen und gute Heimreise!«

»So höflich, Herr Gruppeninspektor? Strömt da etwa gerade Weihrauch aus Ihrem Mund?«

Mit diesen süffisanten Worten verschwand jede Menge orange Selbstsicherheit aus seinem Blickfeld.

Peter Neumüller klopfte ihm auf die Schultern. »Komm, gehen wir auf ein Bier und freuen uns, dass nicht alle Frauen so sind wie die.«

Ich weiß nicht, dachte Ben. Unwillkürlich blitzte Ulla Peherstorfers Gesicht vor seinem geistigen Auge auf und er hatte Mühe, es zur Seite zu wischen.

MARIE

Neigierdsnasn.
Eine sehr neugierige Person.

Nachdenklich lehnte Marie sich in ihrem bequemen Stuhl zurück und dachte an die seltsame Begegnung mit Ben. Als er am Vorabend ins Krankenhaus gekommen war, war er kurz angebunden gewesen und für fast eine halbe Stunde in Filos Zimmer verschwunden. Sie hatte sich ausgeschlossen gefühlt. Fiel ihr jetzt nicht nur ihr Vorzimmerfelsen in den Rücken, sondern auch ihr Ex? Oder war lediglich ihr Nervenkostüm im Augenblick angeschlagen?

Noch war sie nicht dazu gekommen, in Ruhe über alles nachzudenken, insbesondere über das aufwühlende Gespräch mit Ben, kurz nachdem sie die Leiche des Kickers entdeckt hatten. Es ging ihr nach. Vielleicht würde sie ihre Psychotherapeutin Birgit kontaktieren, die ihr seit der Aufarbeitung des ganzen Ben-Themas regelmäßig zur Seite stand. Gespräche mit ihr taten gut und halfen, Gedanken und Gefühle zu sortieren. Doch im Augenblick war keine Zeit dafür.

Als Ben schließlich mit sehr bedrücktem Gesicht aufgetaucht war, hatte er sich zu ihr gesetzt, nicht das Geringste über Filo herausgelassen und ihr stattdessen, vermutlich aus schlechtem Gewissen, von Janus Blaubarts versifftem Apartment erzählt. Als Notärztin kannte sie Einsätze in Wohnungen von Opfern zur Genüge und konnte nachempfinden, wie es Ben und seinem Team ergangen war.

Danach war er verschwunden.

War Ben sauer auf sie? Bereute er das Gespräch auf den Stufen? Und warum sprach Filo mit niemandem außer ihm? Was konnte so speziell sein, dass sie ausgerechnet ihn dazu auserkoren hatte, es zu erfahren? Es ärgerte sie fürchterlich.

Es war aber im Augenblick weder zu klären noch zu ändern. Also würde sie jetzt die Vormittagsrunde Patienten abarbeiten. Bis zum ersten Termin blieb noch etwas Zeit. Spontan beschloss sie, auf einen Cappuccino samt Kipferl bei Laura Danklmayr vorbeizuschauen.

Die junge Bäckerin sortierte gerade frische Semmeln ein und wirkte niedergeschlagen.

»Filo fehlt mir so. Ist sie eh bald wieder auf den Beinen?«

Marie beruhigte sie und schlürfte genussvoll ihren ersten Schluck Kaffee. »Darf ich Sie mal etwas fragen?«

Die beiden Frauen kannten sich lange. Gut möglich, dass Laura eine Idee zu Filos Geheimniskrämerei hatte.

»Als ich das erste Mal bei Ihnen war, erzählten Sie etwas von einem Schicksalsschlag, den Filo erlitten hat. Ich weiß, ich bin neugierig, aber würden Sie mir sagen, was das war?«

Nachdenklich schabte die Blondine mit dem Daumennagel über eine der Semmeln und sah sich dann um. Die kleine Bäckerei war leer, neue Kunden waren nicht in Sicht.

»Na ja, warum nicht, es ist ja kein Geheimnis, und Sie sind Ihre Chefin, also sollten Sie Bescheid wissen, auch wenn Filo offensichtlich noch nicht damit herausgerückt ist.«

Marie, die das Mitteilungsbedürfnis der jungen Frau kannte, wartete einfach ab.

»Filo hatte einen Sohn. Justus. Ich kannte ihn, obwohl er ein wenig älter war. Er ging nach Linz zum Studieren,

Technische Physik. Vor etwa fünf Jahren war er mit einem Scooter unterwegs. Auf einer Kreuzung fuhr ihn ein minderjähriger Drogenlenker mit seinem Protzboliden um. Justus hatte Grün und keine Chance, flog 30 Meter durch die Luft und war sofort tot. Der Fahrer ging in den Knast. Als er wieder freikam, hat Filo ihn …« Sie brach ab. »Sorry, aber das sollte sie Ihnen doch besser selbst erzählen.«

Entsetzt hatte Marie für einen Moment die Augen geschlossen. Die arme Filo! Es musste die Hölle für sie gewesen sein. Zu gerne hätte sie gewusst, was Laura Danklmayr noch hatte sagen wollen.

Ihre Gedanken rasten. War es möglich, dass der Überfall mit Justus' Tod in Zusammenhang stand? Aber warum dann die Geheimhaltung?

Unwillig schob sie das Thema zur Seite und verabschiedete sich, denn ein Blick auf die Uhr zeigte, dass die erste Patientin schon vor der Tür wartete.

LKA LINZ

A wengal schwanan.
Lügen.

Zu etwa derselben Zeit starrte Ben fassungslos auf den Monitor von Blaubarts Laptop. »Das ist ein Scherz, oder?«

»Kann ich mir nicht vorstellen. Wie du weißt, war der Rechner außergewöhnlich gut passwortgeschützt. Pech für die Peretz. Wenn sie geahnt hätte, was wir finden, hätte sie wohl den Teufel getan, ihn zu entsperren. Dank ihrer Arroganz hat die Dame allerdings den Irrtum ihres Lebens begangen.« Tobias konnte den Triumph nicht aus seiner Stimme heraushalten.

Ben bremste ihn. »Du meinst, du hättest es *doch nicht* allein geschafft, das Ding zu hacken?«

»Keine Ahnung«, blieb der Techniker ehrlich.

»Jedenfalls hat sie Blaubart gewaltig unterschätzt. Hinterfotzig bis ins Grab sein konnte der auch, und wie.«

Dem war angesichts dieses schier unglaublichen Word-Dokuments nichts hinzuzufügen.

Es war kurz vor acht.

Vor einer halben Stunde hatte der ITler aufgeregt angerufen. »Komm sofort. Ich hab was. Gelinde gesagt eine Bombe, gegen die die russische Zar von 1961 ein Lercherlschas ist.«

Die Dusche war kurz ausgefallen, das Frühstück ganz, weshalb Ben den Weg von seiner Wohnung ins Büro in

20 Minuten geschafft – und die Eile keine Sekunde lang bereut hatte. Angesichts dessen, was da zu lesen stand, schien Tobias' Vergleich mit der bislang stärksten Explosion aller Zeiten wahrlich nicht übertrieben.

Ben mahnte zur Vorsicht. »Nur zur Sicherheit, damit wir jetzt bloß nichts falsch machen … Kann es wirklich von keinem anderen als Janus Blaubart stammen?«

Entschieden schüttelte Tobias seinen Kopf. »Hundertprozentig ist es natürlich nie, aber bei *der* Firewall und *dem* Inhalt kommt aus meiner Sicht niemand sonst infrage.«

Die enorme Tragweite ihres Fundes wollte erst einmal sacken. Ben trat ans Fenster und sah hinüber zur weißen Pöstlingberg-Kirche, deren Doppeltürme im ersten Morgenlicht glänzten. Ihm war danach, sich die Haare zu raufen, stattdessen nahm er einige tiefe Atemzüge und dann zwei Schlucke des inzwischen kalten Kaffees in seiner Hand.

»Na dann. In einer halben Stunde Elefantenrunde bei uns. Und wir lassen die Peretz noch mal vorführen. Das wird ein interessantes Gespräch. Oder sollen wir diesmal besser sagen: Verhör?«

Christian Franz, der den beiden in der Tür lehnend zugehört hatte, blieb ruhig. »Gut. Mal sehen, was die Verdächtige dazu sagt. Ich gehe gleich zur Staatsanwältin. Keine Ahnung, ob das Dokument als Beweis reicht. Wäre auf jeden Fall gut, es noch zu untermauern.« Schon beim Umdrehen entkam ihm ein leiser Fluch. »Was für ein unglaublicher Sumpf.«

Auch den Chefinspektor ließ der Fall also alles andere als kalt.

Diesmal war es nicht so leicht gewesen, die Sicherheitsexpertin nach Linz zu bewegen. Sie hatte sich schlichtweg geweigert und wurde drei Stunden später mittels Streifen-wagen gebracht. So wie tags zuvor wirkte sie nach außen hin unbeeindruckt, doch Ben entging das Flackern in ihren Augen nicht. Sie hatte keine Ahnung, was sie erwartete.

»Frau Peretz«, begrüßte er sie schwungvoll, »wer hätte gedacht, dass wir uns so schnell wiedersehen!«

Sie blieb ungerührt. »Das Vergnügen ist allein auf Ihrer Seite. Weshalb bin ich hier?«

»Nun ja, dank Ihrer Mithilfe haben sich neue Aspekte ergeben.«

Nachdenklich zupfte sie an ihrem schwarzen Rollkra-genpulli, den sie heute zu Jeans trug. »Janus' Computer war also aufschlussreich.«

»Durchaus.«

Binnen Millisekunden wechselte ihr Mienenspiel von neutral zu alarmiert. »Ich dachte mir schon, dass es nicht um ein Kaffeekränzchen geht. Wäre es für mich besser gewesen, ich hätte Herrn Kofler gestern nicht geholfen?«

Ben schwieg.

Sie nicht. »Janus, der kleine Mistkerl, hat also ein Eas-ter Egg versteckt.«

Schlaues Mädchen. Dem er gleich darauf eine Kopie von Blaubarts Geständnis vorlegte. »Frau Peretz, ich möchte, dass Sie das lesen und uns danach bitte eine klare Antwort geben. Ist das, was Blaubart zugibt, wahr?«

Mit schlagartig versteinertem Gesicht sah sie Ben an. In ihren wachen Augen stand schon jetzt eine Erkennt-nis: Blaubart hat dich reingelegt, Anais, und zwar so rich-tig. Rache, wem Rache gebührt.

Sichtlich widerwillig wandte sie sich dem Ausdruck zu.

Mein Geständnis

Ihr wisst, dass ich mich umgebracht habe.

Nun sage ich euch, warum.

Ich will, dass ihr gut von mir denkt. Ich bin ein ehrlicher Mensch, vielleicht hin und wieder ein Idiot, aber kein Lügner. Ich wurde zu einem gemacht. Es tut mir mehr leid, als ich sagen kann.

Es war so: Louisa hat mich mit einem Video erpresst. Es zeigt, wie ich sie bei einem Streit schlage und unter Wasser drücke. Ihr müsst mir eines glauben: Ich war wütend, wollte ihr wehtun, ja, aber sie ganz sicher nicht umbringen. Auf dem Video sieht es aber so aus, und das wusste sie. Sie hat mir die Hölle heiß gemacht, zwang mich zur Verlobung. Mann, sie war so verblendet. Und ich so angepisst, wollte, dass sie aufhört mit dem ganzen Scheiß und mich für immer in Ruhe lässt.

Ich erzählte das Problem einer guten Freundin. Ihr Name ist Anais Peretz. Sie bot mir an zu helfen und meinte, eine Erpresserin wie Louisa würde nur eine Sprache verstehen: selbst erpresst zu werden. Wir lockten Louisa in unser Haus am Wolfgangsee. Dort hackte Anais ihren Herzschrittmacher. Sie kennt sich nämlich mit solchen Sachen aus. Die Idee war, Louisa eine Höllenangst einzujagen und ihr zu verklickern, dass sie sich ein für alle Mal schleichen soll, sonst könnte es jederzeit wieder passieren. Doch dann blieb plötzlich ihr Herz stehen und sie war tot. Weil ich es zugelassen habe. Es ist meine Schuld. Der ganze Plan war Scheiße.

Ich bin so ein Arsch. Zweimal ist ein Mensch wegen

mir gestorben. Zuerst Tamara, meine Physio. Von
der wollte ich gar nichts außer einer schnellen
Nummer. Als ich ihr das sagte, fuhr sie fix und fer-
tig von mir weg und baute einen tödlichen Unfall.
Und dann Louisa.
Ich bereue meine Fehler sehr, das kann ich euch
sagen. Und ich bereue es, mich mit Anais eingelas-
sen zu haben. Sie ist eine alte, kranke Bitch.
Im Endeffekt ist es so: Jeder muss für das, was er
tut, geradestehen.
Ich möchte mit alldem nicht mehr leben.
Was Anais tut, muss sie selbst entscheiden.
Verzeiht mir und denkt bitte gut von mir.

Anais Peretz war beim Lesen blasser und blasser geworden und rang sichtlich um Haltung. Erst nach einer gefühlten Ewigkeit legte sie betont ruhig das Blatt Papier mit der beschriebenen Seite nach unten auf den Tisch. »Das ist kompletter Bullshit, der totale Fake. Dieses so genannte *Geständnis* stammt nicht von Janus. Jedes Wort ist falsch.«

Geräuschvoll atmete Ben aus. »Tatsächlich? Sagten Sie nicht, dass dieser Computer optimal geschützt war und niemand außer Janus und Ihnen ihn hätte benützen können?«

»Das ist richtig.«

»Wieso sollte Janus lügen? In unseren Ohren klingt das alles sehr schlüssig. Das Video existiert also doch, Janus hat es gesehen und die von der Dobrev geforderten Konsequenzen gezogen. Mit seinem Selbstmord sogar mehr als das.«

Es gelang ihr nicht länger, Ruhe zu bewahren. Ihre flache Hand landete knallend auf dem Tisch. »Ben, um Himmels willen, nichts davon ist wahr. Glauben Sie ernsthaft, ich hätte auch nur im Entferntesten daran gedacht, Janus bei so etwas Abgedrehtem zu helfen? Das wäre doch viel zu riskant für mich gewesen. Seine Firewall und die Cloud abzusichern, ja, aber einen Herzschrittmacher zu manipulieren, um jemandem Angst zu machen, ist doch vollkommen hirnrissig und dilettantisch, das muss Ihnen doch der gesunde Menschenverstand sagen. Sehen Sie denn nicht, was hier passiert? Da trickst jemand gewaltig herum und will uns in die Scheiße reiten. Janus hat das nicht geschrieben und er hat sich auch nicht umgebracht, verdammt noch mal, und ich habe mit dem ganzen Hokuspokus hier nicht das Geringste zu tun.«

Es hatte ehrlich geklungen. Doch hier ging es um Anais Peretz' Zukunft, und sie war so clever wie manipulativ, also kämpfte sie mit allen Mitteln, ob mit Worten, Psychologie, Logik oder den Waffen einer Frau.

Auf keinen Fall durfte er sich um den Finger wickeln lassen. »Seien Sie doch vernünftig. Es wäre strafmildernd, wenn Sie alles zugeben würden.«

Sie schnaubte ungläubig. »Nochmals, fürs Protokoll und für alle, die jetzt zuhören. Ich. Habe. Mit. Der. Scheiße. Hier. Nichts. Zu. Tun. Verstanden? Man will mir etwas anhängen, die Frage ist nur, wer. Und da kommen mir sofort einige Kandidaten in den Sinn. Oder Kandidatinnen.«

»Ich stelle also fest, dass Sie alles leugnen und abstreiten, deshalb werde ich Sie in Untersuchungshaft nehmen, bis die Staatsanwältin entschieden hat, wie es weitergeht. Aber …«

In diesem Moment hallten laute Schreie durch den Flur und drangen bis ins Verhörzimmer.

»Scheiße, Scheiße, Scheiße! Das gibt's doch nicht!«

Ben sprang auf und öffnete die Tür. Keine zwei Meter entfernt starrte Tobias Kofler gerade entgeistert auf seinen Laptop.

»Was ist denn los?« Gleich mehrere Kollegen hatten die Köpfe aus ihren Büros gestreckt.

»Dieser verfluchte Vollkoffer …«

Ben ging auf ihn zu und legte ihm beruhigend die Hand auf die Schulter. »Komm runter, was ist passiert?«

Mit dem Kinn deutete der Techniker auf den Bildschirm. »Da, schau selbst. Blaubart hat auch sein Geständnis auf Termin gelegt. Es ist gerade auf Instagram und Twitter online gegangen.« Besorgt lugte er über Bens Schulter. »Ist Frau Peretz sicher? In zehn Minuten wird ihr die halbe Fußballwelt an die Gurgel wollen.«

Die war bestürzt in ihrem Stuhl zusammengesunken. »Egal, was jetzt passiert«, stammelte sie, »ich bin erledigt. Nicht nur in der Branche. Wer auch immer sich da an mir rächen will, hat es perfekt hingekriegt.«

Tränen rollten über ihre Wangen.

Sogar eine Frau wie sie hatte Gefühle.

DIE
NACHMITTAGSBESPRECHUNG

Sakrisch vazwickt.
Beschreibt einen sehr komplizierten Sachverhalt.

Christian Franz fasste die Ereignisse der letzten Stunden zusammen.

»Gut, dass wir Anais Peretz schon in Gewahrsam haben. Das nimmt der Meute im Augenblick den Wind aus den Segeln. Die offizielle Presseerklärung ist raus, bei allen anderen Anfragen berufe ich mich auf die laufenden Ermittlungen. Das sollte uns vorerst einmal Luft verschaffen.«

Es war kurz vor 17 Uhr. Das gesamte Team saß versammelt im Besprechungsraum. Obwohl noch andere Delikte auf dem Tisch lagen, hatte Janus Blaubart wegen der Aktualität und Medienpräsenz absoluten Vorrang.

Christian Franz fuhr fort. »Zumindest stürzen sich alle mehr denn je auf Blaubarts Selbstmord, an dem, zumindest für die Öffentlichkeit, kein Zweifel mehr besteht.«

»Wäre die Peretz nicht so eine teuflische Giftnudel, könnte sie einem fast leidtun«, meinte Helene Almesberger. »Wie soll die je wieder einen Fuß auf den Boden bekommen bei der öffentlichen Vernichtung?«

»Allzu viele Sorgen mache ich mir nicht um die«, hakte Peter Neumüller ein. »Bei dem, was die draufhat, kann sie überall leben. In Israel wird man sie mit Handkuss nehmen, selbst wenn sie wegen Louisa Starenbergs Tod zuvor ins Gefängnis muss. Du kennst die Welt. Morgen gibt's das nächste Thema, und auch jemand wie Blaubart wird irgendwann nur noch eine Randnotiz sein.«

Ben hatte abwesend gelauscht und Tobias Kofler beobachtet, der sichtlich betroffen in seinem Stuhl hing. Hatte sein Kollege Sympathien für seine Branchenkollegin entwickelt? Kaum verwunderlich, war sie doch mit ihrer Expertise genau dessen Kragenweite, wenn auch 20 Jahre älter. Beinahe hätte er das Gesicht verzogen. Besser, er fasste sich an die eigene Nase.

»Anisa Dobrev stellt sich, wie erwartet, dumm, behauptet, von nichts zu wissen und Blaubart auch nie erpresst oder ihm gar ein Video geschickt zu haben, Louisa habe ihr lediglich davon erzählt. Wir überprüfen die Daten. Ihren Rechner. Aber ich bin mir sicher, dass wir nichts entdecken werden. Wenn sie nicht freiwillig redet, können wir sie vergessen.«

»Und auf Blaubarts Computer und Cloud findet sich auch nichts, genauso wenig wie in den Metadaten. Es ist also eher unwahrscheinlich, dass er ein Video auf diese Art und Weise bekommen hat«, ergänzte Tobias Kofler.

Einen Augenblick lang verfiel die Runde in Schweigen.

»Ich möchte noch mal mit Anais Peretz reden«, griff Ben den Faden wieder auf, »es gibt Fragen, die ich ihr noch nicht gestellt habe. Bringt ihr sie bitte nach der Besprechung ins Vernehmungszimmer?«

Auf dem Weg dorthin läutete 20 Minuten später sein Telefon. Als er den Namen am Display erkannte, entfuhr ihm ein »Nicht mein Tag heute«. Ehrlicherweise hatte er sich aber schon viel zu lange vor einem Gespräch mit ihr gedrückt.

»Hallo, Frau Ehrenberger, wie geht es Ihnen?«

Elke Ehrenberger schien geweint zu haben. »Was halten Sie von Blaubarts Geständnis, Herr Gruppeninspektor?«

Ben schluckte, ehe er sein Herz auf die Zunge legte. »Er hat zugegeben, Tamara mies behandelt und in den Tod getrieben zu haben, und alle Schuld auf sich genommen. Für mich ist ihr Tod damit gesühnt. Sehen Sie das anders?«

Sie schniefte. »Nein. Mir ist eine Riesenlast vom Herzen gefallen. Noch mehr als über sein Geständnis freue ich mich allerdings darüber, dass er sein Handeln bereute. Jetzt kann ich hoffentlich endlich Frieden finden und in Ruhe um Tamara trauern.«

Wenigstens eine Person, der Blaubarts Dokument nützte, zumindest im Augenblick. Für Elke Ehrenberger wünschte er sich, dass es auch so blieb.

Ganz kurz hatte er bei sich überlegt, ob *sie* eventuell etwas mit Blaubarts Tod zu tun haben könnte, den Gedanken aber ganz schnell weit weggeschoben. Sein Bauchgefühl bestätigte das, sagte ihm aber auch, dass dieser Drecksfall noch lange nicht abgeschlossen war und sie noch die eine oder andere böse Überraschung erleben würden.

Zum vierten Mal binnen Kurzem saß er Anais Peretz gegenüber.

Der vergangene Tag hatte auch bei ihr Spuren hinterlassen. Ihre Augen wirkten müde, der Gesichtsausdruck allerdings kampfeslustig. Sie war angeschlagen, aber noch längst nicht besiegt.

Ben lag daran, den ganzen Kram noch einmal durchzugehen, also begann er ganz von vorne. »Wie oft waren Sie eigentlich in Ulla Peherstorfers Haus?«

Abgespannt stieß sie die Luft aus. »Nicht oft, und bis auf ein Abendessen rein beruflich. Sie hat ein durchdesigntes Smarthome, also habe ich zum Beispiel ein eigenes Netzwerk für ihre Zugangs-, Kontroll- und Überwachungsgeräte eingerichtet, VPN, die Firewall hochgezogen und noch etlichen anderen Kram. Janus war nur ein einziges Mal anwesend, bei besagtem Abendessen. Im Zuge dessen bat er mich eben auch, seine mobilen Devices sicher zu machen.«

»Kannten Sie ihn schon vorher?«

»Nein. Ulla hat uns dort einander vorgestellt, und das dürfte ein weiterer Grund für ihre Abscheu sein. Danach trafen Janus und ich uns hin und wieder privat. Dass es dieses Foto mit mir im blauen Kleid gibt, ist eher Zufall. Janus feierte einen neuen Sponsorendeal und bat mich zu kommen. Ein Fehler. Ulla hat uns gesehen und sofort die richtigen Schlüsse gezogen.«

»Die Nachbarin, Frau Aigner, behauptet, Sie öfters in Frau Peherstorfers Haus gesehen zu haben, auch in deren Abwesenheit.«

»Das war nur ein einziges Mal der Fall, eben als ich Janus in seinem Versteck besuchte. Zwischen Ulla und der Alten herrschte Krieg. Deshalb war ich auch unbesorgt, dass sie mich sehen könnte, solange sie Janus nicht entdeckte.«

»Sie selbst haben nie mit ihr gesprochen?«

»Nein. Wozu auch?«

Seine nächste Frage war Ben im Laufe der Ermittlungen leider viel zu oft durchgerutscht, insbesondere dummerweise bei Ulla Peherstorfer.

Bei Anais Peretz' Antwort darauf fiel er fast vom Stuhl.

»Ob ich Barnabas Sotek kenne? Natürlich. Bis vor ein paar Monaten hat er als freier Mitarbeiter für mich gearbeitet. Sehr effizient. Sehr diskret. Sehr verschwiegen. Ein talentiertes Muttersöhnchen, außer bei Kryptowährungen. Hat dann aber plötzlich gekündigt und ist nur noch auf Auftrag tätig. Wie kommen Sie jetzt auf den?«

»Wie bitte? Barnabas Sotek war einer Ihrer *Mitarbeiter*? Aber …« Ben durchfuhr es heiß und kalt.

Die Peretz beobachtete ihn scharf. Etwa zehn Sekunden lang. Dann hatte sie die Zusammenhänge begriffen. »Ulla, du verdammte Schickse, jetzt wird mir alles klar!«

Ben war nicht so auf Zack. »Sie glauben …?«

»Ich glaube nicht, ich *weiß*, Herr Gruppeninspektor«, flüsterte sie mit vor Zorn heiserer Stimme. »Jemand in der Liga von Barnabas hatte sicher kein Problem, in Janus' Rechner zu kommen und dort was weiß ich alles anzustellen. Er arbeitet seither für Ulla, nicht wahr? Deshalb die Kündigung. *Daher* kennen Sie ihn.«

»Wenn es so war, wie wahrscheinlich ist es, dass er Spuren hinterlassen hat?«

Ihre zu Fäusten geballten Hände waren Antwort genug. »Sie werden nichts finden. Ulla hat gewonnen. Dieses Mal zumindest. Aber so schnell gebe ich nicht auf.« Wenn Bestimmtheit einen Namen hatte, dann ihren.

»Noch mal zum Mitschreiben, Frau Peretz. Sie glauben also, Ulla Peherstorfer hat Barnabas Sotek vor nicht allzu langer Zeit angeheuert und dazu angestiftet, auf Janus' Rechner zuzugreifen und dort das Geständnis zu verfassen beziehungsweise die Postings einzuplanen? Das hieße ja …«

»Dass alles ein riesengroßer Fake ist, Ben, ja, das heißt es wohl. Weder habe ich Louisas Herzschrittmacher manipuliert, noch hat Janus sich umgebracht. Die Wahrheit sieht ganz anders aus, nur dass Sie keine Chance haben werden, sie zu beweisen.«

In Bens Kopf herrschte Chaos. Er schloss die Augen, um sich zu konzentrieren. »Dass Frau Peherstorfer sich an Ihnen rächen wollte, verstehe ich. Aber warum hätte sie Janus umbringen sollen? Soweit ich verstanden habe, war er ihr Ein und Alles.«

Die Peretz war aufgestanden und rieb sich den Nacken »Meine Güte, Ben, seien Sie doch nicht so naiv. Ulla ist voller Hass, weil Janus seine Finger nicht von mir lassen konnte. Sie hat ihm den Arsch gewischt, und als Dank tritt er sie in ihren. Da geht es um bittere Enttäuschung, Eifersucht, Vertrauensbruch, Lügen, verletzten Stolz. Brauchen Sie noch mehr perfekte Motive?«

»Trotzdem, ich glaube nicht an Mord. Nein, das passt nicht.«

Die Peretz zuckte mit den Schultern. »Denken Sie doch, was Sie wollen. Es ist ohnehin schon egal. Aber es gibt noch zwei Indizien. Janus hat nie, wirklich nie das Wort *Bitch* verwendet. Und auf Twitter war er auch nicht. Er hatte zwar einen Account, aber der wurde ausschließlich von seinem Presseteam befüllt.«

Ben ließ ihre Worte im Raum stehen. Dessen aufgeheizte Luft bereitete ihm mittlerweile leisen Kopfschmerz und verstärkte den Wunsch, am liebsten ganz woanders zu sein, dieses undurchsichtige Hin und Her hinter sich zu lassen.

»Was wollen Sie jetzt tun?« Die Frage kam so leise, dass er sie beinahe überhört hätte.

Abgekämpft drückte Ben sich vom Stuhl hoch. »Das werde ich Ihnen ganz sicher nicht auf die Nase binden. Was wir hier besprochen haben, ist nichts als Theorie. Sie und Frau Peherstorfer machen jedenfalls keine Gefangenen. Mindestens eine von Ihnen beiden lügt, und ich habe den Scheißjob herauszufinden, welche.«

Zurück im Büro pfefferte er fuchsteufelswild die leere Kaffeetasse gegen den Büroschrank. Weil sie aus Hartplastik war, prallte sie daran ab und ihm gegen die Stirn. »Verfickte, verdammte, verfluchte Scheiße noch mal!«

Peter Neumüller hatte ihn interessiert beobachtet. »Warum bist du denn *dermaßen* gut gelaunt?«

»Diese Scheißweiber, eine wie die andere. Ich komm mir zwischen denen vor wie ein Hampelmann.«

»Oder wie eine Marionette«, mein lieber Freund. »Ich habe schon länger das Gefühl, dass sie dich vorführen und immer genau dorthin stellen, wo sie dich haben möchten.«

Ben fasste sich an die schmerzende Stirn. »Glaubst du, sie nerven sich selbst auch so wie mich?«

»Überleg mal, was du übersehen hast. Oder wir …«, überging Neumüller die rhetorische Frage. »Alle bauen Mist. Kennst eh den alten Spruch vom Christian. ›Das perfekte Verbrechen wäre, wenn jemand im Ganzkörperkondom ohne Technik, Grund und Bezug zum Opfer jemanden tötet, natürlich auch ohne Zeugen.‹ Und in diesem Fall trifft nichts davon zu. Also finde den Fehler.«

DER MIESWEG UND SEINE FOLGEN

A Neichtl nochdenga.
Ein wenig in sich gehen und nachdenken.

Zum Glück hatte Ben mit Christian Franz einen Chef, der ihn verstand. Im konkreten Fall sogar sehr gut. Dennoch ersparte er ihm nicht seinen berüchtigten schwarzen Humor. »Reagier dich ab, aber fall nicht in den See. Ich bin durch mit Wasserleichen.«

Es war November, neblig, nass und kalt. Nicht unbedingt das beste Wetter für den Miesweg. Dennoch, schon allein wegen des Namens, Bens erste Wahl für diesen Morgen mit sich selbst. Durch Stahlseile gesichert, führte der schmale Steig nur wenige Meter neben dem See direkt am Fuße des Traunsteins entlang und zeitweise auf schmalen Holzstegen sogar darüber, setzte Schwindelfreiheit und Trittsicherheit voraus.

Die wilde Landschaft war genau nach Bens Geschmack, jeder Schritt es wert, schon um fünf Uhr früh aus den Federn gekrochen zu sein.

Wie stets beruhigte die Natur seine aufgewühlten Gedanken, griff die mystische Stimmung nach ihm und drängte zur Seite, was ihn in den letzten Tagen und Wochen beherrscht hatte. Während des Rundweges hielt er immer wieder an, um tief durchzuatmen, die Stille zu genießen und erst recht die Einsamkeit. Er setzte sich auf eine Beng, eine der Bänke zum Ausrasten, und trank ein wenig Wasser. Hunger verspürte er keinen.

Sobald sein Kopf frei war, hatte er Platz für das, was sonst verschüttet im Unterbewusstsein lauerte. Zaghaft schoben sich Bilder heran. Ben ließ sie zu und genoss dabei die Morgensonne, die zögerlich den Nebel durchdrang und den See in weiches Licht tauchte. Kein Lufthauch störte die wie blank geputzte Oberfläche.

Blank geputzt?

Wie hatte er nur so vernagelt sein können? Nicht zum ersten Mal hatte er das allzu Offensichtliche übersehen, diese Ungereimtheit, die nicht passte und zumindest eine Erklärung verlangte. Oder vielleicht sogar eine war.

Mit einem Mal voll motiviert zückte er sein Smartphone, das Gott sei Dank zwei Striche Empfang anzeigte.

Der erste Anruf galt dem Büro. Peter Neumüller klang spöttisch. »Klar halte ich die Stellung, Alter. Sollte sich was tun, melde ich mich. Die Peretz bleibt vorerst in unserem Gewahrsam und meutert nur sanft dagegen. Es geht wild zu nach Blaubarts Geständnis.«

Sicherheitshalber hatte Ben sich heute sämtliche Medien erspart und sie auch nicht vermisst.

Das zweite Telefonat ging nach Bad Ischl. »Marie, hast du am Nachmittag Zeit? Ich könnte dein schlaues Köpfchen gebrauchen!«

Schon wieder das Weißenbachtal, schon wieder Unterach. Bei der Frequenz, mit der er sie momentan fuhr, ging ihm sogar die wunderschöne Strecke schön langsam auf den Geist. Hoffentlich warteten an deren Ende ein paar klärende Antworten.

Am Telefon war er Ulla Peherstorfer gegenüber vage

geblieben. Zum Glück hatte sie zugestimmt, ihn am Abend zu treffen. Bis dahin hatte auch er noch etwas anderes vor.

Inzwischen, es war halb drei, hatte es aufgeklart, und der Attersee glitzerte in der milchigen Herbstsonne. Sehr zum Vergnügen der letzten unverwüstlichen Segler wehte ein kräftiger Rosenwind, wie immer allerdings hier im südlicheren Teil deutlich schwächer als im Norden.

Der im Sommer so zauberhafte Ort lag da wie ausgestorben, viele der Geschäfte und Läden hatten geschlossen. Lediglich im Supermarkt brannte Licht, Kunden waren jedoch keine zu sehen. Ben kaufte sich ein Weckerl mit Schinken, zwei Bananen und einige Tageszeitungen. Auf sämtlichen Titelseiten prangte Janus Blaubarts Konterfei. Auf manchen auch eines von Anais.

Er parkte vor dem kleinen Park mit der Statue von Gustav Klimt. Von dort waren es nur ein paar Meter die Jeritzastraße entlang bis zum Haus von Ulla Peherstorfer. Hungrig machte er sich zunächst über seine Einkäufe und danach über die Lektüre her, die, je nach Blattlinie, von reißerisch bis analytisch ausfiel. Im Grunde allerdings stand in allen Artikeln dasselbe.

Die Sonne war bereits am Untergehen, als neben ihm ein schwarzer Kombi anhielt, aus dem ein hübscher Lockenkopf ausstieg und ihm zuwinkte. Sekunden später ließ Marie sich auf den Beifahrersitz fallen und musterte gierig das halb aufgegessene Schinkenflesserl auf der Mittelablage. Wie typisch für sie! Schon immer hatte sie von seinem Essen kosten wollen und es nicht selten gleich ganz vernichtet.

»Nimm's dir, ich kann eh nicht mehr«, grinste er. »Betrachte es als Fahrtkostenzuschuss. Danke, dass du gekommen bist.«

Sie hatte einen dermaßen großen Bissen genommen,

dass sie würgte. »Verzeih, aber Essen stand heute noch nicht im Terminkalender. Und kein Thema, so spannend, wie du es am Telefon gemacht hast.«

Mit großen Hundeaugen starrte sie auf die zweite Banane und schob gespielt kokett die Unterlippe vor. Wenig später war auch die in ihrem Mund verschwunden. Sie langte in ihre Handtasche und fischte einen zerquetschten Müsliriegel heraus. »Nachspeise gefällig?«

Kurz danach senkte sich Schweigen über die beiden. Das Geplänkel war vorbei.

Marie gab als Erste auf. »Also, raus mit der Sprache. Warum bin ich hier?«

Ein letzter Lichtstrahl brachte ihre grünen Augen zum Leuchten. Hübsch, doch jetzt war Konzentration gefragt.

»Du bist Notärztin und hast einen Blick für Situationen. Sag mir also bitte, was du von dem hältst, was mir leider erst vorhin am Miesweg bewusst geworden ist.«

»Okay.« Von einer Sekunde zur nächsten war sie ganz Profi.

»Ich habe dir doch von Janus Blaubarts versifftem Apartment im Haus von Ulla Peherstorfer erzählt. Die Putzfrau fehlte seit Wochen, und für Blaubarts Fähigkeiten als Hausmann ist unterirdisch noch untertrieben. Alles war dreckig, verklebt, unaufgeräumt, die Küche ein Albtraum. Aber weißt du was, Marie? Die Badewanne war blitzblank, roch sogar noch nach Scheuermittel. Blaubart war aber gerade drin, als die Peretz kam, das hat sie uns bestätigt. Sie hatten dort Sex. Kannst du dir vorstellen, dass er, nachdem sie ihn mit seiner Bitte um Hilfe knallhart im Stich gelassen hatte, die Wanne schrubbte?«

Marie prustete los. »Frustputzen? Blaubart? Du machst Scherze.«

»Das denke ich auch. Es passt nicht. Aber was heißt das jetzt?«

»Na logisch. Jemand anders war es. Die Frage ist nur, wer, wann und warum. Und so wie ich dich kenne, hast du eine Hypothese.«

Über dem See formierten sich immer mehr Nebelschwaden. Der Wind war eingeschlafen, und es wurde jetzt rasch dunkel. Ben hatte so geparkt, dass sie die Einfahrt von Ulla Peherstorfers Haus voll im Blick hatten.

»Na ja, wann reinigt man denn einen Ort gründlich?«, ging Ben das Thema Schritt für Schritt an.

»Normalerweise, wenn es einen graust, in deinem Fall, weil jemand eventuell Spuren verwischen will.«

»Genau meine Denke, Schlaumeier. Die nächste Frage, die sich damit auftut: *welche* Spuren?«

Marie ahnte schon, worauf er hinauswollte. »Moment mal, glaubst du wirklich, Janus Blaubart ist nicht an der Schwarzen Brücke gestorben, sondern in seiner Badewanne?«

»Yep.«

»Ach du Schande. Doch Mord?«

»Nicht zwingend. Aber gut möglich.«

»Und wer soll das gewesen sein?«

Ben versuchte, in Worte zu fassen, was ihm seit Stunden im Kopf herumging.

»Zur Auswahl stehen: Anais Peretz, was ich aber nicht glaube. Die war zwar da, hatte aber keinen Grund. Ulla Peherstorfer? Auch nicht wirklich. Ihr Alibi scheint bombenfest. Sie befand sich zu dem Zeitpunkt, als die Peretz im Haus war, nachweislich in München. Das haben wir überprüft. Bleibt also der oder die große Unbekannte.«

»Und wie soll der oder die ins Haus gekommen sein?«

»Unbekannt nur für uns, nicht unbedingt für Janus.«

»Vielleicht solltest du noch mal mit der schrulligen Katzenfreundin reden. Möglicherweise hat die doch mehr gesehen, als sie zugibt.«

Ben verdrehte die Augen. »Wenn, dann mit Ganzkörper-Schutzanzug. Ein harter Knochen wie sie gibt nur zu, was ihr gerade in den Kram passt.«

»Schlag sie mit ihren eigenen Waffen. Bring ihr einen Berg Katzenfutter aus dem Supermarkt. Wetten, dass sie dich dann furchtbar liebhat?«

»Oder rausschmeißt. Die ist nur zu ihren Bedingungen bestechlich.«

»Einen Versuch ist es wert.«

In diesem Moment tauchten Scheinwerfer im Rückspiegel auf. Unwillkürlich beugte Ben sich über Marie, sodass es aussah, als würden sie sich küssen, ein Liebespärchen beim Schäferstündchen. Langsam rollte Ulla Peherstorfers grauer SUV an ihnen vorbei und wenig später in ihre Auffahrt. Zum Glück war Ben heute mit seinem Privatauto unterwegs. Sie kannte es genauso wenig wie Maries.

Weil es sich gerade vor ihrem Mund befand, flüsterte Marie in Bens Ohr. »Ich habe den Müsliriegel schon hinuntergeschluckt, du kriegst ihn nicht mehr.«

Das Lachen kam aus dem Nichts, dafür so heftig, dass es sie beide schüttelte. Volles Rohr. Minutenlang. Und es tat gut, richtig gut. Erst viel später wischte Ben sich die Tränen aus den Augen. »Mann, Mädel, ich glaube, das war dringend notwendig.«

Auch Marie war leichter ums Herz. »Ehrlich gesagt ist bei mir gerade ganz viel Druck abgefallen. Vielleicht sollten wir damit beginnen, noch viel schonungsloser ehrlich miteinander zu sein. Das war wohl unser größter

Fehler damals. Wenn es zwischen uns eine unbeschwerte Freundschaft geben soll, dann ist das der Ansatz.«

Sie hatte recht, wenngleich ihm klar war, dass das nur funktionieren konnte, wenn die romantischen Gefühle weg waren, sonst war erneute Verletzung vorprogrammiert. Das Problem dabei: Er war sich nicht im Klaren darüber, was er wirklich für sie empfand, oder vielmehr – wollte es nicht wissen. Feigling, schalt er sich, auch da wirst du hinschauen müssen. Nach diesem vermaledeiten Fall. Als Erstes.

Aus den Augenwinkeln sah er eine getigerte Katze über die Straße huschen und am Grundstück der Peherstorfer verschwinden. Wahrscheinlich die eine, die der alten Aignerin so gerne davonlief. Wie hieß sie doch gleich?

Egal. Er hatte andere Sorgen. »Weiter im Text, Marie. Wie kann man in einer Badewanne sterben?«

Marie war ganz in ihrem Element. »Ausrutschen. Ertrinken. Ertränkt werden. Ein Föhn, aber da fällt der FI-Schalter. Herzinfarkt.«

»Dass er ausgerutscht ist oder unter Wasser gedrückt wurde, können wir ausschließen. An Blaubarts Leiche wurden bei der Obduktion keine Druckstellen oder Verletzungen festgestellt. Auch keine Betäubungsmittel im Blut, außer Alkohol. Lediglich Ellenbogen und Knie waren vom Schleifen über den Seegrund abgeschabt. Post mortem. Und er war Fußballer, es gab kleine ältere Verletzungen, insbesondere am Kopf und an den Füßen.«

»Plötzlicher Herztod?«, versuchte Marie es weiter. »War da nicht der Fall von diesem dänischen Fußballer bei einer Europameisterschaft, der am Platz einfach umgefallen ist? Der hat aber überlebt, weil sofort Hilfe da war.«

»Nein, auch das hat der Gerichtsmediziner festgestellt.

Das Herz war es nicht und auch kein Stromstoß. Blaubart hatte Wasser in der Lunge. Nicht viel, aber doch genügend, um die Diagnose Ertrinken zu rechtfertigen.«

»Badewannenwasser ist anders als Seewasser, enthält Partikel, Seife, Schaum oder Ähnliches. Vielleicht lässt sich das überprüfen.«

Ben nickte zustimmend. »Das machen wir auch ganz sicher. Aber mit Wasser in der Lunge heißt das, er ist auf jeden Fall ertrunken, oder?«

»Ja, definitiv. Die Frage ist nur, ob durch Fremdverschulden oder doch von allein.«

»Wie denn? Da müsste er plötzlich ohnmächtig geworden sein. Aber wovon? Es gibt keine Anzeichen. Kann man sich selbst umbringen, indem man freiwillig lange genug unter Wasser bleibt?«

Marie verneinte. »Schau, es ist so: Kleine Kinder können unter Wasser ihren noch zu schweren Kopf nicht mehr heben und hören reflexartig auf zu atmen. Deshalb sage ich allen Eltern: nie allein lassen. Ein Erwachsener, der zum Beispiel in der Wanne einschläft und untertaucht, wird sofort wieder wach. Manchmal verfällt er in Panik, zum Beispiel wenn er an der glatten Oberfläche keinen Halt mehr bekommt oder sich die Gliedmaßen versperren, etwa wenn der Körper auf beiden Armen liegt und er sich nirgends festhalten kann. Ist schon vorgekommen, dass jemand vor lauter Entsetzen nicht auf das Naheliegende gekommen ist: sich einfach umzudrehen.«

Kurz hielt sie inne, weil zu viele Möglichkeiten gleichzeitig durch ihren Kopf schossen.

»Selbstmörder schneiden sich zusätzlich die Pulsadern auf, um bewusstlos zu werden. Was noch? Du sagst, es war Alkohol im Spiel? Wenn man im Bad bewusstlos wird, sinkt der Körper unter Wasser, die Atmung setzt ein und man atmet es in die Lungen. Das wäre eventuell eine Möglichkeit und geht auch bei anderen Rauschmitteln. Whitney Houston ist so gestorben. Die Wanne muss nur groß genug sein. Ist sie das?«

Ben versuchte sich zu erinnern. »Eher nicht. Das Bad ist generell klein.« Frustriert schabte er mit den Fingern übers Lenkrad. »Also *doch* Fremdverschulden, ohne dass es Spuren gibt?«

»Warte mal, Ben«, unterbrach Marie ihn und hob den Zeigefinger. »Da kommt mir gerade eine ganz abgedrehte Geschichte in den Sinn. Während des Studiums hat eine Kommilitonin eine Arbeit dazu verfasst.«

»Lass hören. Ich nehme jeden Strohhalm.«

Vor lauter Nachdenken lag ihre Stirn in tiefen Falten. »Verdammt, wie hieß das noch mal? So ein komischer Name … genau … der Hering-Nasenschleimhaut-Reflex!«

»Der *was*, bitte? Ist er an einem Fisch erstickt?«

»Quatsch, hör zu. Das ist eigentlich das perfekte Verbrechen. Anfang des letzten Jahrhunderts gab es diesen Badezimmermörder. Ein Erbschleicher, dessen Frauen alle tot mit dem Kopf unter Wasser in der Wanne gefunden wurden. Sah immer so aus wie ein epileptischer Anfall. Die Leichen lagen am Rücken, die Beine ragten heraus. Wenn man nämlich eine Person sehr schnell an den Beinen unter Wasser zieht, dann gibt es zwar keine Verletzungen, aber sie wird im Reflex sofort bewusstlos, sobald das Wasser auf die Nasenschleimhaut trifft. Man spricht dann von einem reflektorischen Fremdverschulden – also Mord.«

Das musste Ben erst einmal verdauen. »Großartig. Für wie wahrscheinlich hältst du das?«

»Warum nicht, wenn jemand darüber Bescheid weiß?«

In diesem Moment fiel helles Licht auf Maries Gesicht. Die automatische Außenbeleuchtung bei der Peherstorfer war angesprungen. Erst jetzt bemerkte Ben, dass während der ganzen letzten Stunde kein weiteres Auto vorbeigefahren und auch kein einziger Fußgänger zu sehen gewesen war.

Die unverkennbar schlanke Silhouette der Unternehmerin erschien, angetan mit einer hellen Daunenjacke. Allerdings stieg sie nicht ins Auto, sondern überquerte mit vorsichtigen Schritten die schmale Straße. Bei genauerem Hinsehen entdeckte er eine Katze in ihren Armen.

Und dann erlebte er die nächste der zahlreichen Überraschungen, die dieser Fall zu bieten hatte.

Die Aignerin erschien am Zaun. Wenn Ben ein missmutiges, unfreundliches Gesicht erwartet hatte, so täuschte er sich gewaltig. Sie lächelte breit, nahm Ulla Peherstorfer die Katze aus den Armen und setzte sie sorgsam ab. Als Nächstes folgte kein dankbares Nicken oder ein Händedruck, sondern eine Umarmung.

»Hass sieht aber eigentlich ganz anders aus, oder?«, fasste Marie das Schauspiel konsterniert zusammen.

Auch Ben war verdattert. »Zwick mich, bitte. Was geht da jetzt wieder ab?«

Irgendwie fehlte ihm der Mittelteil. Die Frage war, wer ihm möglicherweise mit Hintergrundwissen aushelfen könnte. Rasch kam ihm eine Idee.

»Ich muss nachdenken und mir die Beine vertreten, deshalb drehe ich jetzt eine kleine Runde und werde dabei nicht ganz zufällig am Polizeiposten vorbeikommen. Die Jungs sind von hier und kennen ihre Pappenheimer.«

»Und ich kümmere mich um weniger tiefschürfende Dinge wie meine Abrechnungen. Filo fehlt mir hinten und vorne. Aber sie braucht noch ein wenig, bis sie wieder fit ist.« Beim Gedanken an ihre Sprechstundenhilfe schwappte kurz Unmut darüber hoch, dass es dieses Geheimnis zwischen den beiden gab. Resolut schob sie ihn zur Seite und beschloss, Ben auch nichts von ihrem Gespräch mit Laura Danklmayr über Filos Sohn Justus zu erzählen. Im Augenblick war er mit seinen Gedanken einfach ganz woanders.

Sie verabschiedeten sich mit einem vorsichtigen Lächeln und machten sich auf den Weg.

Den diensthabenden Kollegen hatte er noch nie gesehen, einen rundlichen Endfünfziger mit grauer Halbglatze und Hängebäckchen unter wachen Augen, der genau wusste, wer Ben war.

»Griaß Gott, Kollege. Ich bin der Franz Mairinger, den Rang schenke ich Ihnen«, begrüßte er ihn jovial und öffnete die Sicherheitsschleuse. »Kaffee? Ist gerade frisch fertig, dann kann man ihn auch trinken. Nach einer halben Stunde kriegst davon a Füzpappn wie nach einem Rausch.«

Ben wagte es, schon deshalb, um höflich zu sein. Ihm war klar, dass dieses Gespräch ein Geben und Nehmen sein würde. Der Polizist war nicht weniger neugierig als er.

Und so kam es auch. In knappen Worten und ohne viel zu verraten, schilderte er den Ermittlungsstand und verstummte schließlich, um seinem Gegenüber zu verklickern, dass jetzt er dran war.

Der nickte. »Also, was brauchen S'?«

»Die alte Frau Aigner vorne in der Jeritzastraße. Die den Janus Blaubart gemeldet hat. Was wissen Sie von der?«

Der Kollege blieb erst. »Die Ernestine? Kenn ich schon lange. Viele halten sie für durchgeknallt, aber sie ist blitzg'scheit. Unterschätzen darf man sie nicht.«

Das deckte sich vollkommen mit Bens Einschätzung. »Kommt sie öfters mal mit Anzeigen?«

»Iwo, nie. Das mit dem Blaubart hat mich echt gewundert. Noch dazu, wo sie sogar zweimal da war. »So ist sie sonst nicht, hält sich lieber zurück. Man sieht sie kaum noch im Dorf.«

»Die Alte musste einen triftigen Grund dafür gehabt haben, Blaubart auffliegen zu lassen. Mit der Meldung hat sie Frau Peherstorfer ziemlich in Schwierigkeiten gebracht.«

»Das stimmt. Umso erstaunter war ich auch.«

»Könnte es eine Racheaktion gewesen sein? Immerhin hat sie jetzt ein Monster von Villa direkt vor ihrer Nase und keine Aussicht mehr. Gehört habe ich schon irgendwo, dass sich die beiden Frauen nicht grün sind.«

Bei dem mehr als verblüfften Ausdruck im feisten Gesicht des Mannes ahnte Ben, dass die Umarmung der beiden Frauen vorhin kein Zufall gewesen war.

»Wo haben Sie denn *das* her?«

»Von ihr selbst. Sie hat es mir gesagt, als ich zur Befragung da war.«

»Sie ist echt eine«, grinste der Kollege, »irgendwie mochte ich sie schon immer. Hat alle am Häckel und vor nichts und niemandem Respekt. Von der sollte ich mir eine Scheibe abschneiden. Lässt alle glauben, was sie wollen, und zieht ihr Ding durch.«

Verwirrt wartete Ben, bis der Kollege fortfuhr.

Franz Mairinger lächelte. »Sie hat ganz sicher *nicht das Geringste* dagegen gehabt, dass Frau Peherstorfer dort baut. Ernestine hat ihr das Grundstück zu einem guten Preis verkauft, wie man hört, und ist ihre Ziehmutter. Ulla hat als Kind viel Zeit bei ihr verbracht, weil ihr Vater, der alte Ulf, andauernd unterwegs war und ihre leibliche Mutter früh gestorben ist. Viele im Ort wissen das nicht, aber ich schon, weil Ulla und ich gleich alt sind und zusammen auf der Dorfschule waren. Mit zehn ist sie dann aufs Internat.«

Ben hockte da wie vom Donner gerührt. Schwieg minutenlang, während die Gedanken in seinem Kopf Samba tanzten. Nur mühsam fand er Worte.

»Die hat mich wirklich nichts als verarscht. Tschuldigung, Kollege, aber ich muss jetzt hier raus. Danke für das Gespräch. Man kann durchaus behaupten, dass es aufschlussreich war.«

»Willkommen in Unterach, wo immer etwas los ist!«, tippte Franz Mairinger sich grüßend an die Stirn.

DIE KATZENFRAU

An ins Pfandl hau'n.
Jemanden verraten.

Als Ben auf die nasse Straße trat, hatte er einen furchtbar schlechten Geschmack im Mund. Ob vom bitteren Kaffee oder dem soeben Gehörten war letztlich egal.

Zurück im Auto schaffte er es nicht, loszufahren. Wie paralysiert starrte er hinüber zu den Häusern der beiden Frauen. Mutter und Ziehtochter. Beide voller Lügen und Geheimnisse. Mit ihm als Ping-Pong-Ball dazwischen.

Schon wieder fühlte er sich zutiefst zum Narren gehalten und hatte keine Lust mehr, den ganzen Mist auch nur noch eine Sekunde länger mitzumachen.

Kurz entschlossen stieg er wieder aus und klopfte wenig später heftig an die Haustür von Ernestine Aigner.

Es dauerte, bis die Hausherrin in der Tür erschien und ihren späten Gast mit einem lauernden Blick begrüßte. »Was wolln S' denn? Wissen Sie, wie spät es ist?«

Ben fiel im wahrsten Sinne des Wortes mit der Tür ins Haus. »Ich kenne die Uhrzeit, Frau Aigner. Warum haben Sie mich angelogen und behauptet, Sie und Frau Peherstorfer seien sich spinnefeind?«

Erst jetzt bemerkte Ben ihren grelltürkisen, leicht changierenden Pyjama. Die Farbe war aber auch das einzig Fröhliche an der Frau. »Wieso gelogen? Was kann ich dafür, wenn Sie die falschen Schlüsse ziehen?«

Ganz unrecht hatte sie nicht. Sie hatte nur Fakten geschildert, auch wenn der Ton die Musik machte. Vom Schatten, den das Haus warf, bis zu den Katzen, die dort kackten, wo sie wollten.

»Frau Peherstorfer ist also tatsächlich Ihre Ziehtochter und Ihr Verhältnis zueinander ist gut?«

Mürrisch zuckte sie mit den Schultern. »Ist ja nicht verboten und meine Sache, wem ich das auf die Nase binde. Noch Fragen? Ich brauche meinen Schönheitsschlaf. Hab auch ohne Sie schon genügend Falten.«

Ihr Bett musste noch warten. »Sie haben mir auch nicht erzählt, dass Anais Peretz während Frau Peherstorfers Abwesenheit zu Janus Blaubart ins Haus gegangen ist.«

»Sie meinen die Lady im weißen Protzhobel? Also bitte, die war mir doch völlig egal. Und danach gefragt haben Sie mich ja auch nicht.«

Was schon wieder stimmte.

»Wie war das mit Blaubart? Haben Sie ihn *bevor* oder nachdem die Peretz da war, am Gartenzaun gesehen?«

Seine wichtigste Frage hatte Ben soeben möglichst unauffällig eingestreut.

Sie überlegte nicht lange. »Kurz vorher, eine halbe Stunde oder so. Vielleicht hielt er Ausschau nach ihr. Ich war geschockt und brach gerade zu einem Spaziergang auf, als sie kam. Bei meiner Rückkehr war sie samt ihrer Dreckschleuder schon wieder verschwunden.«

»Und Blaubart?«

»Von dem gab es keine Spur. Ich drehte mir einen Joint und dachte weiter darüber nach, was ich tun sollte. Die halbe Welt suchte nach ihm, und ausgerechnet ich wusste, wo er war. Natürlich wollte ich Ulla keine Schwierigkeiten machen und rief sie an, um sie zu fragen, ob sie eine

Ahnung davon hatte, dass der Kerl sich in ihrem Haus versteckte. Ich erreichte sie aber nicht.«

»Hatte sie?«

Sie biss sich auf die Unterlippe. »Ja, schon. Kurz darauf kam sie von ihrer Dienstreise zurück und erzählte es
mir bei einem Kaffee. Und ich beichtete ihr im Gegenzug
meinen Verrat. Zum Glück verstand sie mich.«

»Inwiefern?

»Der Joint war alle, und plötzlich sah ich meine
Chance.«

Fügte sich jetzt, was bisher an Ben genagt hatte? Der
Alten war ihre Umgebung doch schnurzegal und ein abge-
tauchter Fußballer erst recht. Ihre Ziehtochter allerdings
nicht. Warum also hatte sie riskiert, sie in die Bredouille
zu bringen, wenn nicht aus einem sehr guten Grund?

»Er verdiente es einfach, verdammt noch mal!« Sie zit-
terte vor Wut. »Vor ein paar Monaten hat dieser *Scheiß-
häuslkaktus* meine Minki überfahren und sie dann eiskalt
am Asphalt liegen lassen. Ist nicht einmal aus seiner Mist-
karre ausgestiegen, während die arme Kreatur verblutete.
Gab einfach Gas. Hätten Sie diesen gewissenlosen Tier-
mörder nicht auch ins offene Messer laufen lassen, sobald
Sie Gelegenheit dazu gehabt hätten?«

Damit war klar, wen sie in ihrem ersten Gespräch mit
»*Rache wird am besten kalt serviert*« gemeint hatte. Nicht
die Peherstorfer, sondern Janus Blaubart.

»Ulla war out, also dachte ich mir, drauf geschissen, und
bin rüber zur Polizei. Nachdem nichts passierte, noch
mal. Und weil die ignoranten Blutzer mich noch immer
nicht ernst nahmen, sah ich es als einen typischen Fall
von ›Leck mich‹, und fragte mich zu Ihrem zuckersüßen
Chef durch.«

Die ganze Zeit über standen sie sich im engen Flur gegenüber. Zu seiner Erleichterung hatte die alte Dame offenbar keine Lust, ihn ins Wohnzimmer zu bitten. Seltsamerweise weckte aber die Katze, die ihren Kopf an seinem rechten Bein rieb, in ihm das Bedürfnis, sie hochzunehmen.

»Seit wann war eigentlich das E-Auto verschwunden?«

»Mann, Sie haben Fragen. Keine Ahnung.« Sie dachte nach, was die Krater in ihrem Gesicht noch mehr vertiefte. »Warten Sie mal, das war nur ein paar Stunden nach dem Abgang der Tusnelda. Ich bin spätabends noch mal raus, und da stand es nicht mehr da.«

Alles, was sie sagte, passte. Und deutete mit Riesenpfeilen auf Anais Peretz als Täterin. Allerdings nur, wenn sich seine Theorie mit der Badewanne bestätigte. Im Grunde war er jetzt zwar schlauer, aber nicht wirklich weiter.

»Dass wir Frau Peretz vorläufig festgenommen haben, wissen Sie?«

»Sicher. Stellen Sie sich vor, sogar ich hab Internet am Handy.«

»Ist es für Sie denkbar, dass Blaubart das alles tatsächlich getan und sich umgebracht hat?«

»Burli, woher soll ich das wissen? Ich kannte den doch nicht. Bin nie drüben bei Ulla, außer sie lädt mich ein, und wenn der Kerl sich breitmachte, galt die Villa ohnehin als Tabuzone. Seit er Minki überfahren hatte, war das auch besser so, sonst hätte ich ihm eine gescheuert, dass er über den halben See gesegelt wäre.«

Es mochte viele geben, die Blaubarts Tod betrauerten, Ernestine Aigner gehörte ganz sicher nicht dazu.

Ben gab auf.

Er verabschiedete sich kurz bei seiner unfreiwilligen

Gastgeberin und ersparte sich den Weg zu Ulla Peherstorfer.

Nicht auf Dauer, nur bis morgen.

Und dann würde er nicht allein kommen.

DAS HAUS

Ob's woa is, is no net g'wiss.
Es steht noch nicht fest, ob eine Gegebenheit auch den Tatsachen entspricht.

»Frau Peherstorfer, wie Sie wissen, haben wir den begründeten Verdacht, dass Frau Peretz mitschuldig ist am Tod von Louisa Starenberg. Auch Janus Blaubarts Rolle bedarf einer gründlichen Überprüfung. Wir werden uns deshalb noch einmal sein Apartment in Ihrem Haus ansehen. Brauchen wir dafür einen offiziellen Beschluss, oder bekommen wir Ihre Zustimmung auch so? Ich darf Sie daran erinnern, dass Sie uns volle Kooperation zugesagt haben.«

Die Drohung stand offen im Raum. Wenn du dich weigerst, würde das sehr merkwürdig aussehen.

Sollte Bens sehr formeller Ton die Unternehmerin irritiert haben, so ließ sie es sich nicht anmerken. »Selbstverständlich habe ich nichts dagegen, allerdings verstehe ich nicht ganz, warum.«

»Danke, dann sind wir heute gegen 14 Uhr bei Ihnen«, ging Ben mit keinem Wort auf ihre Zweifel ein und verschwieg auch, dass sie diesmal nicht nur zu zweit bei ihr aufschlagen würden.

An ihrer Tür läuteten nämlich drei Stunden später vier Personen. Ben, Peter Neumüller und zwei Kolleginnen von der Spurensicherung.

Ulla Peherstorfer war offenbar eben erst aus der Firma gekommen und trug noch ihren Mantel und die Schuhe. »Was soll das?«

Ben hielt sehr bewusst Distanz. »Wir dürfen?«

Das Team schlängelte sich samt Ausrüstung an ihr vorbei. Da Ben den Weg kannte, führte er sie direkt in den Keller, wo die Peherstorfer bereits die Innentür aufgesperrt hatte. Dennoch würden sie später auch den Zaun und den Weg zum Außeneingang überprüfen.

Ziemlich schmähstad folgte ihnen die Unternehmerin. An der Tür hielt Ben sie auf. »Diesmal bitte nicht, gnädige Frau. Wir müssen ungestört arbeiten.« Dass es sich hier um einen möglichen Tatort handelte, verschwieg er lieber. Sollte sie doch ihre eigenen Schlüsse aus all dem Aufwand ziehen.

Zum ersten Mal blitzte Widerwillen in ihren blauen Augen auf, sie hatte sich aber, wie immer, perfekt unter Kontrolle. »Wie Sie wünschen.«

Mit verschränkten Armen lehnte sie sich an den Türstock. Ein klares Zeichen. Du kannst mich verbannen, aber nur bis hierher. Aufmerksam verfolgte sie jede Bewegung des Teams, das sich gerade Schutzanzüge anzog und sorgsam die Wohnung betrat. Bei ihrem ersten Besuch war Ben zwar quer durchgetrampelt und hatte, zum Glück mit Einweghandschuhen, alles Mögliche angefasst, dennoch, sicher war sicher.

Es gab ohnehin nur eine Stelle, die ihn wirklich interessierte: die Badewanne. Und das Drumherum. Genau diesen Bereich steuerten sie umgehend an. Wenn es etwas zu finden gab, dann hier.

Er hatte sich nicht getäuscht. Die Wanne war tatsächlich blitzsauber.

»Wir checken zuerst auf Fußabdrücke, dann auf Spuren, am ehesten Haare, Gewebeteilchen oder Hautpartikel, vielleicht sogar Fingernägel, danach auf Fingerabdrücke. Können wir verdunkeln? Dann nehmen wir Luminol wegen möglicher Blutspritzer.«

Die beiden Forensikerinnen waren absolute Profis. Beim Herumkriechen kamen gleich mehrere kleine Tütchen zum Einsatz. Danach staubten sie die Wanne mit Pulver ein und pinselten.

Ungerührt sah Ben zu. Die Proben würden sofort ins Labor wandern und dort hoffentlich etwas Brauchbares ergeben.

Die Wanne erwies sich leider als unergiebig. »Hier wurde gründlich geputzt«, stellte eine der beiden Forensikerinnen fest. »Wo ist die Flasche mit dem Scheuermittel? Den Fehler machen viele.«

Sie stand im Unterschrank, in den auch das Waschbecken eingelassen war. »Ertappt«, freute sie sich kurz darauf. »Abdrücke von mehreren Personen. Wir brauchen Vergleichsproben von allen Bewohnern. Und der Putzfrau. Hast du die Flasche auch angefasst, Ben?«

»Nein, auch die Wanne nicht. Nur ein paar Dinge am Waschbecken. Aber ich hatte Handschuhe an, und meine Abdrücke habt ihr ja sowieso.«

Auch außen am großen Fenster fanden sich welche, und zwar gleich ein ganzes Set.

Als Nächstes widmeten sie sich dem Gartenzaun mit der schmalen Tür. Sie besaß ein elektronisches Türschloss.

Ben ging zurück ins Haus. »Frau Peherstorfer, sperren Sie uns bitte auf. Und dann brauchen wir noch Ihre Fingerabdrücke.«

Sie sah ihn so erstaunt an, als ob er sie eben gefragt hätte, ob sie ihn heiraten wolle. »Wie bitte?«

»Zum Vergleich. Bitte machen Sie es uns nicht schwerer als nötig.«

Wenn Todesverachtung einen Namen hatte, dann lautete er Ulla Peherstorfer. Dennoch fügte sie sich, öffnete das Schloss mit einer App auf ihrem Handy und streckte ihm dann demonstrativ ihre Finger entgegen.

Das geschlossene Glaszaun-System schützte den Zugang vor neugierigen Blicken und ungebetenen Gästen.

»Ach, wie ich diese Oberfläche liebe«, grinste die Blonde der beiden Kolleginnen und machte sich gut gelaunt ans Werk. Sie konnte nicht verbergen, dass sie ihren Job ausgesprochen gerne ausübte. Und auch sehr gut darin war, wie Ben von früheren Ermittlungen her wusste.

»So prachtvolle Babys«, hörte er als Nächstes, »allerdings viele. Wird aufwendiger, die zuzuordnen.«

Die dunkelhaarige Forensikerin hatte gerade Luminol in Natronlauge mit Wasserstoffperoxid vermengt und war dabei, die Außenjalousien herunterzulassen, um danach die Lösung auf den entsprechenden Flächen zu versprühen. Ben ließ die beiden Frauen im Freien stehen und schlüpfte zu Ulla Peherstorfer ins Innere.

Es wurde stockfinster. Und dann stark bläulich. Soeben katalysierte der Blutfarbstoff Hämoglobin und leuchtete auf. Fachbegriff: Chemolumineszenz. Hier war Blut weggewischt worden, und zwar einiges, direkt an der Tür zur Terrasse. Allerdings, wie meistens, nicht gründlich genug.

Eine halbe Stunde später waren sie fertig.

»Vielen Dank für Ihre Kooperation, Frau Peherstorfer. Wir melden uns«, verabschiedete Ben sich so kurz und knapp wie schon die ganze Zeit über und registrierte, dass es ihm dadurch gleich viel besser ging. Klar war es ein billiger Sieg, aber er hatte genug davon, angeschmiert zu werden, und das durfte die Frau ruhig spüren.

Sie wirkte irritiert. Oder gar beunruhigt? Womöglich aus gutem Grund. Sein Riecher hatte ihn nicht getrogen. In diesem Badezimmer war etwas geschehen. Die Frage war nun: was.

Diesmal fuhr er selbst.

Peter Neumüller hockte am Beifahrersitz und rieb sich das Kinn. »Hoffentlich ist die ganze Aktion nicht trotzdem ein Schuss in den Ofen. Was haben wir von der Ahnung eines Tathergangs, wenn wir nichts beweisen können? He, bleib stehen!«

Soeben fuhren sie am kleinen Supermarkt vorbei. »Ich brauch jetzt eine Käsleberkässemmel. Nein, zwei. Du auch?«

Es war eine in Stein gemeißelte und seit Jahren bekannte Tatsache: Peter Neumüllers Appetit ließ sich durch nichts erschüttern.

LKA LINZ

Es kimmt sowieso olleweil gonz aunders.
Die Dinge geschehen nicht immer so, wie man es sich
ursprünglich gedacht hat.

Am nächsten Morgen, Ben war nach einem Morgenlauf entlang der Donau eben erst ins Büro gekommen, läutete das
Telefon. Der heiß ersehnte Anruf. Das Labor hatte Ergebnisse.

»Wollt ihr auf den vorläufigen Bericht warten oder schnell
vorbeischauen? DNA dauert noch, aber es gibt schon erste
Infos.«

War die Frage ernst gemeint? Noch ehe Ben den Hörer
aufgelegt hatte, machte er sich auf den Weg und bedeutete
Peter Neumüller mitzukommen.

Als sie das Labor betraten, winkte ihnen Maria Ragger, die blonde Kollegin von gestern, zu. »Hierher, meine
Herren.« Sie stand an einem hohen Tisch, der grell ausge-
leuchtet wurde.

»Fangen wir mit den Fingerabdrücken an. Jene am Zaun
gehören eindeutig Janus Blaubart und Ulla Peherstorfer.
Nicht weiter ungewöhnlich. Die auf der Putzflasche sind
schon interessanter. Wir haben sie zwei Personen zuord-
nen können, wahrscheinlich der Putzfrau und … Ulla
Peherstorfer.«

Peter Neumüller und Ben sahen sich an. »Das wird sie
uns erklären müssen. Sie hat doch behauptet, nie im Apartment gewesen zu sein, Privatzone und so.«

»Na ja, ist aber trotzdem dünn, Ben«, blieb Neumüller skeptisch. »Sie könnte sagen, ihm die Flasche geborgt zu haben. Das reicht für gar nichts.«

»Habt ihr keine von Anais Peretz gefunden?«

»Doch. Am Waschtisch. Nichts in der Wanne, aber wie gesagt, da gab's überhaupt keine, die wurde gründlich geputzt.«

Das war nicht das, was Ben hören wollte.

Maria Ragger bemerkte es. »Es wird Sie nicht viel glücklicher machen, dass der Fingersatz an der Außenseite des Badezimmerfensters ebenfalls einer unbekannten Person gehört. Es sieht so aus, als ob sie sich gegen die Scheibe gelehnt hätte. Dort klebte auch ein wenig Speichel, aber wie gesagt, unbekannt, ohne Vergleichsprobe können wir nicht viel sagen.«

Schön langsam sah Ben seine Felle davonschwimmen. »Und was ist mit den Proben, die ihr eingetütet habt?« Er klang verzweifelter, als ihm lieb war.

Maria Ragger blieb entspannt. Sie war frustrierte Kriminalbeamte gewohnt. »Plastik, Gewandfussel, ein abgebrochener Fußnagel. Wir tippen auf Blaubart, aber, wie gesagt, die Untersuchung läuft noch. Allerdings …«

Ben zuckte hoch. »Allerdings was?«

Hatte die Kriminaltechnikerin mit der *frohen* Botschaft bis zum Schluss gewartet?

»Sehen Sie mal. Dieses Haar ist interessant.« Sie hielt es mittels einer Pinzette hoch. »Ich habe Frau Peherstorfer nach ihrer Putzfrau gefragt. Die heißt Zahra, hat lange dunkle Locken und stammt aus Syrien. Frau Peherstorfer ist blond. Anais Peretz hat einen dunklen Bubikopf und Blaubart eine Glatze. Aber dieses hier … ist kurz und rot. Eindeutig gefärbt.«

Ben fragte sich, ob er gerade richtig gehört hatte. Rot? Kurz? Gefärbt? Louisa hatte echte lange rote Haare gehabt, und der rotblonde Barnabas Sotek war garantiert auch nie mit Färbemittel in Berührung gekommen. Aber es gab noch jemanden, der infrage kam und den er bislang nun gar nicht auf der Rechnung gehabt hatte.

»Wo haben Sie es denn gefunden?«

»Am Fußende der frei stehenden Badewanne, hinter einem der Steher. Es wurde zwar geputzt, aber nicht in jeder Ritze. Dort hatte es sich verfangen.«

»Verdammt. Jetzt kriegt das Ding aber noch mal einen ganz anderen Spin!« Ben rang die Hände.

Auch der nächste Satz passte ins nigelnagelneue Bild.

»Und das Blut auf den Fliesen vor der Terrassentür stammt von einem Tier. Ich würde tippen, von einer Katze.«

»Okay«, fasste ein ebenso überraschter Peter Neumüller die aktuelle Lage zusammen. »Wir brauchen dringend Ernestine Aigners Fingerabdrücke. Wird sicher das pure Vergnügen, ihr die abzuluchsen.«

Ben stutzte. »Moment mal. Mit ein wenig Glück geht das auch anders. Augenblick, bleibt bitte alle genau da, wo ihr seid!«

Zwei verwunderte Augenpaare starrten ihm nach, als er eilig durch die Tür verschwand und ein paar Minuten später wieder auftauchte.

»So, du Miststück, diesmal bin ich Sieger. Bitte schön!«

Triumphierend hielt er mit nun behandschuhten Händen ein glitzerndes rosa Katzenhalsband in die Höhe. »Das habe ich versehentlich eingesteckt, als ich das erste Mal bei ihr war. Es befand sich noch in meiner Manteltasche. Wenn es nicht mit dem Teufel zugeht, könnte das Teil uns jetzt wirklich weiterhelfen.«

»Na dann mal her mit dem guten Stück«, gab sich Maria Ragger erfreut und machte sich an die Arbeit. Wenn es etwas zu finden gab, sollte es im Grunde schnell gehen.

Die Forensikerin legte das Halsband auf den Tisch und drehte die Lampe stärker auf. Während sie es näher in Augenschein nahm, redete sie konzentriert mit sich selbst. »Okay, zumindest gibt's schon mal einen Teilabdruck. Dann schauen wir doch mal auf die Unterseite und auf die Schließe. Wäre am naheliegendsten. Aha, da seid ihr ja!«

Sie warf einen zufriedenen Seitenblick auf die beiden Polizisten. »Schaut gut aus. Ich nehme sie jetzt ab, schließe Ihre aus, Ben, und vergleiche. Aber mir wäre es lieb, wenn Sie mich dabei nicht anstarren würden wie eine Schlange das Kaninchen. Darf ich Sie auf einen Kaffee einladen?«

Ben schmunzelte. »Verstanden, wir gehen auf einen Sprung in die Kantine, stehen aber gleich wieder auf der Matte. Das könnte der Durchbruch sein.«

Das »Gleich« entpuppte sich als knapp zehn Minuten, in denen sie sich zur Ruhe gezwungen hatten.

»Und?«, rief er noch in der Tür.

Maria Ragger stand vor einer Wand, an die sie Ausdrucke gepinnt hatte. »Bingo. An der Scheibe befinden sich eindeutig die Abdrücke von Frau Aigner. Haben Sie eine Theorie, wie die dorthin gelangt sind?«

Ben spielte mit. »Ich glaube, dass ihr wieder mal eine ihrer Katzen davongelaufen ist, und zwar in den Garten von Ulla Peherstorfer. Die machen das öfter, ich habe es selbst gesehen. Auf der Suche ist Frau Aigner über die Gartentür in Janus Blaubarts Garten gekommen. Wetten, dass wir auf ihrem Handy die App für das Türschloss finden werden? Dann muss sie das Licht gesehen haben – oder irgendetwas, was sie so fasziniert hat, dass sie ihre Nase an der Scheibe plattgedrückt und sich mit den Fingern abgestützt hat. Die große Frage ist jetzt natürlich, was. Zum Beispiel, Janus Blaubarts Mörder? Blaubart beim Sex? Jemand, der die Wanne mit Scheuermittel putzt? Keine Ahnung. Aber wir werden sie fragen. Könnte das hinkommen?«

Maria Ragger verzog anerkennend den Mund. »Nicht schlecht, Herr Gruppeninspektor. Sie können ihr also nachweisen, *dass* sie dort war. Nicht aber, wann.«

»Nicht unbedingt. Es *muss* jedenfalls in dem Zeitraum gewesen sein, als Blaubart sich versteckte. Zuvor war er laut Ulla Peherstorfer wochenlang nicht da gewesen, sehr wohl aber regelmäßig die Putzfrau. Ich kann mir nicht vorstellen, dass der das entgangen wäre. Mehr als ungewöhnlich ist die Tatsache auf jeden Fall, und ich bin schon sehr gespannt auf die Erklärung.«

»Na dann satteln wir doch die Pferde und reiten los, Cowboy«, rieb Peter Neumüller sich die Hände.

Das ließ Ben sich nicht zweimal sagen.

Auf der Fahrt führte er über die Freisprecheinrichtung ein längeres Gespräch mit Ulla Peherstorfer, ohne ihr allerdings zu sagen, warum er genau *diese* Informationen von ihr haben wollte. Ein weiteres Telefonat galt ihrer Putzfrau Zahra, deren Nummer er sich hatte geben lassen.

Als er auflegte, war er sehr zufrieden.

All das ergänzte perfekt, was Tobias Kofler während ihres morgendlichen Besuches im Labor herausgefunden hatte.

Endlich ergaben die Dinge Sinn.

DIE AIGNERIN

Aus is und g'schegn is, und du kimmst ind' Höll.
Es ist alles aus und vorbei, und jetzt kommst du in die
Hölle.

»Und täglich grüßt das Murmeltier!«

Ernestine Aigner verdrehte die Augen, als sie Ben aussteigen sah. Diesmal parkte er frech in der Einfahrt von
Ulla Peherstorfer. Sie war ohnehin frei, kein Wunder, um
kurz nach halb eins am Mittag.

»Ich hatte gerade angefangen, Sie zu vermissen«, blaffte
sie, »schon sind Sie da. Wie schön.«

Unter anderen Umständen hätte Ben die Alte und
ihren schrägen Humor gemocht, so aber hielt er ihn für
ein Ablenkungsmanöver.

»Frau Aigner, wir müssen reden. Es gibt einige Aspekte,
die Sie uns dringend erklären sollten.«

»Brauche ich einen Anwalt?«

»Wir haben lediglich ein paar Fragen.«

Sie legte den Kopf schief. »Sie sagen gerade Hallo zu
meinen Magengeschwüren, Herr Gruppeninspektor. Und
die mögen das gar nicht, aber bitte. Ich will mal nicht auf
die kleinen Scheißerchen hören. Also kommen Sie. Und
Sie auch!«, rief sie über Bens Schulter in Richtung Peter
Neumüller, der abwartend am Auto lehnte.

In Anbetracht des schwierigen Gesprächs, das sie erwartete, überwand Ben seine Abneigung gegen das gruselige Wohnzimmer der Frau und folgte ihr.

Beim Eintreten betrachtete er mit Vergnügen das entsetzte Gesicht seines Kollegen. Keine Vorwarnung der Welt konnte mit der Realität mithalten. Schlauerweise hatte Peter Neumüller sich eine Schiebermütze aufgesetzt und dünne Einweghandschuhe übergestreift. Insgeheim zog Ben den Hut vor dessen Voraussicht. Er selbst hatte in seiner Ungeduld nicht daran gedacht.

»Sie kennen den Hausbrauch ja inzwischen.«

Die Aignerin deutete auf die Holzstühle am immer noch vollgeräumten Esstisch und hockte sich auf einen großen roten Medizinball. Ben setzte sich, sein Kollege zog es vor, in der Nähe der Tür stehen zu bleiben.

»Also?«

Ben entschied sich für den direkten Weg. »Frau Aigner. Haben Sie Zutritt zum Haus Ihrer Ziehtochter, wenn die nicht da ist?«

»Es gibt sicherlich einen guten Grund, mich das zu fragen, also sage ich es Ihnen lieber gleich. Zum Haus nicht, aber zum Garten. Mittels einer App auf meinem Smartphone. Meine Katzen verschwinden manchmal dort, und dann muss ich sie suchen.«

Eins zu null für Ben.

»Das haben wir uns schon gedacht. Wann waren Sie denn zuletzt dort?«

»Keine Ahnung. Immer wieder mal. Warum?«

»Weil Janus Blaubart sich dort versteckt hielt und auf diese Art und Weise leicht von Ihnen hätte entdeckt werden können.«

»Nein. Ulla will nicht, dass ich rübergehe, wenn sie weg ist. Daran halte ich mich.«

Wie nebenbei feuerte Ben seinen nächsten Satz ab. »Wir haben Ihre Fingerabdrücke außen auf der Fensterscheibe zu Janus Blaubarts Bad gefunden. Und Speichel. Was war denn so interessant und es wert, sich dafür die Nase plattzudrücken?«

Sichtlich überrascht schürzte sie die Lippen. »Wahrscheinlich wollte ich nachsehen, ob die Scheiben gründlich genug geputzt sind.«

Dass sie so ungerührt blieb, irritierte Ben ein wenig. »Frau Aigner, bekomme ich bitte eine brauchbare Antwort?«

»Aber wer wird denn gleich böse werden? Also gut, ich habe gespechtelt, aus reiner Neugier, wollte wissen, wie der knuddelige Fußballgott nackt aussieht.«

»Wann war das?«

»Keine Ahnung, ist sicher schon länger her.«

»Das kann nicht sein. Frau Peherstorfer meinte, dass die blickdichten Außenjalousien immer geschlossen blieben, wenn Blaubart nicht anwesend war, und als er sich versteckte, ebenfalls, um nicht entdeckt zu werden. Die Putzfrau war in dieser Zeit nicht da, sehr wohl aber *davor* und hat natürlich auch die Scheiben gereinigt. Innen wie außen. Das lässt nur einen Schluss zu: Janus Blaubart selbst hat die Verdunkelung in seinem Versteck hochgezogen. Diese Augenblicke sind also die einzig möglichen Zeitpunkte, an denen Sie dort gewesen sein können.«

Sie hatte ihm ohne Regung zugehört. War ihr Gesicht bis dato immer von einem Hauch amüsierter Süffisanz überzogen gewesen, so hatte sich in den letzten Sekunden etwas Neues dazugesellt. Vorsicht.

»Du sagst jetzt nichts mehr, Erni.«

Ulla Peherstorfers schneidende Stimme erfüllte den

Raum. Mit raschen Schritten näherte sie sich ihrer Ziehmutter.

»So geht das nicht, Herr Gruppeninspektor. Wenn Sie uns befragen möchten, dann offiziell. Wir sind hier fertig!«

Sie maßen sich mit Blicken. »Wie Sie wollen, Frau Peherstorfer. Dann darf ich Sie jetzt beide bitten, mitzukommen. Wir bringen Sie nach Linz zum Verhör. Sie stehen unter Mordverdacht. Handschellen brauchen wir keine.«

»Mitkommen? Sind Sie verrückt? Ich werde meine Schatzis keine Sekunde allein lassen.« Ernestine Aigner war aufgesprungen. Das Wohl ihrer Lieblinge schien sie mehr zu kümmern als das, was Ben eben sonst noch gesagt hatte.

»Haben Sie einen Haftbefehl?«, konterte Ulla Peherstorfer eisig.

»Brauchen wir einen?«, schoss Ben zurück. »Wir haben doch nur ein paar Fragen an Sie. Wenn Sie die beantworten, ist alles gut. Wenn nicht, machen wir uns natürlich so unsere Gedanken. Ein solcher ist zum Beispiel, warum die ganze Wohnung ein Drecksloch ist, die Badewanne aber blitzsauber. Und warum sich Ihre Fingerabdrücke auf der einzig vorhandenen Scheuermittelflasche befinden, jener, mit der die Wanne gereinigt wurde. Wo Sie uns doch versichert haben, nie in der Wohnung gewesen zu sein. Und sagen Sie jetzt nicht, Sie haben sie Blaubart besorgt. Wir haben mit Ihrer Putzfrau gesprochen. Sie hat das immer gemacht und Ihnen dann die Rechnungen gegeben.«

Die beiden Frauen starrten ihn an. Ulla Peherstorfer schien die Sache mit dem Anwalt vergessen zu haben.

»Also werde ich Ihnen jetzt sagen, was ich glaube. Frau Aigner, Sie haben Janus Blaubart erkannt, wurden neugierig und schlichen hinüber. Sollte Sie jemand entdecken, brauchten Sie nur zu behaupten, eine entlaufene Katze zu suchen. Sie sind ums Haus, sahen die offenen Jalousien. Hörten vielleicht Geräusche, stellten sich jedenfalls nahe ans Fenster. Die große Frage ist jetzt: *Was* haben Sie gesehen?«

»Sie sind in der Tat ein schlaues Kerlchen, mein Lieber«, stellte die Aigner fest und hob die Hand, als ihre Ziehtochter dazwischengehen wollte. »Wissen Sie was? Genau so war es. Aber ich habe nichts gesehen, gar nichts, und mich sofort wieder geschlichen.«

Ben hatte ihr eine Steilvorlage geliefert. Und sie hatte sie bestätigt. Perfekt. Damit hatte er sie. »Sie geben also zu, dort gewesen zu sein?«

»Sagte ich doch schon. Ist schließlich nicht verboten, am Grundstück meiner Ziehtochter ein bisschen *herumzustierdln.*«

Einen Augenblick lang herrschte Schweigen im Raum. Alle schienen wie gelähmt, warteten ab.

Es war Zeit, den Sack zuzumachen. Genau das tat Ben. Die nächsten Sätze sprach er ruhig und nach außen hin emotionslos. »Wir haben Katzenblut auf den Badezimmerfliesen nahe der Terrassentür gefunden. Janus Blaubart war allergisch auf die Tiere und hütete sich schon allein wegen seines Jobs vor ihnen, das steht überall zu lesen. Stammt das Blut vielleicht von einem Ihrer Lieblinge, Ernestine? Haben Sie eine Erklärung dafür?«

Endlich bekam Ben seine Reaktion. Ihre Augen verengten sich zu Schlitzen, sie begann zu zittern, ballte die Hände zu Fäusten. Dennoch beherrschte sie sich und sagte keinen Ton.

»Hat er einer Ihrer Katzen etwas angetan?«, ließ Ben nicht locker. Er spürte, dass er zu ihr durchdrang, und provozierte sie absichtlich weiter. »War es nicht so, dass einer ihrer entlaufenen Schützlinge durch die offene Terrassentür ins Bad geschlüpft war? Blaubart hasste Katzen. Ich stelle mir vor, dass er außer sich war, sie packte, würgte, ihr einen Tritt versetzte und sie gegen die Tür schleuderte. Sie haben es gesehen, nicht wahr? Es muss heftig gewesen sein, wir haben Blut gefunden, viel Blut. Ihr Liebling muss furchtbar gelitten haben, gejammert, gewimmert, herzzerreißend miaut und …«

Ein würgendes Geräusch entfuhr ihrer Kehle. »Hören Sie auf. Bitte. Sofort!«

Ben dachte nicht daran. »Blaubart war eiskalt. Schon einmal hatte er eine Ihrer Katzen getötet. Ohne Mitleid. Es keine Sekunde bereut. Im Gegenteil. Er verhöhnte Sie. Hat er nachgetreten? Wollte er die arme Kreatur in den See werfen? Sie …«

»Es war der Wodka …«

»Wie bitte, Frau Aigner?«

Ben hatte die geflüsterten Worte nicht richtig verstanden.

»Der Wodka, verdammt noch mal. Blaubart, der Scheißkerl, lag sturzbetrunken in der Wanne«, schrie die Aigner mit einem Mal so laut, dass alle zusammenzuckten, »soff Wodka aus einem Wasserglas und warf es mit voller Wucht nach ihr. Es zerbrach … die Scherben bohrten sich in ihren Bauch … und … ach, mein armer, armer Schatz … Es war entsetzlich, Luna so elendiglich verbluten zu sehen.« Bei den letzten Worten kippte ihr die Stimme weg. Tränen zogen bunte Streifen über ihre faltigen Wangen und tropften ungehindert zu Boden.

Verständnisvoll legte Ben ihr eine Hand auf den Oberarm. »Das muss wirklich schlimm für Sie gewesen sein. Was geschah danach?«

»Erni, nein!«, rief Ulla Peherstorfer, die erst jetzt aus ihrer Schockstarre zu erwachen schien und Bens Hand harsch zur Seite stieß. »Halt doch endlich den Mund. Und Sie verschwinden jetzt, *Herr* Achleitner!«

Ben überhörte den Befehl. »Sie haben die Katze untersucht, nicht wahr, Ernestine? Sie gestreichelt. Versucht, sie zu retten. Ihr gut zuzureden. Sie aufzurichten. Nahm Blaubart das einfach so hin? Immerhin war damit sein Versteck aufgeflogen. Beschimpfte er Sie? Sagte er, dass Sie sich zum Teufel scheren sollen? Drohte er?«

Erschüttert und sichtlich besiegt schüttelte Ernestine Aigner den Kopf. »Ausgelacht hat er mich, dieses betrunkene Schwein, laut und schallend, purer Hohn, meinte, ich solle das hässliche Scheißvieh in den Müll schmeißen, schleunigst den Dreck aufwischen und mich dann schleichen, ich alte Spannerin. Aber vielleicht könne ich ihm vorher noch einen runterholen, wenn ich schon mal da sei.«

Nein, Janus Blaubart war beileibe nicht nur der attraktive, charmante Strahlemann gewesen, als den die Welt ihn gekannt hatte.

»Danach ballerte er auch noch die halb volle Wodkaflasche neben der Wanne nach Luna und mir, traf den Leichnam und grölte begeistert: ›Tooor!‹ Ich war so fuchsteufelswild auf dieses herzlose, brutale Arschloch, deshalb bin ich …«

»Erni, stopp …!«, fuhr Ulla Peherstorfer erneut dazwischen, riss ihre Ziehmutter zur Seite und machte sich daran, sie zur Tür hinauszuschieben. Doch dort stand ein Felsen: Peter Neumüller, der ihnen den Weg versperrte und eine kleine Plastiktüte hochhielt.

»Hiergeblieben, meine Damen. Wir sind noch nicht fertig. Verraten Sie uns lieber, wie dieses Haar hier direkt unter das Fußteil von Janus Blaubarts Badewanne gelangte. Es gehört Ihnen, Frau Aigner, schoss er ins Blaue, demnach müssen Sie direkt bei ihm gewesen sein, mindestens drei Meter von der Terrassentür entfernt. Was also wollten Sie gerade sagen? Deshalb bin ich …?«

»Nein, nein, nein …« Mehr als ein zutiefst verzweifeltes Ächzen brachte die geschockte Frau nicht zustande und glotzte das Haar an wie ein hässliches Insekt. Noch fehlte der Beweis, dass es tatsächlich ihres war, doch das konnte sie nicht wissen. Peter Neumüller bluffte geschickt. Und erfolgreich.

»Sie sind zu ihm hin, haben sich seine Beine geschnappt und fest daran gezogen, so war es doch? Sodass er sehr schnell unter Wasser rutschte und der … wie heißt dieser komische Reflex noch mal …?« Er sah sie wie um Rat suchend an. »… der … Her… Helfen Sie mir doch, Sie kennen ihn ja, den He… Her…!«

»Hering…«

Der in den Menschen eingebaute Antwortreflex hatte schon wieder funktioniert.

Als Ernestine Aigner ihren Fehler erkannte, schlug sie sich die Hand vor den Mund und begann noch mehr zu zittern.

Peter Neumüller ließ nicht locker. »Sie kannten das Phänomen, nicht wahr? Immerhin sind Sie pensionierte Universitätsprofessorin, und es gibt eine Seminararbeit zu diesem Thema, bei der Sie als Betreuerin fungierten. Ganz besonders gefällt mir der Titel: ›Der niemals ganz perfekte Mord‹.«

Tobias Koflers Talent zur Recherche hatte sie am Vormittag auf diese Spur gebracht, und der ungewöhnliche Name des Hering-Nasenschleimhaut-Reflexes, was die Suche schnell eingegrenzt hatte.

»Ach, Erni … wieso hast du …?« Ulla Peherstorfers Worte versandeten.

»Sie wussten es doch schon, Liebes«, antwortete Ernestine Aigner verloren. »Sie wussten alles. Schau dir doch die Beweise an. Das reicht auf jeden Fall. Sie brauchten nur noch meine Aussage. Respekt, meine Herren, ich bin Ihnen in die Falle getappt.«

Geschlagen sank sie zurück auf den Medizinball. »Was passiert jetzt?«

Ben, der dem Schauspiel wortlos gefolgt war, griff ein. »Jetzt möchten wir wissen, ob Sie Janus Blaubart in der Wanne ertrinken ließen.«

Ohne weiteren Widerstand erzählte die Frau den Rest der Wahrheit. »Ich weiß es nicht, getraute mich nicht mehr hinzusehen, hob nur schnell Lunas kleines Körperchen auf, schloss die Tür und ging. Keine Ahnung, ob er schon tot war oder nur bewusstlos.«

Sie senkte den Kopf und streichelte abwesend eine der Katzen. Seltsamerweise war ihnen während der ganzen Zeit kein Vogel um die Ohren geflogen, als ob die Tiere den Ernst der Lage gespürt hätten.

Damit war es ein Faktum: Janus Blaubart hatte sich nicht umgebracht und demnach auch die Postings nicht verfasst, weder das zu seinem Selbstmord noch den Abschiedsbrief.

Ben hockte sich vor Ernestine Aigner und suchte ihren Blick. »Haben Sie bei alldem Anais Peretz gesehen?«

»Nein. Und ihr Auto stand auch nicht mehr am Parkplatz.«

Freispruch für die Datensicherheitsexpertin.

Ein anderes Detail der Aussage hatte Ben soeben aufhorchen lassen und ihm ein ganz wesentliches Indiz geliefert. Dankbar tätschelte er Ernestine Aigners Hand und richtete sich wieder auf, um es zu klären.

»So, Frau Peherstorfer, ich denke, Sie wissen, dass jetzt Sie dran sind.«

Mit vollkommen verschlossenem Gesicht und abwehrend vor der Brust verschränkten Armen sah sie ihn an. Alles an ihr signalisierte pure Herausforderung. *Ich* bin nicht so leicht zu knacken.

»Wie erklären Sie sich Ihre Fingerabdrücke auf der Putzmittelflasche?«

»Ich habe keine Ahnung, was Sie meinen.«

Ben seufzte. »Gut, dann werde ich Ihnen mal ein wenig auf die Sprünge helfen, denn die Beweiskette ist eindeutig. Ihre Putzfrau hat den Reiniger vor ihrem letzten Einsatz besorgt, verwendet und dann in den Schrank unter dem Waschtisch gestellt. Dann kam Janus Blaubart in sein Versteck und starb in der Wanne. Frau Aigner ließ ihn zurück, verschloss die Terrassentür, die sich damit von außen nicht mehr öffnen ließ, und ging.

Irgendwann danach verschwand seine Leiche, und die Wanne sowie die Blutlache am Boden wurden gereinigt, sämtliche Scherben entfernt. Allerdings ist es so, dass unter Luminol und Blaulicht sogar geringe Blutspritzer sichtbar werden, und hier war es sogar um einiges mehr.«

Die Peherstorfer hatte mit statuenhafter Haltung zugehört und machte keine Anstalten, etwas zu sagen. Einzig ihr wie betonierter Blick signalisierte Ben, dass er auf dem richtigen Weg war.

»Zurück zum Reiniger. Ihr Fingerabdruck auf der Flasche ist verwischt. Es ist also anzunehmen, dass Sie sie aus dem Schrank nahmen, erst danach Gummihandschuhe überstreiften, alles sauber machten, sie aber daraufhin, und das war Ihr großer Fehler, nicht gründlich genug abwischten, bevor Sie sie wieder zurückstellten, damit alles so aussah wie zuvor.«

»Ist ja alles recht nett, was Sie hier erzählen, aber bis auf den Fingerabdruck gibt es keinen wirklichen Beweis, Herr Gruppeninspektor«, presste Ulla Peherstorfer nun doch hervor.

Ben zog die Augenbrauen Richtung Haaransatz. »Ulla, niemand außer Ihnen hatte Zugang zum Apartment und den Innen-Schlüssel zu seiner Wohnung.«

»Anais Peretz hätte ihn von Janus stehlen und zurückkommen können.«

»Theoretisch ja, aber er befand sich bei seinen Sachen. Wir haben ihn sichergestellt.«

Ben zog die Schlinge um ihren Hals immer fester zu. »Es war doch so: Sie hoben Blaubarts nackte Leiche aus der Wanne, schleiften sie durch die Tür auf die Terrasse zum See und holten seinen Bleigürtel aus der Garage. Ich habe eine Idee, wie Sie die dann zur Schwarzen Brücke brachten und dort versenkten. Soll ich es Ihnen sagen, oder sind Sie jetzt endlich bereit, zu gestehen?«

Sie senkte den Kopf. Zögerte immer noch.

Mit einem Mal allerdings straffte sich ihre Gestalt.

Eine Ulla Peherstorfer behält auch in der schlimmsten Niederlage Haltung, dachte Ben, dankbar für dieses Schulbeispiel.

»Ich habe mich erkundigt. Wer einen Menschen nicht umbringt, sondern lediglich seine Leiche entsorgt, kann mit Bewährung davonkommen. Ich habe perfekte Anwälte, und die öffentliche Meinung kann mir scheißegal sein.«

Würde sie jetzt tatsächlich alles zugeben? Alle hielten den Atem an. Die Luft im Raum vibrierte.

»Erni rief mich an und erzählte mir alles, auch, dass Anais heimlich da gewesen war. Ich war gelinde gesagt aufgebracht, setzte mich sofort ins Auto und kam noch in derselben Nacht nach Hause. Zuerst war ich nichts als fassungslos, doch noch auf der Fahrt begann ich nachzudenken – bis ich irgendwann die perfekte Lösung hatte, um Erni zu schützen. Wir würden Janus' Leiche entsorgen, gründlich putzen und es mit allem Drum und Dran wie einen Selbstmord aussehen lassen. Warum nicht die Gelegenheit nützen, es Anais anzuhängen? Ich verabscheue sie zutiefst. Also legten wir Janus' nackte Leiche in meine Plätte mit dem starken Außenborder, zogen ihm den Bleigürtel an und fuhren quer über den See zur Brücke, wo wir ihn versenkten. Ernis Part war es, Janus auffliegen zu lassen, damit alles glaubwürdig wirkte, den Verdacht nicht zu auffällig auf Anais zu lenken. Sie sollte das Auto an der Schwarzen Brücke parken und so tun, als wäre sie nichts als eine sperrige Zeugin.«

Das Drama, das sich hinter diesem Geständnis verbarg, war nur zu erahnen. Es musste die Hölle für sie gewesen sein, ihr geliebtes Mündel tot aufzufinden, umgebracht von ihrer ebenfalls so geliebten Ziehmutter. Dennoch hatte sie nicht gezögert, das Verbrechen zu vertuschen, und war auch jetzt für die alte Dame da. Wie auch immer sie das schaffte.

»Warum haben Sie die Leiche nicht einfach versenkt und geschwiegen?«

Er ahnte die Antwort. Und sie kam. »Die Vorstellung, Janus für immer dort unten zu wissen, war mir unerträglich. Außerdem habe ich gern die Kontrolle. Es schien mir zielführender, proaktiv zu agieren. Mir war bewusst, dass die Polizei nicht so schnell lockerlassen würde. Und bei der Schwarzen Brücke passiert viel, die Wahrscheinlichkeit war groß, dass man ihn zufällig entdecken würde. Ich wollte so viele Eventualitäten wie möglich ausschließen. Außerdem erschien es mir sehr verlockend, Anais zu belasten.«

Ernestine Aigner war aufgestanden und streichelte die Wange ihrer Ziehtochter. »Alles ist gut, Mäuschen. Ich hab dich lieb und kann dir nicht genug danken. Wie sehr ich all das bereue, weißt du. Ich habe dir in einem Anfall von Wut dein Liebstes genommen, und es geschieht mir nur recht, nun dafür zu büßen.«

Ulla Peherstorfer nickte stumm. Ben hatte keine Tränen erwartet, und sie kamen auch nicht. Ihr Gesicht blieb so versteinert wie Ernestine Aigner verzweifelt. »Aber wer wird sich jetzt bloß um meine Schatzis kümmern?« Dass ihr einige Jahre Gefängnis bevorstanden, war allen klar.

Noch war Ben allerdings nicht fertig.

»Was ist mit den gefakten Postings? Haben Sie die selbst verfasst, oder hatten Sie Hilfe?«

Ein kurzes Zögern verriet ihm, dass sie jetzt lügen würde.

»Niemand hat mir geholfen«, stieß sie brüsk hervor.

Ohne ihre Aussage würden sie Babba Sotek nichts beweisen können und es dabei belassen müssen. Ulla Peherstorfer hatte ohne Zweifel ihre Gründe, ihn zu schützen.

In nächster Zeit würde sie einen guten und loyalen Datensicherheitsexperten dringender benötigen denn je. Dass er hinter den falschen Postings steckte, stand für Ben fest.

»Sie lügen, Ulla. Ich tippe auf Herrn Sotek. Wir beide wissen allerdings, dass ich es nicht beweisen kann. Werden Sie mir zumindest verraten, was mit Louisa Starenberg und Tamara Ehrenberger wirklich war?«

Ihr nächster Satz glich einem Stöhnen. »Glauben Sie nicht, dass es langsam reicht? Aber bitte. Tamaras Tod war mit ziemlicher Sicherheit ein Unfall. Dahingehend steht die Wahrheit im Posting. Janus erzählte es mir, und auch, wie verzweifelt sie zuvor aus seinem Haus verschwunden war. Warum nicht im Posting ihrer Schwester Gewissheit geben? Sie tat mir sehr leid auf Tamaras Beerdigung. Ich war entsetzt, als Janus mir die Affäre beichtete. Tamara war, im Gegensatz zu Janus' üblichen Affären, ein nettes Mädchen.«

Das war glaubhaft und die mit Sicherheit wichtigste Nachricht für Elke Ehrenberger.

»Was ist mit Louisa Starenberg?«

»Da kann ich Ihnen leider gar nicht weiterhelfen.«

»Sie wissen also nicht, wer das Kleid aus dem Müll holte und in den See warf? Und ob derjenige auch den Herzschrittmacher manipulierte?«

Immer noch hielt Ulla Peherstorfer Ernestine Aigner an sich gedrückt. Ihre Blicke trafen sich über deren Kopf hinweg und versenkten sich lange ineinander, ehe ihr Mund sagte, was nicht in ihren Augen stand.

»Nein, tut mir leid, ich weiß gar nichts.«

Ben schluckte. Natürlich war sie es gewesen und alles so geschehen wie im Posting beschrieben. Nur dass nicht Anais Peretz den Schrittmacher manipuliert hatte, sondern *sie* beziehungsweise Babba Sotek, der natürlich genau wusste, wie man das machte. Und auch, wie man ein Auto ver- und wieder entsperrte, um Louisas allgemein bekannte Platzangst zu triggern. Die Unternehmerin selbst hatte alles präpariert und die Kleidung als falsche Spur in den See geworfen.

Ob die beiden Louisa nur erschrecken oder ihren Tod

gewollt hatten, würde sie genauso verschweigen wie den Rest. Beim Motiv hatte Ben eine klare Vorstellung: Sie hatte Blaubart vor der Frau, die dessen Zukunft gefährdete, schützen wollen.

Beide wussten genau Bescheid, auch darüber, dass Ben vollkommen machtlos war. Ihm fehlte jeglicher Nachweis.

Schließlich war er es, der sich zuerst abwandte.

Diese Runde hatte sie gewonnen, aber aufgeben würde er nicht.

Wie hieß es doch so schön: Man sieht sich immer zweimal im Leben.

BENS HÜTTE

Griaß di. Pfiat di.
Hallo und leb wohl.

Konzentriert schälte Ben eine Zwiebel, Lauch, eine Karotte und eine Zehe Knoblauch, schwitzte Räucherspeck in einer Pfanne an und vermischte alles mit Faschiertem, Salz, Pfeffer, Paprika, Kümmel, Brösel und einer fein gehackten Essiggurke.

»Willkommen in Oberösterreich, dem Land der Knödel und der Strudel«, witzelte Marie, die ihn dabei beobachtete.

Er grinste. »Es gibt doch nichts Schöneres als ein handfestes und unmissverständliches Kochrezept.«

Sie verstand genau, was er meinte. »Wenn das bei deinen Fällen bloß auch so wäre, nicht wahr?«

Statt einer Antwort schnitt er den Blätterteig in ein Rechteck, verteilte die Fleischmasse auf dem vorderen Drittel, rollte ihn so ein, dass sich die Schnittstelle auf der Unterseite befand, und setzte den Strudel vorsichtig auf ein befettetes Backblech.

»Filo ist wieder zu Hause.« Marie hatte es im Flüsterton gesagt.

Ben hob den Kopf und stieß das für ihn immer noch vollkommen Unverständliche hervor: »Bei ihrem Pflegesohn? Den sie adoptierte, als er noch im Knast saß, weil er ihren Sohn Justus totgerast hat?«

Marie seufzte tief. »Hannes. Ja. Er war es, der sie niederschlug, um Ersatzdrogen aus meinem Giftschrank zu klauen. Sie hat ihn erkannt, wird ihn aber nicht anzeigen. Das war es, was sie dir im Krankenhaus unter dem Siegel der Verschwiegenheit erzählt hat, nicht wahr?«

Marie hatte ihre Sprechstundenhilfe am Vorabend aus dem Krankenhaus abgeholt, alles erfahren und eine klare Ansage gehört. »Hannes kommt gerade erst aus dem Gefängnis und braucht eine zweite Chance. Ich werde sie ihm geben.«

Im Anschluss hatte sie Marie gebeten, ihre Entscheidung zu akzeptieren und nicht mehr darüber zu sprechen. Es sei allein ihre Sache, sie wisse, was sie tue.

Ben verzierte den Strudel mit den Resten, schnitt ein Loch in die Mitte, damit der Dampf entweichen konnte, bepinselte alles mit Eidotter und schob ihn ins Rohr.

Nachdem er sich wieder aufgerichtet hatte, meinte er fast beiläufig: »Ich war es, der ihn damals nach der Fahrerflucht in seinem Versteck im Linzer Hafen aufgespürt und verhaftet hat.«

Langsam zog er den linken Ärmel seines Pullovers nach oben und entblößte eine etwa sechs Zentimeter lange Narbe am Unterarm. »Die hat er mir dabei verpasst. Er ist gut mit Messern und hat mir geschworen, sich irgendwann an mir zu rächen.«

Entsetzt hatte Marie zugehört. »Deshalb also wollte Filo unbedingt mit dir allein sprechen.« Sie starrte die Narbe an. »Das ist ja furchtbar.«

Ben zuckte mit den Schultern. »Er ist nicht der Einzige.«

Marie schob den nächsten Gedanken nach. »Du kanntest Filo schon, als du ihr in meiner Praxis begegnet bist, nicht wahr?«

»Vom Prozess«, nickte Ben. »Ich musste ja aussagen. Sie war jeden Tag da, ersparte sich kein Detail. Es muss sehr hart für sie gewesen sein.«

»Habt ihr euch gleich wiedererkannt?«

»Sie mich schon, ließ es sich aber nicht anmerken. Ich brauchte länger. Zum einen war ich damals sehr krank, zum anderen hatte sie beim Prozess noch hellblond gefärbte Haare und war schlanker. Erst als ich zurück auf der Hütte war, kam die Erinnerung.«

»Warum hast du es mir gegenüber nie erwähnt?«

»Aus guten Gründen. Ich wusste nicht, wie sehr ich dir wirklich vertrauen konnte. Dann kam der ganze Fall dazwischen, aber auch mein Respekt vor Filo. Sie gab mir so klar wie wortlos zu verstehen, dass ich mich raushalten solle und sie die Vergangenheit lieber ruhen lassen wolle.«

Dennoch konnte er nicht nachvollziehen, warum die gebeutelte Frau ihren schwer kriminellen Adoptivsohn deckte, genauso wenig wie die Adoption. Warum sie ihn bei sich aufgenommen hatte, trotz seiner offensichtlichen Gewaltbereitschaft. Wie sie es schaffte, ständig den Mörder ihres Sohnes um sich zu haben. Oder ihre Akzeptanz des scheinbar Unerträglichen.

Marie beobachtete ihn genau. »Was wirst du denn jetzt machen? Und was soll ich tun?«

»Gar nichts, Marie. Genauso wenig wie ich. Zumindest im Augenblick. So schwer es mir fällt, wir sollten Filo vertrauen. Zwar behindere ich damit die Ermittlungen einer Straftat, aber wir sind im Salzkammergut, da ticken die Uhren manchmal ein wenig anders.«

Der Strudel im Rohr begann herrlich zu duften, während er versonnen fortfuhr. »Sie hat einen Plan, daran zweifle ich keine Sekunde, fragt sich nur, welchen. Aber beenden wir das jetzt bitte. Ich möchte an nichts mehr denken als ans Essen. In 30 Minuten gibt's Fleischstrudel mit grünem Salat. Gehen wir raus, es schneit zum ersten Mal.«

Der Herbst war ungewöhnlich warm gewesen, doch nun zog der Winter ins Land. Vor der Hütte blieb der Schnee schon liegen.

Marie nippte an ihrem selbst gemachten Glühwein und sah zu, wie die Schneeflocken darauf schmolzen. Es fühlte sich an wie damals. Beschaulich. Still. Vertraut.

»Marie?«

Ihre Blicke trafen sich. Blieben aneinander hängen.

»In einem kitschigen Film würde jetzt Musik aufbranden und der Held die Heldin küssen«, versuchte sie, die aufkommende Spannung ins Humorvolle zu ziehen.

Er wandte sich ab. Zögerte. Stieß die nächsten Worte stockend hervor. »Ich habe dir nie vergeben, Marie. 15 Jahre lang warst du eine schwelende, nicht wirklich eingestandene Wunde. Dabei ist Vergebung der einzige Weg zu innerem Frieden und letztlich auch Glück. Jetzt kann ich es endlich und dich damit auch endgültig loslassen. Ich möchte, dass wir uns ohne schlechte Gefühle Lebewohl sagen. Deshalb die Einladung für heute Abend. Ein Abschiedsessen.«

Einige Augenblicke lang hing tiefes Schweigen zwischen ihnen.

Dann kam ein leises »Du hast recht, und ich verstehe dich gut. Danke für deine Offenheit und dass du mir verzeihst.«

Betont ruhig stellte sie die Tasse auf die Holzbank und verschwand im Inneren des Hauses. Wenig später war sie wieder da, Smartphone und Autoschlüssel in den Händen.

»Bitte sei mir nicht böse, dass ich doch nicht zum Essen bleibe«, sagte sie mit einem wehen Unterton. »Eigentlich mag ich gar keinen Fleischstrudel.«

Ben lächelte und umarmte sie zum Abschied.

Wenig später war sie verschwunden.

»Wir laufen uns sicher wieder über den Weg, Marie«, flüsterte er in die kalte Nacht. »Das Salzkammergut ist immer schön, aber leider manchmal auch ganz schön tödlich.«

FILO
2019

In mia is koit und bong.
Mir ist kalt und ich habe Angst.

Fett. Alt. Hässlich.

Niemand sprach es aus, natürlich nicht, schließlich war man zivilisiert, aber sie sah ihnen an, was sie dachten.

Sah es an der Art, wie sich ihre Augen einen Tick verkleinerten, sobald sich ihre Blicke distanzlos an ihrer großporigen Haut festfraßen, an den vom Weinen verquollenen Augen, dem dünnen Haar von undefinierbarer Farbe. Blicke, die ungeniert über ihren rosa Pulli und den unförmigen Rock glitten, die an ihrer Aufgabe, ihre Leibesfülle zu kaschieren, kläglich scheiterten und mit leiser Missbilligung an ihren abgekauten Fingernägeln kleben blieben.

Sie registrierte diese seit Langem gewohnte Gnadenlosigkeit, aber im Augenblick war in ihrem Inneren kein Platz für noch mehr Schmerz. Es war ausgefüllt bis obenhin mit dem anderen, älteren, der ungezähmt in ihr brannte und seit damals nie mehr aufgehört hatte zu lodern.

Das aus ihrer Sicht einzig Akzeptable an ihrer Erscheinung verbarg sich hinter dem Kummer, der sich in ihre Züge gemeißelt hatte. Ihr Lächeln. Ob man vergessen konnte, wie das ging? Lächeln? Es war so lange her.

Manchen fiel es leichter, schönen Menschen gegenüber barmherzig zu sein. Als ob eine optisch weniger ansprechende Kreatur nicht dieselben Gefühle hätte. Und nein, es war ihr nicht einerlei, doch nach so viel Zeit als ignorierte Randerscheinung verbarg sie sie hinter einer dicken Schicht zur Schau getragener Gleichgültigkeit, in einem anderen Leben hinter Humor.

Natürlich empfanden alle hier auch Mitleid. Es waren keine Unmenschen, lediglich Neugierige, versehen mit einem leisen, wohligen Schauer beim ungebremsten Erleben des Leides von jemandem, der ihnen nichts bedeutete, Leid, in dem man sich sonnte, ohne selbst betroffen zu sein. Ob ihnen nicht klar war, dass es auch sie jederzeit treffen konnte? Dachten sie ernsthaft, Schicksalhaftes – ein Autounfall, Krebs, ein Flugzeugabsturz – passierte immer nur den *anderen*? Erschien es ihnen so abwegig, dass alle Betroffenen bis zur Sekunde, da der Schlag passierte, ihn auch nicht hatten kommen sehen?

Auch wurden immer nur die Kinder irgendwelcher anderen Leute ermordet.

Bis es dann doch einem selbst geschah.

Justus.

Dort, vielleicht sechs Meter entfernt, saß sein Mörder.

Ein schmächtiger Kerl. Glatze. Helle Augenbrauen. Dünne Nase. Schmale Lippen. Ein ehemaliges Heimkind. Mutter drogenabhängig, Vater unbekannt.

Soeben war das Urteil verkündet worden. Totschlag. 180 Sachen in der Innenstadt. Keine Chance für den Rollerfahrer mit den Kopfhörern, der verträumt bei Grün über die Kreuzung gefahren war. Die Bremsspur 40 Meter lang, an deren Ende eine Blutlache. Darin kein Leben mehr. 17 Jahre alt hatte Justus nur werden dürfen.

Zumindest hatte er noch die Liebe kennengelernt. Wenige Minuten zuvor hatte er sich von seiner Freundin verabschiedet, um nach Hause zu seiner Mutter zu fahren. Zu ihr.

Justus.

Und sein Mörder.

Der jetzt auf dem Weg ins Gefängnis war.

Nichts war mehr übrig vom präpotenten Gehabe, das er den ganzen Prozess über zur Schau getragen hatte. Nun hielt er den Kopf gesenkt und den Blick ins Leere gerichtet. Nur zwei Monate älter als Justus war er, doch er durfte leben, würde irgendwann wieder freikommen und alles hinter sich lassen. Neu durchstarten. Vergessen.

Eine Perspektive, die sie nicht mehr hatte. Und schon gar nicht Justus, dort draußen auf dem Friedhof in der schwarzen Urne.

Schwarz war seine Lieblingsfarbe gewesen.

Die Wachen zerrten an dem Verurteilten. Mit dem Schuldspruch schien alle Kraft aus ihm gewichen zu sein. Vollkommen allein hatte er sich seiner Verantwortung gestellt. Niemand mochte mehr etwas mit ihm zu tun haben.

Ein Findling. Später Lehrling. Jetzt Häftling.

Er wurde abgeführt, musste auf seinem Weg direkt an ihr vorbei.

»Schau mich an, Hannes!«, zischte sie, als er nahe genug herangekommen war.

Und tatsächlich hob er den Kopf. Ihre Blicke prallten aufeinander.

Beide müde, hoffnungslos, einsam.

Immer noch so leise, dass nicht einmal die beiden Wachen sie verstehen konnten, fuhr Filo Hemetsberger fort.

»Ich werde dich töten! Das ist mein Plan.«

ENDE

DANKE EUCH

Dieses Buch entstand in einer sehr speziellen, schwierigen Zeit. Marie, Ben, Filo und die anderen waren mir monatelang treue und wichtige Begleiter, manchmal sogar Trost, in jedem Fall viel Freude.

So wie ein paar großartige Menschen, allen voran mein Sohn, meine heiß geliebte Mom, meine Familie, die Turmfalken, die Steigis, Angelika, Helga, Ulli, meine Kolleginnen und Kollegen und viele andere, ihr wisst, wer gemeint ist.

Ein großes Danke gilt Chefinspektor Christian Peter von der Mordgruppe im LKA Oberösterreich für ein paar Stunden voller kompakt vermittelten Hintergrundwissens.

Robert Nini von der Wasserrettung Nußdorf, du weißt, dass du Oberösterreichs coolster Taucher bist. Danke, dass du aus deiner professionellen Perspektive heraus mit mir den fast perfekten Mord geplant hast.

Liebe Leserinnen und Leser, liebe Buchmenschen. Schön, dass es euch gibt. Dank eurer Leidenschaft darf ich das machen, was für mich mit das Allerschönste ist: euch Geschichten erzählen. Übrigens nicht nur in meinen Büchern, sondern auch in meinem Podcast »Bücher sind wie Kekse«. Hört doch mal rein, wenn ich mit Autoren-Kolleginnen und -Kollegen über Bücher und viel Privates plaudere. Am besten über meinen Blog: www.dagmars-buchwelt.com.

Nach Lilly Speltz in Wien gibt es jetzt also Marie Giesinger und Benediktus Achleitner. Danke dem ganzen Gmeiner-Team, das sein Herzblut in regionale Krimis steckt und damit so viele Gegenden zu mörderisch großartigen Schauplätzen macht. Insbesondere meiner Lektorin Teresa Storkenmaier. Faszinierend, wie viel Verbundenheit da ist, obwohl wir uns persönlich gar nicht kennen.

Und danke auch all den guten Geistern, die mitwirken, damit ein Buch entsteht, auf den Markt kommt und dort erfolgreich sein kann.

Das Salzkammergut ist seit Jahrzehnten mein Seelenzuhause. Ich habe jeden Berg, der im Buch vorkommt, bestiegen, jeden Ort besucht, jede Wanderung, Ski- oder Mountainbiketour selbst oft gemacht. Ich bin so viel und gerne unterwegs, vielleicht treffen wir uns ja einmal zufällig dort, wo die Welt für mich am allerschönsten ist.

Und ich koche gern. Jedes im Buch beschriebene Rezept, die natürlich alle typisch Salzkammergut sind, habe ich selbst ausprobiert.

Hier sind sie:

HOCHBERGHAUS-
KASNOCKERLN

Zutaten (für 4 Personen):
250 g Mehl
20 g Butter
125 ml Wasser
Salz
Pfeffer
Muskat
3 Eier
1 Zwiebel
1 Knoblauchzehe
etwas Öl
Käse
Bouillon

Die Nockerln:
Mehl in eine Schüssel sieben. Salz, Eier und so viel Wasser
zugeben, dass ein zäher Teig entsteht. Diesen mit einem
Knethaken oder Kochlöffel schlagen.

10 Minuten quellen lassen.

Vom nassen Schneidebrett kleine Stücke ins kochende
Salzwasser schaben oder mit einem kleinen Löffel Teigstü-
cke im Wasser versenken (klassische Methode). Schwimmende Nockerln mit einer Schaumkelle herausheben. Am
besten in ein geeignetes Sieb füllen. Kurz mit warmem
Wasser durchspülen und abtropfen lassen.

Kochtipp:
Praktisch ist, sofern man einen hat, ein Nockerl- oder Spätzle-Hobel. Bei der Zubereitung mit dem Spätzle-Hobel sollte der Teig ein wenig dünner angemacht werden.

Die Kasnockerln:
Zuerst die Pfanne erhitzen. Zwiebel in kleine Würfel schneiden, Knoblauchzehe fein hacken. Anschließend Zwiebel und Knoblauch in Öl goldgelb anrösten, die erkalteten Nockerln dazugeben und diese kurz mitrösten. Den Käse gut unter die Nockerln heben. Anschließend mit Salz und Pfeffer würzen und mit Bouillon ablöschen. Nachdem die Suppe vollständig einreduziert ist, Kasnockerln weiter rösten, bis sie knusprig braun sind.

Kochtipp:
Die Kasnockerln schmecken noch würziger, wenn man 250 g Gouda und 250 g Bierkäse verwendet.
Geröstete Speckkrusteln und frisch gehackte Petersilie setzen dem Gericht die Krone auf!
Die Nockerln schmecken auch super in Kombination mit Schwammerln oder Schweinefilets.

HOLZKNECHTNOCKEN

Holzknechtnocken wurden früher in den Holzstuben von den Waldarbeitern zubereitet.

Die Maßangaben erfolgten daher als Gefäß- beziehungsweise Schöpfereinheit.

Zutaten:

1 Messgefäß gestrichen voll mit Weizenmehl, ca. 320 g
1 gleich großes Messgefäß eine Spur weniger als gestrichen voll mit Wasser, ca. 1/2 Liter
1/2 TL Salz
ca. 150 g Butterschmalz, abhängig von der Pfannengröße

Zubereitung:

Mehl in eine Schüssel umschütten und salzen.

Wasser aufkochen und dieses auf einmal über das Mehl gießen und rasch durcharbeiten.

Mit nassen Händen Knöderl mit 3–4 cm Durchmesser formen und in Salzwasser ca. 5–7 Minuten kochen.

In einer Nockenpfanne, ca. 1/2 cm hoch, Butterschmalz erhitzen.

Die abgetropften Nocken dicht aneinanderlegen (müssen zusammenkleben) und auf der Unterseite gut braun backen, alle miteinander umdrehen und die andere Seite ebenfalls gut backen.

Wenn sie perfekt gelingen, sollten die Nocken so zusammenkleben, dass man das Kranzerl auf einmal umdrehen kann.

Als Beilage reicht man ein wenig Butter, aber ohne Zucker gedünstete Äpfel oder Sauerkraut.

Ebenso ergeben diese Nocken eine Spezialität, wenn man nach dem Backen, aber noch in der Pfanne Schwarzbeeren oder auch die blättrig geschnittenen Äpfel direkt in einer dickeren Schicht darüberstreut und das Ganze noch etwa 10 Minuten zugedeckt bei geringer Hitze dünsten lässt.

Bei ersterer Zubereitungsart sind die Nocken knusprig, bei letzterer werden sie weich.

Holzknechtnocken können im Pfandl serviert werden. In der Mitte auseinanderreißen und die Füllung daraufgeben. Traditionell werden sie mit den Fingern gegessen.

REHRAGOUT ODER WILDRAGOUT

Zutaten:
1 kg ausgelöstes Rehfleisch (Schlegel oder Schulter)
Öl oder Butterschmalz
200 g fein gehackte Zwiebeln
1 Knoblauchzehe
2 Scheiben Bauernspeck
Tomatenmark
100 g Preiselbeermarmelade
1/2 Liter Rotwein
1 kleines Glas Orangensaft
3/4 Liter Rindsuppe oder Wildfond
Pfefferkörner, Lorbeer, Wacholderbeeren, Thymian, Majoran
Balsamicoessig

Für die Sauce:
Obers
Crème fraîche
Stärke in etwas Wasser anrühren

Zubereitung:
Zunächst das Fleisch gut putzen und in Würfel schneiden.

Öl in einem Topf erhitzen, fein gehackte Zwiebeln und Knoblauch zugeben, hellbraun anschwitzen und wieder herausnehmen.

Das Fleisch und den Speck darin anrösten, dabei immer wieder mit Rotwein ablöschen.

Danach den Bratensatz einkochen lassen. Tomatenmark und Brösel untermengen und nochmals kurz anrösten. Wiederum mit Rotwein ablöschen und einkochen lassen.

Mit Orangensaft und Suppe/Fond aufgießen. Die angerösteten Zwiebeln sowie die Gewürze, etwas Salz und die Preiselbeeren beigeben.

Ragout zugedeckt am Herd oder im vorgeheizten Backrohr (bei ca. 160 °C) unter wiederholtem Umrühren ca. 80 Minuten weich dünsten. Das Fleisch soll während des Garens immer mit Flüssigkeit bedeckt sein.

Dann das Fleisch mit einem Lochschöpfer herausheben. Die Sauce eventuell passieren und nach Geschmack mit angerührter Stärke oder etwas Obers oder Crème fraîche sämig einkochen.

Mit Thymian und Majoran abschmecken, eventuell mixen und mit Salz, Pfeffer sowie einem Schuss Balsamicoessig nach Belieben abschmecken.

Das Fleisch wieder einlegen und nochmals kurz erwärmen.

Beilagen: Schupfnudeln, Rotkraut, glacierte Kohlsprossen

HERZHAFTER FLEISCHSTRUDEL

Zutaten:
- 120 g rote Zwiebeln
- 100 g grüner Lauch
- 60 g Karotten
- 1 Knoblauchzehe
- 100 g fein gehackter Räucherspeck
- 1 EL Maiskeimöl
- 500 g Rinderfaschiertes
- 1 fein gehackte Essiggurke
- 1 TL edelsüßes Paprikapulver
- 1/2 TL scharfes Paprikapulver
- 1 Prise gemahlener Kümmel
- 2 EL Semmelbrösel
- 1 großes Ei
- 1 EL gehackte Petersilie und Liebstöckel
- Salz
- Pfeffer
- 300 g Blätterteig
- Öl für das Blech
- 1 Eidotter verdünnt mit Wasser zum Bestreichen

Zubereitung:
Zwiebeln, Lauch, Karotte und Knoblauch schälen und fein würfeln. Speck langsam in Öl anschwitzen, Gemüse zugeben und kurz anrösten. Mit dem Faschierten und den restlichen Zutaten verkneten. Mit Salz und Pfeffer abschmecken.

Backrohr auf 200 °C Ober- und Unterhitze vorheizen.

Blätterteig zu einem Rechteck von 20 mal 30 cm schneiden. Die Fleischmasse gleichmäßig auf dem vorderen Drittel des Teiges verteilen und so einrollen, dass sich die Schnittstelle auf der Unterseite des Strudels befindet.

Ein Backblech mit Öl bestreichen und den Fleischstrudel vorsichtig daraufsetzen. In die Mitte des Strudels ein kleines Loch schneiden, damit der Dampf entweichen kann, und nach Belieben mit Teigresten verzieren. Den Strudel mit Eidotter bepinseln und im Backrohr auf der mittleren Schiene 30 Minuten backen.

Den Fleischstrudel als Suppeneinlage oder als Hauptspeise mit grünem Salat servieren.

Gutes Gelingen und Mahlzeit!

*Weitere Titel finden Sie auf den
folgenden Seiten und im Internet:*

WWW.GMEINER-VERLAG.DE

Alle Bücher von Dagmar Hager:

**Ärztin Marie Giesinger
und LKA-Ermittler Ben
Achleitner ermitteln:**

1. Fall: Salzkammerwut
ISBN 978-3-8392-0407-8

2. Fall: Salzkammerblut
ISBN 978-3-8392-0639-3

3. Fall: Salzkammerglut
ISBN 978-3-8392-0816-8

**TV-Reporterin
Lilly Speltz ermittelt:**

Schöner sterben in Wien
ISBN 978-3-8392-0077-3

GMEINER SPANNUNG

WWW.GMEINER-VERLAG.DE
Wir machen's spannend

Manfred Baumann
Salzburgwut
Kriminalroman
272 Seiten, 13,5 x 21 cm,
Premiumklappenbroschur
ISBN 978-3-8392-0902-8

Im Sebastiansfriedhof in Salzburg wird der Fran-
ziskanernovize Elias tot aufgefunden. Kommissar
Merana fragt sich: War der Tote nur zur falschen Zeit
am falschen Ort als wertvolles Kirchengut gestohlen
wurde? Oder steckt mehr hinter dem Mord? Elias
hatte Kontakt zur rechtspopulistischen HPÖ – eine
gefährliche Verbindung? Während Merana ermittelt,
stößt er auf ein Netz aus Manipulation, Hass und
Spaltung. Was hatte Elias entdeckt? Merana muss die
Wahrheit finden, bevor der Zorn die Stadt erfasst.

GMEINER SPANNUNG

WWW.GMEINER-VERLAG.DE
Wir machen's spannend